# LA CASA
## DE LOS
# DESNUDOS

## REINIER CRUZ

A los curiosos,
a los aventureros,
a los que disfrutan experimentar,
a los que llenan su amor con travesuras.

A todos ellos dedico cada una de las
páginas de este libro.

"Y ante todo, tened entre vosotros ferviente amor; porque el amor cubrirá multitud de pecados".

1 Pedro 4:8

# CAPÍTULO UNO

Hacía ya una semana que Andrew había desaparecido misteriosamente. Aún estaba un poco desconcertado por su repentina huida, fuga o... ya no sé qué pensar. Simplemente se había esfumado sin dar señales de vida. No contestaba mis llamadas ni mis mensajes. En la oficina tampoco sabían de su paradero y ya se hablaba de reemplazarlo. Todo era muy extraño, porque nadie desaparece así como así, de un día para otro, sin dar explicaciones. A menos que te hayan raptado y honestamente, no lo creía. Fue lo último que pasó por mi mente. Quería pensar que había regresado a Trinidad con sus padres, cansado de su vida estricta y excesivamente cargada de trabajo en Denver. Sólo quería que estuviera bien a pesar del confuso dolor que me causaba su partida. En aquellas dos semanas en las que nos involucramos sin llegar tan siquiera a besarnos, me había hecho sentir cosas que por un momento pensé que no volvería a experimentar. Nuestra despedida ese último día que nos vimos me dejó una rara sensación. Todo estaba marchando bien entre nosotros y creí que esa noche finalmente nos daríamos el anhelado beso que tanto había esperado. Pero no fue así. Andrew fue tajante en su despedida y no mostró ningún interés en llevarme a su apartamento. Se limitó a manejar su carro y dejarme en la puerta de mi edificio sin intención alguna de robarme un beso. Esa noche tampoco recibí un mensaje suyo, como de costumbre, dejándome saber que la había pasado genial conmigo. Esperé un *emoji* feliz, pero me dormí en la espera. No recibí absolutamente nada. Y esa fue la última vez que lo vi. Lo llamé después varias veces y le envié algunos mensajes, pero en mis últimos intentos su celular parecía estar apagado o fuera del área de cobertura.

Era sábado al mediodía. Me había levantado hacía un rato. La noche anterior había estado hasta muy tarde intercambiando mensajes en *Stiffy* con aquel usuario que había estado enviando *'Hola'* desde hacía varios días y al cual aún no había respondido por falta de interés. Nunca respondo a usuarios que no muestran la cara en su fotografía de perfil. Odio que no se muestren tal cual son y se escondan detrás de una foto de su pecho, un paisaje o cualquier otra de su galería donde no se les vea el rostro.

La noche del viernes había caído en una imprevista depresión por la ausencia de Andrew y volví a abrir la aplicación inconscientemente. Mi celular había dejado de mostrar notificaciones de *Stiffy* porque en las últimas semanas mi atención se había volcado totalmente a Andrew y no me interesaba conocer a nadie más. En la *App* tenía varios mensajes de hombres que pretendían interactuar. Hombres raros, con barba y abrigo, debiluchos exhibiendo su cuerpo esquelético, deprimidos mostrando una foto de su ojo o su *piercing* nasal. Ninguno en general me despertaba emoción por darle un *Tap* o enviarle un saludo. De todos los perfiles que la aplicación me había mostrado desde que puse un pie en Denver, solo uno me había gustado. Lo tenía incluso guardado en *favoritos*. Pero al parecer, mis fotos no le gustaban. Le había dado cientos de *Taps* y enviado varios mensajes con *emojis* antes de ilusionarme con Andrew, pero el tipo atractivo que se mostraba tras aquel perfil no había respondido a ninguna de mis interacciones. Así de injusta es la vida en ocasiones. El que te gusta nunca te hace caso, deja tus mensajes en visto y ni siquiera por cortesía te responde. Y aquel que no te interesa, el que no te llama la atención, es el que te escribe cientos de veces y te deja todos los *emojis* que te gustaría recibir de otro.

Aquella noche tenía otro mensaje de aquel insistente usuario al que no había respondido ni uno solo. Abrí la conversación y vi los saludos que me había estado enviando desde mi llegada a la ciudad hace tres semanas. No tenía ganas de responderle tampoco esa noche, pero por sus reiterados intentos de conocerme me di cuenta de que el tipo, evidentemente, estaba muy interesado en recibir una respuesta de mi parte. Entonces, pinché la casilla para escribir y dejarle saber finalmente que había notado su afán por llamar mi atención. Lo dudé antes, porque en la única foto que su perfil exhibía, no mostraba la cara. Más bien parecía interesarle mostrar su mano sujetando una jarra de café o la impresionante corona plateada de espinas que lucía como anillo en su pulgar, ante la hermosa vista de un bosque frondoso de coníferas que se veía debajo del balcón en el que había tomado la foto. Pero finalmente le envié un saludo. A decir verdad, lo único interesante que activó mi interés ese día hacia aquel misterioso perfil, fue su nombre. Tan enigmático y apocalíptico: Lucifer. Seguido por un *emoji* morado con cuernos en la cabeza que insinuaban lo malvado que podía llegar a ser. Los datos en su perfil describían un poco más al incógnito personaje: altura (6'2''), situación amorosa (Soltero) y su complexión física (Musculoso). No mostraba ningún otro dato.

El efecto que causó en mí ese viernes ver sus manos robustas sujetando la taza, fue inminente. Hacía casi un mes que no tenía sexo. Después del trágico incidente con mi ex, ningún otro hombre me había tocado. Más nadie había puesto sus manos sobre mi trasero para impulsar su miembro y entrar en mí. Mis deseos habían sido aplacados con frecuentes masturbaciones para evitar sueños húmedos que me hicieran cambiar las sábanas a mitad de la noche. Los cuernos de aquel *emoji* me motivaron no sólo el miembro, sino también la curiosidad. Me encontraba en ese punto en que un mínimo roce o un gesto masculino podía excitarme al instante. Fue entonces que mi cosquilleo me impulsó a contestar a su *'Hola'*, con un *'¿Qué tal?'*. Pensé que no recibiría una respuesta tan rápida y entonces dejé el celular encima de la mesita de noche para ducharme, cuando al quitarme la ropa escuché la notificación de un nuevo mensaje:

» Me alegras la noche con tu respuesta.

Me había contestado. Leí sus palabras y algo me hizo pensar que seguramente, detrás de aquel perfil se escondía algún señor pasado de los cincuenta. Aunque, por la textura de su piel en la foto, no lo parecía. Volví a poner el móvil sobre la mesita de noche con la intención de responderle después de tomar el baño, pero contestar un mensaje en esa maldita aplicación a veces se convierte en un vicio que no te deja despegarte del teléfono. Me fui al baño, pero regresé antes de entrar, desbloqueé la pantalla y contesté:

» ¿Tan importante soy para ti?

Enseguida recibí respuesta:

» ¡No tienes idea!

Quizás era un alma solitaria detrás de la pantalla que al igual que yo, intentaba combatir su soledad. Entonces quise ser amable y al menos de cierta forma brindarle un momento de felicidad a quien estuviese del otro lado.

» Me alegra que con tan poco haga tu noche feliz.

La aplicación indicó que estaba tecleando su respuesta y un nuevo mensaje se mostraría en algunos segundos:

» No es la primera vez que te escribo.

» Lo sé. He visto tus mensajes.

» ¿Por qué no me habías contestado?

Yo no hubiese preguntado. En realidad, si no lo había hecho era porque evidentemente no me interesaba. Además, no había vuelto a abrir la aplicación desde que intuí en la mirada de Andrew un sentimiento hacía mí. Entonces, para no demorarme y crear un bache en la fluidez de los mensajes, tecleé y pulsé enviar:

» He estado muy ocupado.

» ¡Me has hecho sufrir!

» ¿En serio? *I'm sorry.*

Contesté seguido por un *emoji* muriéndose de la risa. Pero al parecer el tipo hablaba en serio, porque mi *emoji* le molestó:

» No le veo la gracia.

» Disculpa. Es que apenas me conoces.

Demoró unos segundos bastante largos en aparecer un nuevo mensaje suyo y entonces me senté en la cama esperando respuesta. De momento leí:

» Obvio, porque no me has dejado conocerte.

» Normalmente no respondo a extraños sin foto. Lo dice mi perfil.

» Pero yo tengo foto.

Pensé que me estaba tomando el pelo. Por un momento quise abandonar la conversación y meterme al baño. Pero terminé escribiendo:

» Disculpa, pero no me gusta escribir a ciegas. Sabes a lo que me refiero.

Fue justo en ese momento cuando tras una breve pausa recibí una foto suya y... wow... ¡Qué bello! Me envió una *selfie* tomada con el brazo en alto en el mismo balcón donde había fotografiado su mano sujetando la taza. Vestía una camisa negra entreabierta que dejaba ver su pecho grande. Su pelo negro se asomaba por debajo de una gorra del mismo color. Detrás, el bosque verde volvía a adornar el fondo de la foto. Su rostro era irresistiblemente masculino, como para caer rendido a sus pies. Mis ojos se avisparon, pero no quise ilusionarme demasiado porque hoy en día los filtros pueden convertir a un mendigo horroroso y sucio en el más bello de los príncipes, enmascarando cualquier defecto. En la foto, además, podía verse de espaldas a un perro blanco y gris admirando el paisaje desde lo alto.

» ¿No dices nada?

Me preguntó.

» Gracias por la foto. Ahora me siento más en confianza para escribirte.

Contesté.

» ¿Aceptarías mi invitación a un café?

La verdad es que yo estaba bastante deprimido por la desaparición de Andrew. Me había hecho muchísimas ilusiones con él y las cosas que sentía eran de esas que no se olvidan de la noche a la mañana. Sabía que estaba sumido en un círculo depresivo y entendía perfectamente que sería injusto conmigo mismo no aceptar la invitación de un hombre tan bello como aquel que me escribía. Volví a mirar la foto que me había enviado para admirar ese rostro que bien podía ser protagonista de una novela turca. Me inclinaba a lanzarme en una nueva aventura sin dejar de pensar en Andrew, pero me sentía raro, mis pensamientos se batían entre el deseo carnal y una profunda nostalgia.

» Humm, no sé.

» ¿Qué es lo que no sabes?

» Creo que estás yendo demasiado rápido.

» ¿Tú crees? ¿Qué necesitas para aceptar una invitación?

Simplemente necesitaba conocerlo más. Hay quienes se lanzan a un encuentro con tan solo ver una foto, pero yo no era así. Una foto bonita no me bastaba. Requería conocer un poco más a la persona y crear una química en el *Chat,* antes de confirmar una cita. Qué tal si no me gustaba después; si su cara resultaba ser un rostro arreglado gracias a una *App* milagrosa; o sus intereses o estilo de vida no tenían nada que ver con el mío. Prefería indagar un poco más y evitar un desafortunado encuentro. Además, su pronto interés sin apenas conocerme me resultaba de cierta forma extraño.

» Normalmente la gente intercambia una cierta cantidad de mensajes antes de arreglar una cita. Cantidad que tú y yo aún no hemos alcanzado.

Volví a notar que la otra persona estaba escribiendo y luego apareció su respuesta en la pantalla:

» Tienes razón. Pero yo no soy como otros con los que seguramente habrás intercambiado mensajes por varios días para luego darte cuenta que has perdido el tiempo tecleando sin llegar a nada.

Su respuesta me dejó pensando.

» Si no eres como esos, entonces ¿cómo eres tú?

» Digamos que tengo demasiadas cosas en las que ocuparme. Mis negocios me roban todo el tiempo. Por eso voy directo al grano. Todo lo que podemos teclear hoy, mañana o pasado, podemos perfectamente decírnoslo cara a cara.

En el fondo tenía razón. Perdemos demasiado tiempo con la cabeza baja en nuestro teléfono escribiendo cosas que a veces ni siquiera en persona tenemos el valor de decir. Podríamos ahorrarnos ese tiempo, sentarnos o caminar con alguien por un lugar bonito y vivir un rato agradable. Pero la gente de hoy en día prefiere teclear y conocerse a través de una pantalla. Muchas personas pretenden saberlo todo mediante mensajes y suposiciones antes de darse la oportunidad de hacer un nuevo amigo o encontrar la pareja de su vida, a menos que solo busquen sexo o el hechizo haya sido inmediato. Es la única forma en la que no importa el número de mensajes o detalles que hayan tenido en la conversación. Lo más importante es haber recibido fotos lo suficientemente explícitas como para agendar un encuentro. Es difícil hoy en día tener una cita. Hay muchos factores en juego: belleza, interés, química, soledad, en fin... cada persona lo maneja de acuerdo a su estado emocional o necesidad afectiva. No obstante, yo era fiel a mi costumbre de conocer un poco más a la otra persona antes de entablar una conversación en vivo que pudiera tornarse incómoda sin tener de qué hablar.

» Es cierto.

Tecleé.

» Entonces... ¿Eso quiere decir que aceptas mi invitación?

No sabía qué decirle. Su insistencia comenzaba a ponerme inquieto.

» Ya es muy tarde.

Él no respondió tan rápido como otras veces. Pasaron algunos minutos y no recibí respuesta. *Se aburrió de mí, no quiso perder su tiempo*, pensé. Entonces, dejé el celular a un lado y me metí al baño. No me dolió que me dejara en visto, porque a pesar de su bella foto y el comentario acerca de *'sus negocios'*, no me inspiraba del todo confianza para ir a conocerlo. No obstante, mientras me mojaba detrás del cristal, sentí una pequeña molestia en mi interior por haber perdido quizás la oportunidad de conocer a alguien interesante. Me secaba con calma disfrutando la habitación llena de vapor, cuando de pronto escuché la notificación de un nuevo mensaje en el celular. Una repentina curiosidad me invadió al instante y terminé de secarme rápido. Colgué la toalla detrás de la puerta y corrí a revisarlo. Abrí *Stiffy* y me alegré al ver unas nuevas palabras suyas:

» Sabía que pondrías alguna excusa.

No quería que perdiera el interés hacía mí, pero al mismo tiempo sentía que mi cuerpo y mi alma no estaban preparados aún para conocer a alguien más. Me había quedado con unas ganas inmensas de besar a Andrew, de entregarme a él en medio de aquella pasión que me acogía, y aun sufría su ausencia a pesar de las circunstancias en las que se había desarrollado aquel sentimiento entre nosotros.

» Quizás otro día.
» ¿Mañana?
» Podría ser...

En ese instante recibí otra foto suya. Una nueva *selfie* en el mismo balcón con el bosque volviendo a mostrar su hermoso verdor en el fondo junto a las montañas. El sol de verano iluminaba el torso desnudo de Lucifer y entonces descubrí un tatuaje de espinas que teñía su piel desde las tetillas hasta el inicio del cuello. Era hermoso y misteriosamente atractivo. Su piel se veía sana e hidratada. Su cabello despeinado lo hacía verse muy sexy y apetitoso. Mi mente intentó no traicionar el afecto que me había unido a Andrew, pero aquella foto estaba despertando en mí un deseo involuntario. En una esquina de la instantánea, podía verse la cola del perro asomada sin invitación.

» Me encantaría que nos sentemos en un lugar bien acogedor mientras disfrutamos un café.

Demoré en responder porque abrí mi galería de fotos para adjuntarle una de mis mejores *selfies*. Sentí que también se merecía una foto de mi parte. Entonces, deslicé hacía abajo entre miles de fotografías que guardaba en mi teléfono *Samsung* y seleccioné una también con el pecho desnudo que me había tomado en Miami Beach un mes antes de mudarme a Colorado. Se la envié y enseguida recibí unos *emojis* con cuernos que delataban sus pensamientos:

» Uyy, esa mirada.

Mencioné refiriéndome a su foto.

» ¿Qué tiene?

» Parece que me estuviera viendo el mismísimo diablo.

» ¿Tan feo soy?

Preguntó, sabiendo perfectamente que era todo lo contrario.

» Para nada. Es que me encanta.

Sus ojos de gato y su nombre de usuario iban de la mano. Su mirada, al menos en las fotos, era todo un enigma capaz de engendrar en la más impaciente de las intrigas, un gusto y un antojo *ipso facto*.

» Mi mirada es toda tuya.

Su mensaje me sedujo. Me acosté entonces desnudo sobre la cama y me acurruqué entre todas las almohadas para disfrutar el chat plácidamente.

» Esos ojos tan malvados.

» Realmente pueden ser… ¡muy malvados!

Reí sin que pudiera verme obviamente, y lo hice con picardía, entendiendo las cosas que seguramente su cabeza estaba imaginando.

» Me da miedo conocer al demonio.

Tecleé y le di enviar. Él no demoró en contestar:

» No temas. No todos los diablos son lo que parecen.

» Eso espero.

De pronto recibí un video. No creí que fuera suyo, porque es raro que alguien te envíe uno a través de la aplicación. La mayoría solo envía fotos. Pero enseguida lo abrí y pude verlo: era él. Había grabado un video en ese preciso momento para enviármelo. Tenía puesta una camiseta oscura con agujeros en la tela. Las puntas de su pelo negro enfilaban a la derecha. Detrás, pude divisar una ventana que abrió para enseñarme la luna sobre las montañas.

» Me encantaría que estuvieses aquí y poder admirar esta luna juntos.

Tecleó después de enviarme el video. Cualquiera hubiese caído rendido. Lucifer era muy guapo. En sus fotos y el video se

14

apreciaban sus músculos seductores. Y a juzgar por la altura que anunciaba en la descripción de su perfil, Lucifer era como un dios griego esculpido en mármol.

» Es una noche muy bonita.

Escribí respondiendo a su video. Me levanté de la cama, me acerqué a la ventana de mi cuarto en la *Riverfront Tower* y le tomé una foto a la misma luna. Pulsé enviar y enseguida recibí el visto.

» ¿Podremos verla algún día juntos?

Me preguntó.

» Imposible no es.

» Dormiré esta noche soñando con ese momento.

O este hombre me estaba endulzando disimuladamente para llevarme rápido a la cama, o era uno de esos tontos enamorados que ya casi no existen. Como fuese, no puedo negar que aquella noche dormí sin pensar en Andrew. No me hizo olvidarlo, porque lo que sentía por él era muy fuerte, pero al menos nuestra corta conversación sirvió para rendirme en un sueño profundo y limpio esa noche de viernes.

Aquel sábado amanecí con un mejor ánimo. No concretamos nada en nuestra primera conversación, pero nos fuimos a la cama luego de intercambiar varios *emojis* que podrían aparecer nuevamente en mi pantalla ese día. Algo me decía que Lucifer volvería a insistir. Pero hasta el momento no había vuelto a recibir ningún mensaje suyo. Me había levantado temprano y estaba tirado en el sofá de la sala revisando -como de costumbre- los *Likes* que había recibido en la última foto publicada en mi perfil de *Instagram*. El día estaba gris. El sol quería salir, pero la ciudad estaba bajo una masa inmensa de pesadas nubes grises que podían dejar caer agua sobre Denver en cualquier momento. Tenía planeado ir de compras con Winona al *Cherry Creek Mall,* pero el clima prometía arruinarnos el plan. Agarré el control remoto del televisor, que estaba sobre la mesa de centro, y me disponía a ver una serie nueva en *Netflix* cuando Win, como cariñosamente había comenzado a llamarla, abrió la puerta de su habitación dándome los *"buenos días"*.

–Uff, maldito clima. ¿Por qué tiene que llover justo el día que tengo libre? –agregó.
–Era precisamente lo que estaba pensando.

Había comenzado a lloviznar y el mal clima no parecía ser algo pasajero. No tenía otra opción que abrazar la añoranza que me embargaba y pasar el día viendo la serie.

–¿Y tú?
–¿Yo... qué?
–¿Piensas pasarte el día tirado en ese sofá sufriendo por el desaparecido?

–No te burles.

–¡No me burlo! –dijo Win–. Pero creo que ya es hora de que empieces a olvidarlo.

–Es fácil decirlo, pero difícil que el corazón lo entienda –contesté.

–¿No has sabido nada?

–No, como si se lo hubiese tragado la tierra.

–¿Y si reportas su desaparición?

–No sé si debo. Sus padres no han llamado a la oficina preguntando por él.

–¿Crees que haya vuelto con ellos?

Me encogí de hombros sin saber. La ausencia de Andrew seguía siendo todo un misterio.

–Bueno, creo que me iré a la cama de nuevo –anunció Win tras tomar un poco de leche de almendras del refrigerador–. Veamos el lado positivo del clima. Es ideal para descansar todo el día.

–¿Ya viste la nueva serie de la que todos están hablando? –pregunté encendiendo el televisor.

–Aun no. Pero ahora que lo dices, voy a comenzar a verla.

–Bueno… disfrútala en tu cama. Yo la veré aquí en el sofá.

–No te la aconsejo, sabes –me advirtió.

–¿Por qué?

–Escuché decir a mis compañeras de trabajo que es una historia corta venas.

–Oh, entiendo.

–El día ya es demasiado deprimente como para que termines llorando.

Respiré hondo, apagué el televisor y devolví el control remoto a la mesa. En honor a la verdad no quería continuar con aquella depresión, aunque el clima tampoco ayudaba aquel sábado en la mañana. Win se encerró en su cuarto de nuevo y yo me quedé allí en el sofá mirando a través de la ventana cómo la intensidad de la llovizna aumentaba sobre la ciudad. Sin esperarlo, mi celular sonó. No era una llamada, sino el sonido particular de un nuevo mensaje en la bandeja de *Stiffy*. Sentí en ese preciso instante como si una gota de alegría me cayera en la frente y animara mi día. Algo me decía que era un mensaje de Lucifer. Lo intuía. Elevé el móvil para desbloquearlo y pinché la notificación enseguida. En efecto, era un mensaje suyo; y me alegré porque necesitaba una emoción que me sacara de aquel túnel gris por el que estaba transitando sin que mi cuerpo pudiese encontrar la salida.

» Hola. Buenos tardes.

Leí. Dudé nuevamente si debía continuar con aquella serie de mensajes que podían desencadenar en el olvido de Andrew totalmente, pero al mismo tiempo Lucifer estaba despertando mi curiosidad sin que pudiera controlarlo. Entonces, respondí sin demora:

18

» ¿Cómo dormiste?

» De maravilla. Toda la noche pensando en ti.

» Mentiroso…

» ¿No me crees?

» Es difícil hacerlo.

» Nunca dudes de lo que digo.

» Ok ok, si tú lo dices.

» Y tú… ¿Cómo lo hiciste?

» Bien. La verdad muy bien. No puedo negar que la conversación que tuvimos anoche me hizo dormir mejor.

Hubiese preferido no comentarle esto último. No quería crear falsas expectativas en él ante las cuales no me sentía capaz de responder. Pero a veces se me escapaban pensamientos demasiado honestos, cuando en realidad era preferible que quedaran encerrados en mi cabeza.

» Me reconforta escuchar eso. Estaba deseando saludarte.

Escribió. Yo le respondí con unos emojis sonrojados.

» ¿Me extrañabas?

Me atreví a preguntar encendiendo un fuego que me daba miedo prender.

» ¡Demasiado! Aunque no lo creas.

Y me envió seguidamente tres caritas que Andrew me había mandado en aquellos primeros mensajes que intercambiamos. Lo extrañé de nuevo circunstancialmente, pero me obligué al menos en aquel instante, a pasar página y dejarlo atrás.

» ¿Qué estás haciendo?

Pregunté y en menos de un minuto me envió una foto donde pude ver su mano nuevamente sosteniendo otra jarra con vista al bosque y las montañas rocosas viendo la lluvia caer.

» Me encantaría tenerte aquí.

Escribió después.

» ¿Dónde vives?

Quise averiguar. Aunque por evidencia deducía que residía en algún lugar montañoso en las afueras de Denver.

» Vivo al norte de Black Hawk.

Pensé que me enviaría su ubicación, pero no lo hizo. Entonces salí de la aplicación. Me fui directo a *Google Maps* para ubicar el sitio y descubrí un pequeño pueblito al oeste de Denver, desviado de la autopista 70. Navegué por algunas calles en las que descubrí pintorescos edificios de ladrillo y una iglesia sobre una colina con una torre bonita. Pero, de acuerdo con las fotos y los videos que me había enviado, y el acabado de aquel balcón donde siempre estaba, su residencia no encajaba con la arquitectura de aquel pueblo.

» Yo estoy en Denver. Próximo a la *Union Station.*

» ¿Quieres que vaya por ti?

Me tomó por sorpresa. Me demoré en teclear porque no sabía qué decirle. Recibí después unos *emojis* que me dejaban en claro su desesperación por una respuesta mía y entonces la indecisión me hizo sudar las manos.

» Creo que el día es pésimo para una cita.

Vi que estaba escribiendo y esperé su respuesta impaciente. Tampoco quería hacerme rogar. A fin de cuentas, no perdía nada conociéndolo. Bastaba con no interesarme o gustarme para no intercambiar más un mensaje y no volver a verlo. Intentaba sin razón no traicionar mis sentimientos, pero aquella mañana una ligera curiosidad, tras ver sus fotos nuevamente, empezó a correr por mi cuerpo y sentí ganas de conocerlo.

» Tienes razón. Parece que hoy estará todo el día lloviendo. Además, tengo un compromiso de trabajo muy importante que me ocupará la mayor parte del día.

Respiré. Al menos tendría más tiempo para interrogarlo, saber un poco más de él y evitar sentirme incómodo con segundos de silencio en nuestra cita.

» ¿A qué te dedicas?

Pregunté.

» Bienes y raíces. ¿Y tú?

» Soy diseñador gráfico. Trabajo para una compañía en *Downtown*.

» Que bien. Quizás puedas ayudarme con el diseño de algunos anuncios.

» Por supuesto.

En ese instante, Winona salió de su habitación. Me vio tirado en el sofá con una alegría en el rostro mientras tecleaba y me comentó asombrada:

—Esa cara me dice que estás texteando con alguien, ¿cierto... o me equivoco?

La miré con una risilla y no contesté. Winona gritó de emoción repentinamente y me asustó de momento:

—¡No lo creo! ¡¿En serio?! ¿Lo conociste en esa *App* que usas? ¿Cuándo lo vas a ver? ¿Es lindo? ¡Déjame verlo!

—Hey, espera. No vayas tan rápido. Aún no se si lo vea o no.

Le dije pensando en Andrew y ella lo notó en mi rostro.

—¿*Really*? Tienes que verlo —me dijo.

—Solo hemos hablado dos veces, contando esta.

—Eso no importa. No hay que textear tanto para ir a conocer a alguien. Pueden conocerse mejor en la primera cita.

Yo sabía que lo decía para sacarme de la depresión en la que me había sumido aquella última semana. Pero, coincidentemente, aquel hombre de las montañas también me había dicho lo mismo. Concentré mi mirada de nuevo en el celular y contemplé el mensaje que me había enviado despidiéndose:

» Debo ocuparme de algunos asuntos ahora. Más tarde te escribo.
» Está bien. Que tengas un buen día.

Me envió besos a través de unos *emojis* y tuve pena de responderle con los mismos, porque sentía que al hacerlo -de cierta forma- me comprometía y demostraba cosas que aún no eran más grandes que mi simple curiosidad. Entonces, busqué en mi teclado y le envié tres monos cubriéndose los ojos que dieron fin a la conversación. Apagué la pantalla de mi celular y le presté de nuevo atención a Winona. Era mediodía y aún no había comido nada. Me había entretenido sin desayunar.

–Prométeme que irás a conocerlo –me rogó ella.
–Aún no hemos coordinado una cita. Él quiere, pero... yo no estoy seguro.
–Tienes que hacerlo. Lo necesitas. Ya es hora de olvidar a Andrew. Además... no sé qué tanto extrañas de él si ni siquiera le diste un beso.
–Lo sé –contesté desde el sofá–. Suena loco y raro, pero solo yo entiendo este sentimiento que despertó en mí.
–¡Pero ya no está! Entiéndelo. Se fue y nadie sabe a dónde. ¿No crees que si hubiese sentido lo mismo por ti al menos te habría avisado antes de irse? –No dije nada y bajé la cabeza. –Hay algo

de lo que aún puede que no te hayas dado cuenta –agregó Win–. Que ese sentimiento del que hablas, no haya sido mutuo y por eso se esfumó sin dar explicación.

–No lo creo. Su mirada y sus acciones eran de alguien enamorado –contesté levantando la cabeza–. Aunque honestamente... a esta altura ya no sé qué pensar.

–¿Y entonces, por qué nunca se besaron si ambos estaban enamorados?

–Ya te lo he explicado –dije–. Su crianza fue muy ortodoxa debido a la religión que profesan sus padres. Él iba despacio, a su ritmo.

–Un ritmo bastante raro para estos tiempos.

–Lo sé, pero... ¿qué podía hacer yo? Nunca quise forzarlo.

El teléfono de Win vibró sobre la encimera de la cocina mostrando la foto de su novio Douglas. Ella lo agarró y contestó sin demora. Habló con él por algunos minutos antes de colgar la llamada. Cada vez que su teléfono mostraba la foto, los ojos le brillaban. Winona estaba loca por ese moreno. Douglas era un espécimen de su raza que derrochaba lindura. Siempre vestía muy bien cubriendo sus músculos con ropa a la moda. Win no era la única blanca que se derretía ante su figura.

–¡Vístete! Douglas nos invitó a almorzar antes de irse para el aeropuerto –me informó.

–Humm… gracias… pero no tengo muchos deseos de ir –le dije perezoso.

–¡Ah, no! Ni te creas que te voy a dejar en ese estado depresivo del que te niegas a salir. Levántate ya de ahí, vamos.

Win fue hasta el sofá, me levantó por el brazo y me empujó hacia mi cuarto. En realidad, no tenía deseos de salir, pero en el fondo agradecí su entusiasmo por sacarme del bache en el que estaba empecinado a seguir. En el corto tiempo que llevábamos compartiendo renta en aquel apartamento, le había agarrado mucho cariño y nos habíamos vuelto muy buenos amigos. No sé qué hubiese hecho sin su compañía en aquellos momentos tan deprimentes para mí.

–¿A dónde vamos? –pregunté desde mi habitación.
–Creo que al *Central Market* –voceó Win desde la suya–. Ya sabes que a Douglas le encanta ese lugar.

Su novio era IT. Trabajaba para una compañía en Denver donde manejaba sistemas de información hospitalaria y, de vez en cuando, realizaba viajes de supervisión a diferentes hospitales en el estado de Colorado. Aquel sábado debía partir a Durango en la tarde y regresaría el lunes, según escuché. Douglas tocó la puerta de nuestro apartamento y su novia salió a recibirlo. El chico entró como de costumbre, muy bien vestido y perfumado para salir a almorzar con nosotros antes de su viaje. Le dio un beso a Win y me saludó al entrar. Agarré una sombrilla y luego bajamos los tres en el ascensor del edificio para irnos en el carro del moreno, que estaba estacionado afuera en la calle. Manejamos por unos diez minutos hasta el lugar y encontramos espacio para parquear justo en la entrada, por *Larimer Street*. No era la primera vez que andábamos por allí. A Douglas le gustaba mucho el distrito RiNo. Amaba las paredes con graffitis, las galerías y los bares ubicados en antiguos edificios industriales donde se reúne gente joven bastante *cool* los fines de semana. Entramos al *Central Market* los tres bajo mi sombrilla y nos sentamos en una mesa desocupada tras ordenar la comida en uno de los kioscos. Douglas pidió un *Bowl* que incluía col rizada salteada, quinoa, cebolla roja, brócoli, zanahoria, almendras, cebollín y vinagre balsámico de manzana. Un plato bastante saludable para mantener su figura tan apetitosa. Win y yo decidimos irnos aquella tarde lluviosa de sábado por un ceviche con piña.

—Cuida mucho a mi princesa —mencionó Douglas, dándole un beso en el cachete a su novia.

—No te preocupes, está en buenas manos —le dije bebiendo una margarita que también había pedido.

—Pórtense bien. Nada de esas escapadas de amigos que siempre inventan, ehh.

—¡Tranquilo! Joshua no está para escapadas —aseguró Win—. De hecho, no quería venir con nosotros. Aún no está de ánimo.

—¿En serio? —preguntó Douglas.

Yo me encogí de hombros y puse cara de *aún estoy deprimido.*

–¿Tu novio sigue sin dar señales de vida?

–Bueno, técnicamente nunca fue su novio –aclaró Win interrumpiendo.

–Es cierto –dije–, nunca fuimos nada. Al parecer me ilusioné demasiado.

–Aún no se sabe nada del susodicho –comentó Win.

–¡Qué raro!

–Sí, ya le hemos dado vueltas en la cabeza al asunto sin encontrar explicación –dijo Winona, volviendo a hablar por mí–. ¡Brindemos! La vida sigue y aquellos que no han querido quedarse en la nuestra, pues no merecen atención.

Ella levantó la copa de margarita que también había ordenado, yo levanté la mía y Douglas alzó su vaso de agua. Los tres brindamos y justo cuando terminaba de darme un sorbo, mi celular sonó desde el bolsillo. Lo saqué de inmediato y vi enseguida la notificación de un nuevo mensaje en *Stiffy.* Antes de abrirlo, el hecho de ver el nombre de Lucifer anunciado como el remitente me dibujó una sonrisa en el rostro que Winona percibió instantáneamente.

–¿Es un mensaje del que me estoy imaginando? –preguntó.

–¿A quién se refieren? –quiso saber su novio.

–A un nuevo pretendiente que esta rondando a Joshua.

–¡Vaya, que bien! Me alegro. Si el otro desapareció, pues… –expresó Douglas para luego beber un trago de agua.

–¿Vas a aceptar su invitación? –inquirió Win.

–No estoy seguro.

–No lo pienses tanto. Si es alguien que vale la pena puedes perderlo.

–Es solo una cita –expresó Douglas–. Mírale el lado bueno. Quizás te ayude a sentirte mejor.

–Bueno ya, no insistan más. Esperaré que vuelva a invitarme.

Bajé la cabeza y abrí el mensaje de una vez:

» ¡Que aburrida mi reunión! Tengo deseos de conocerte.

Había adjuntado además una foto en la que se veía su mano sobre una mesa llena de papeles sosteniendo una jarra con el anillo de espinas en su pulgar. Por un momento sentí deseos de conocerlo también, saber quién era en realidad Lucifer y descifrar su enigma.

» Yo también.

Tecleé aun con la cabeza baja.

» ¡¡Bingo!! ¿Eso quiere decir que aceptas mi invitación?

» Humm… Creo que sí.

» Espero verte con ansías.

» Estoy con unos amigos.

» Ok. Disfruta con ellos hoy. Mañana disfrutaremos tú y yo.

» Está bien.

Levanté de nuevo la cabeza.

–¿Entonces…? –indagó curiosa Win.

–¿Hay cita o no? –insistió Douglas.

–Eso parece.

Winona pegó un grito que llamó la atención de todos a nuestro alrededor.

–No hagas ese alboroto, tonta –la regañé con una sonrisa en el rostro–, la gente nos está mirando.

Douglas sonrió también proponiendo un nuevo brindis para celebrar mi encuentro. Volvimos a alzar las copas y terminamos el almuerzo antes de abandonar el lugar. El novio de Win tenía aún que llevarnos de vuelta antes de ir al aeropuerto y tomar su vuelo a Durango. Me acomodé otra vez en el sofá a mi regreso y me puse a leer el libro que Andrew me había regalado. Ya había avanzado muchísimo en la historia de aquellos dos amantes que me hacían sufrir en el momento menos indicado. Afuera continuaba lloviendo. La paz que había dentro del apartamento junto el olor de las velas que había encendido y lo cómodo que me encontraba acostado allí, conspiraba para dormirme enseguida por varias horas. Entonces, caí rendido y no abrí los ojos hasta casi las siete de la noche, cuando Win ya tenía preparados unos ricos espaguetis para cenar los dos. Más tarde en la noche, antes de ir a la cama, mi celular volvió a sonar. El sonido me espabiló y me llenó de emoción. El aburrimiento me abatía y lo único que podía alegrarme era un mensaje de Lucifer, aunque me costara creerlo. Lo desbloqueé rápidamente, pero me decepcioné al ver que no era un mensaje suyo. Era un *WhatsApp* de mi madre en el que decía que me extrañaba y me enviaba muchos besos. Me dio alegría verlo, pero no era el mensaje de quien hubiese preferido en ese momento. Le contesté enseguida y me aparté del celular para ver un rato la televisión en la sala. Pero regresé al cuarto un minuto después porque el móvil volvió a sonar. Pensé entonces que sería la respuesta de mi madre enviando alguna postal con flores o alguna frase religiosa de esas que solía mandarme para darme las buenas noches, y fue entonces cuando mi contento fue mayor. Yo mismo me sorprendí al ver cómo alguien que aún no conocía me estaba ayudando a olvidar a Andrew. Esta vez sí era Lucifer. Ver el ícono de *Stiffy* en lo alto de mi pantalla anunciando un nuevo mensaje me llenó de alegría.

» ¿Estás despierto?
» Sí, aún no he ido a la cama.
» ¿Estás preparado?
     Me preguntó.
» No entiendo. ¿Para qué?
» Para vernos mañana.
» Ahhh… Sí, eso creo.
» ¿Te parece bien este lugar?

Acto seguido me envió la localización de un restaurante en la ciudad. Demoré en responder, viendo que era un sitio *cool* y bastante caro en una zona distinguida. Eso me dio a entender que Lucifer era de una clase superior a la mía.

» Me parecen bien, sí. Pero... ¿No crees que es un poco caro ese lugar?

» No dejes que el dinero sea un impedimento para conocernos.

También pensé, al leer su respuesta, que podría ser alguien tratando de impresionarme tras endeudar su tarjeta de crédito para llamar mi atención.

» ¿Cómo te llamas?

Introduje en el teclado y pulsé enviar para conocer el nombre de aquel tipo con el cual me aventuraría a un encuentro.

» ¿Es importante saberlo?

» Para mí lo es.

» Hoy soy Lucifer. Mañana seré otra cosa.

» ¿Otra cosa?... ¿Qué cosa?

Demoró en contestar y me dejó en suspenso. Después de unos segundos, recibí un texto:

» ¡El diablo en persona!

Me extrañó su comentario. No obstante, repliqué con unas caritas riendo.

» Me gustó tu foto.

No sé a qué se refería.

» ¿De qué foto hablas?

» De la última foto que subiste a *Instagram*.

Había olvidado que tenía el link de mi cuenta vinculada a *Stiffy* y cualquiera podía acceder a mi perfil y ver mis publicaciones.

» Ohh... gracias.

» Acabo de seguirte.

Corrí entonces a *Instagram* y abrí la aplicación para seguirlo también y ver su perfil. Allí estaba, lo identifiqué enseguida. Su nombre de usuario también era Lucifer. Pinché '*Seguir también*' y comencé a deslizar hacia abajo, deleitándome con más fotos suyas y algunos *Reels* donde se le veía esquiando en Aspen. Cada fotografía eran un encanto plasmado. Lucifer tenía un gusto por la moda muy exquisito y miles de *Likes* en sus publicaciones. París, Estocolmo, New York, Las Vegas... eran solo algunos de los destinos que se veían encima de las fotos. También le gustaba manejar autos de lujo y posar delante de un *Rolls Royce* negro que, al parecer, era su preferido. A simple vista, Lucifer no era alguien común. Por el contrario, parecía un ser bastante singular. Aquel tatuaje en el pecho, su mirada endiablada y la altura que aparentaba tener lo convertían en un macabro deseo que difícilmente podía controlar.

En algunas fotos destacaba su extravagante anillo de espinas rodeando su pulgar. Sin dudas, era algo que le gustaba lucir. Le regalé un corazón en varias publicaciones, pero en especial en una foto en la que estaba sentado sobre una piedra enorme con las bellas montañas rocosas de Colorado en el fondo. La foto presumía su ubicación y Lucifer se veía delicadamente tierno sobre la piedra, mirando a un lado de la cámara. Lucía grande en la foto y por un momento sentí un antojo de estar en sus brazos en medio de aquel hermoso paisaje. Mi debilidad eran los hombres altos. Me encantaba mirar hacia arriba y sentirme como un bebé acurrucado en el pecho de mi amado. Por eso Andrew también había llamado mi atención desde el primer momento. Recibí algunos *Likes* de su parte mientras yo le dejaba los míos en sus publicaciones, lo que me dio a entender, que al igual que yo, revisaba mi perfil.

» Me fascinan tus fotos.

» Las tuyas también.

» Tienes un cuerpo muy lindo.

» No mejor que el tuyo.

Yo iba al gimnasio y tenía buen cuerpo. Alardeaba un poco mi figura en las redes, porque al menos tenía que sacarle unos cuantos *Likes a* todas esas horas que pasaba produciendo mi silueta en aquel *gym* de Coral Gables. Pero el cuerpo de Lucifer era de un nivel Pro, que arrasaba con vistas y comentarios.

» ¿Quién es el chico de la foto?

Me preguntó sin haberme percatado de las fotos que me había tomado con Andrew en el *Civic Center Park* con el Capitolio de Colorado al fondo y que se exhibían en mi perfil. Yo había borrado todas las fotos con mi ex y Andrew era el único que aparecía en mi perfil.

» Es un amigo.

Respondí.

» ¿Seguro?

No quería mentirle. No me gustaba decir mentiras que luego pudieran resultar en amargas experiencias.

» Bueno… fue alguien importante para mí. Pero ya no está.

» ¿Qué pasó?

» Se fue.

» ¿A dónde?

» Mejor no hablemos de eso, sí. No está y punto.

» Ok ok. No te molestes conmigo.

» No estoy molesto.

» Tengo una sorpresa para ti.

» ¿En serio? No tienes que molestarte.

» No es molestia. Es un PLACER.

Enfatizó la palabra 'placer' con letras mayúsculas, sin entender por qué.

» ¿Te parece bien mañana a la 1:00 pm?

Me había imaginado que la invitación sería en la noche, pero de todas formas no me molestaba que fuera durante el día. Aunque, a decir verdad, las citas en la noche suelen ser más interesantes, incluso más románticas. Quizás estaba ocupado y no podía en la tarde. O prefería los encuentros a la luz del sol. Bueno... daba igual. La intención era conocernos y pasar un rato juntos. A fin de cuentas, yo iría sin muchas expectativas. Una parte de mí prefería no ir mientras la otra me empujaba a rastras. Sentía que lo necesitaba, que lo merecía por tantos días aturdido tras lo sucedido. Pero también que no me hacía falta, que no era el momento, que no conocía lo suficiente a Lucifer. Sin embargo, veía sus fotos, su tatuaje y me gustaba. Su ropa y su carro me atraían. Mi mente en aquellos momentos era un carrusel que daba vueltas y vueltas sin parar queriendo detenerse sin frenos.

» Perfecto. Te veo mañana.

» Si prefieres ir a otro sitio donde te sientas más cómodo, por mí no hay ningún problema.

» El lugar que me enviaste está bien para mí.

» Ok, mañana entonces cuando estés listo mándame tu ubicación y enviaré a mi chofer a que te recoja.

¿Cómo? Lucifer tenía chofer y podía enviarlo a recogerme. ¡Vaya! No quería verlo de manera interesada, pero descubrir un perfil en *Stiffy* que te mande a su chofer no es algo que se descubra todos los días.

» No hace falta, de verás que no. Puedo ir en *Uber*.

    Le dije, dado que aún no tenía vehículo.

» ¡Insisto! No se hable más.

» Está bien. Como quieras.

» Me voy a la cama. Soñaré con nuestro encuentro.

» Hasta mañana.

» Dulces sueños.

    Para ese entonces ya estaba acostado en mi cama. Winona también se había ido a la suya. Apagué la pantalla del celular y lo puse a cargar, no sin antes establecer una alarma para las once de la mañana, en caso de que me extendiera durmiendo. Quería prepararme sin prisa antes de la cita. Hacía casi una semana que no me arreglaba las cejas y tenía muchísimos pelos nuevos que estaban arruinando el marco perfecto de mi cara. Antes de dormirme abrí una gaveta de la mesita de noche, saqué una mascarilla de papel bañada en extracto de pepino y la coloqué sobre mi rostro para dormir como una momia.

    A la mañana siguiente me levanté mucho antes de que sonara la alarma. No estaba nervioso. Mi estómago no estaba ansioso como otras veces, por lo que supe que tendría total manejo de la conversación con Lucifer en el lugar que habíamos pactado. Normalmente detecto el nivel de importancia que representa una persona para mí, cuando siento que mi estómago se afloja y los nervios me carcomen por dentro. No puedo negar la curiosidad que sentía por verlo, pero era solo eso, una simple curiosidad y nada más. Salí a la cocina y me comí una banana. Miré por la ventana y gracias a Dios el clima pintaba diferente al día anterior. El sol iluminaba radiante la mañana. Winona aún no se había levantado. Entonces me encerré en el baño y comencé sin prisa un ritual de acicalamiento para resaltar mis atributos.

A eso de las doce del mediodía desconecté mi celular del cable que lo cargaba y entré a *Instagram*. El perfil de Lucifer tenía una nueva historia. Por supuesto no quería verla y dejarlo pensar que andaba de chismoso inspeccionando su cuenta. Pero una fuerza alienígena me empujaba el dedo hacia el círculo con su foto de perfil para ver la dichosa historia. No me importó lo que pensara. Terminé pinchando y entonces lo vi, vestido elegantemente, mientras se echaba perfume y miraba a la cámara con una música de fondo. La historia había sido subida cinco minutos antes y tenía un texto: *Te veo en una hora.* Y supe enseguida que aquel mensaje era para mí, como si hubiese intuido mi interés por ver su historia. Sonreí y respondí con un mensaje: *En 30 minutos estaré listo.* A lo que él respondió: *Ok, envíame tu ubicación y a las 12:30 pm mi chofer estará allí.*

Le compartí la dirección de mi edificio y entonces corrí a vestirme acorde a su elegancia. Quería verme a su altura. Ni extravagante ni ordinario, de acuerdo a la ocasión. Una vez que estuve listo, agarré mi teléfono y subí una historia similar a la suya con un texto que decía: *'I can't wait'.* Después salí del cuarto. Winona ya se había levantado. Estaba en la sala con la oreja puesta en su teléfono y tenía una cara muy seria.

–Buenas tardes –le dije irónico rebosante de frescura.

Ella no me contestó. Insistía en su teléfono.

–¿Qué pasa? –pregunté.

–Douglas no me contesta.

–Ah, pensé que era otra cosa. Traes una cara.

–Anoche tampoco me llamó para decirme que había llegado –me contó ella–. Me parece un poco raro.

–Quizás está ocupado.

En ese instante mi teléfono sonó. Lucifer había respondido a mi historia con otro mensaje: *Mi chofer está esperando abajo.*

–¡Ya está aquí! –dije nervioso.

–¿Quién? –preguntó Win.

–Su chofer. Me mandó a su chofer.

–¿Tu cita? ¡Omg, lo había olvidado!

–Dice que está abajo esperándome.

Acto seguido, los dos corrimos al balcón para asegurarnos de que el carro estaba allí. Y en efecto, parqueado en las afueras del edificio estaba el *Rolls Royce* negro que había visto en sus fotos de *Instagram*. El chofer estaba afuera del auto y esperaba por mí.

–¿Será ese? –preguntó Win.

–Sí, ese es.

–Dios, pero… ¿A quién vas a conocer que tiene hasta chofer?

–No sé… no tengo idea –comenté riendo–. ¿Crees que deba ir?

–¡Por supuesto! Si no vas tendrás que buscarte otra *roommate*.

–Pero y si no me…

–Ya no lo pienses más –me advirtió empujándome por el hombro hasta la puerta–. Baja y súbete a esa carroza. Disfruta el momento. Mañana será otro día.

–Okey. –En parte su insistencia me había ayudado a tomar la decisión. –Deséame suerte.

–Todo estará bien –me dio un beso y cerró la puerta a mis espaldas.

Caminé por el pasillo y llegué al ascensor. Bajé hasta el primer piso acompañado de una chica que cargaba en brazos a su perro pequeño y luego juntos salimos al exterior. Allí enfrente estaba el chofer esperando junto al *Rolls Royce*. Al verme salir del edificio se irguió mientras yo caminaba hacia él. Traía puesto un uniforme gris oscuro con unos botones muy bonitos delante y un cuello bastante alto, casi hasta las orejas. Usaba guantes negros y una gorra de chofer con una visera grande y brillosa que no me dejaba ver bien su cara.

–Buenas tardes. ¿Señor Joshua Cruz? –me saludó.

*¿Cómo sabe mi nombre?*, pensé. ¡Ah, claro!, qué tonto, Lucifer ya lo había visto en mi *Instagram*.. Asentí con la cabeza sin decir nada y entonces el chofer me abrió la puerta trasera de aquel amplio y lujoso vehículo. Antes de subir, miré a lo alto y divisé a Winona asomada al balcón con su celular al oído. Me despedí con un movimiento del brazo y me subí al auto sintiéndome *Cenicienta* en su carroza.

# CAPÍTULO DOS

H abía llegado a Denver en pleno verano. Era la primera vez que ponía un pie en el Estado de Colorado. Siempre había querido visitar Aspen y subir un video a mis redes esquiando en las montañas. Pero al final, mi ex y yo nunca nos poníamos de acuerdo y terminábamos escogiendo otro sitio para visitar en invierno, y Aspen entonces quedaba en la lista como un destino pendiente. Mi mudanza desde Miami se había dado demasiado rápido tras ser aceptado como diseñador en una de las compañías de marketing más importantes del oeste del país, con sede en Denver. Al cabo de un mes de haber aplicado, me llamaron un buen día con la buena noticia de que podía comenzar a trabajar tan pronto llegara a la ciudad. Al principio la idea no me emocionaba, pues sabía muy poco de aquel sitio al que solo conocía por algunos videos de *Youtube,* pero quería irme bien lejos de la Florida después del incidente con mi ex y nuestra traumática separación. Sí, parece que últimamente estaba destinado a sufrir por los hombres. Aquellos que amaba, siempre me causaban un terrible dolor.

Me rompió el corazón enterarme aquella tarde de las cosas que mi ex hacía a mis espaldas. Habíamos construido una bonita relación por tres años. Nos habíamos mudado juntos y nuestras familias estaban encantadas con nuestra unión. Su madre me quería mucho, y la mía lo adoraba también. Aquel colombiano me tenía loco. En la cama era un salvaje. Me dominaba como un Dios. Me tenía a sus pies comiendo de su mano. Yo daba la vida por él. Le había comprado un carro nuevo por San Valentín y justo el día de mi cumpleaños 33, me enteré de la doble vida que llevaba en las redes sociales. Ya me lo había dicho mi madre, fanática de la charada cubana: el número 33 significa Tiñosa. Yo no creía en esas cosas, pero el número evidentemente no auguraba buenas cosas ese año.

Mi ex me tenía una sorpresa preparada esa noche en el apartamento de Coral Gables donde vivíamos. Yo había salido a pelarme en la tarde, fingiendo que no sospechaba la fiesta a la que seguramente había invitado a nuestros amigos más cercanos. Fui a la barbería de siempre donde me pelaba un viejo amigo de mi familia. El tipo conocía a mi ex y aquel día no tenía una noticia muy buena que darme. De haber sabido que era mi cumpleaños, no me habría enseñado *aquello,* mientras me tenía sentado en la silla haciéndome los cortes. El barbero había descubierto un perfil en *Twitter* lleno de fotos explícitas de un joven que se mostraba sin ropa y tenía sexo en algunos videos con personajes a los que no se les veía la cara, incitando a pagar su suscripción de *OnlyFans* para continuar deleitándote con sus cochinadas. El barbero me extendió el celular para comprobar si aquel chico era mi pareja. Él lo había conocido en una reunión familiar en la casa de mi madre y su cara en la plataforma le era muy conocida. Al ver lo que me enseñaba me quedé en shock. Todo a mi alrededor se nubló y solo podía ver las imágenes en la pantalla. Enfoqué mis ojos en lo que estaba viendo y sí... era él, mi novio, bajo un perfil que no conocía, en una red social que yo ni siquiera usaba. Lo miré detalladamente sin poder aceptar lo que veía, pero tenía que hacerlo. Era más que evidente que mi pareja tenía una doble vida en las redes que yo desconocía por completo. Me vinieron tantas cosas a la mente, que por un momento mi cuerpo no reaccionó. Cuando me avivé y pude desprenderme de la pena que estaba sintiendo, me paré de la silla, me arranqué de un tirón la capa negra que tenía encima y le entregué con ira su celular al barbero. Salí disparado del local y me subí atormentado al carro. Saqué mi *Samsung* e instalé *Twitter.* Había grabado su nombre de usuario y lo busqué enseguida. Era él. No había duda. Llegué a pensar que quizás era parte de una vida pasada que nunca me había contado, pero no, sus publicaciones eran recientes y en algunas pude reconocer nuestro propio cuarto. ¡No lo podía creer! ¿En qué momento del día se tomaba aquellas fotos encima de mi cama sin que yo lo viera? Deslicé hasta abajo y vi todas sus fotos. También los videos donde tenía sexo con otros machos tan salvaje como conmigo, a modo de anuncio. Cada una de aquellas publicaciones eran una puñalada en mi corazón. Me herían inmensamente y, al mismo tiempo, me despertaba una voraz curiosidad por saber con quiénes se había acostado. ¿Quiénes eran todos aquellos hombres que no mostraban la cara en los videos? Encontré el enlace a su cuenta de *Only Fans* y entonces busqué mi tarjeta en la billetera para pagar su suscripción de inmediato y enterarme. Tenía un profundo dolor en mi interior, pero no podía evitar querer saberlo absolutamente todo.

Una vez que accedí a la información en su cuenta, fue como si hubiese tocado un cable de alta potencia. Descubrí algunos videos más en los que se cogía a otros hombres en nuestro cuarto. Uno de ellos fingía ser nuestro amigo, un amigo que nos visitaba, que salía y compartía importantes momentos con nosotros y del que nunca sospeché nada. Sentí pena por mí, por lo ingenuo que había sido. Experimenté inmediatamente una repulsión que me dio ganas de vomitar. No obstante, el odio acérrimo hacia mi ex no estuvo totalmente definido hasta que me encontré a mí mismo en uno de los videos. Allí estaba yo, restregándome con él y siendo vendido sin saberlo. ¿Cómo había sido capaz de grabarme sin mi consentimiento? ¿En qué parte de la habitación había instalado aquella cámara oculta? Era un desgraciado. ¡Maldito colombiano que me tenía a su merced abusando de mi confianza! Arranqué el carro y manejé como una fiera al volante por la calle 8 del South West hasta llegar a la Avenida 57, donde doblé a la derecha y llegué al edificio en el que vivíamos. Subí en el ascensor con un desquicio al que le tuve miedo. Solo quería tener al desgraciado delante de mí y escuchar lo que tenía que decirme.

Abrí la puerta de nuestro apartamento y entré eufórico. *¡¡Sorpresa!!,* gritaron todos. Allí estaba mi familia, la suya y nuestros amigos, incluyendo al descarado que se acostaba con mi pareja. La sala estaba adornada muy linda con globos dorados y negros. Mi ex estaba en medio de todos esperándome con un regalo en la mano. Me acerqué lentamente hacia él mientras los invitados me miraban alegremente. Estaba tan ofuscado que no me interesaba nada más que ponerle en frente el dichoso perfil de *Twitter* y que se diera cuenta de que ya lo sabía todo. Él me vio acercándome con cara de odio y supo de que algo no estaba bien. Cuando lo tuve enfrente saqué el celular de mi bolsillo trasero y se lo mostré con un video suyo rodando en la pantalla. El sonido a todo volumen hizo entender a la gente lo que pasaba. Su cara terminó de transformarse por completo. Le di un golpe a la caja de regalo que sostenía y cayó al suelo. De repente hubo un silencio en el apartamento que dejó a todos boquiabiertos. A mi ex por poco se le salen los ojos. No dijo nada. Mi mano apretaban el celular con tanta roña que casi lo rompe. *¿Qué pasa?*, preguntó mi madre acercándose. *¡Dime que yo merecía algo así... dímelo y entenderé!*, le dije a mi ex mientras la mano me temblaba. Él seguía sin decir una palabra. Entonces caminé haciéndolo retroceder con unos deseos muy grandes de lanzarlo por el balcón que estaba a sus espaldas. *Hablemos cuando se haya ido la gente, Joshua, por favor,* fueron las únicas palabras que salieron de su boca antes de que lo empujara sin medir las consecuencias y su cuerpo saliera por encima de la balconada.

Acto seguido, la gente comenzó a gritar y entonces desperté de aquel trance en el que me encontraba. Mi celular cayó al piso, mi padre me llevó adentró y mientras algunos rescataban a mi ex colgando de los barrotes de la baranda, yo comencé a gritar que sacaran a nuestro amigo el traidor del apartamento y mi presencia.

Afortunadamente para mí, el incidente no pasó a mayores y mi ex no terminó en los bajos del edificio sobre un charco de sangre. Gracias a eso pude aterrizar en aquel extraño aeropuerto de Denver un mes después, sabiendo que extrañaría el tráfico, la gente y la vibra de Miami. Las carpas blancas que cubrían la instalación me sorprendieron desde el avión. Es algo sin dudas muy peculiar desde arriba. Algunos extraños murales un poco inusuales para recibir a los viajeros me llamaron la atención. Y al alejarme en un *Uber* del lugar, la estatua de un extraño caballo azul con ojos encendidos me terminó de dar la bienvenida a la ciudad. Un poco rara, por cierto. Como los inimaginables sucesos que estaban por acontecer.

La pandemia había dejado atrás una serie de eventos inusuales en el funcionamiento del país. Los precios se habían disparado y los alquileres andaban por las nubes. Había estado buscando un apartamento que me quedara cerca del trabajo, ya que había llegado sin vehículo a la ciudad y quería -por comodidad- ubicarme cerca de la oficina. Sin embargo, lo que tendría que desembolsar para vivir solo era algo que sencillamente no quería ni estaba dispuesto a pagar. Entonces, no me quedó otro remedio que buscar una alternativa y encontré el anuncio de una chica que ofertaba un cuarto disponible para compartir gastos en el apartamento de la *Riverfront Tower* donde vivía, frente al *Commons Park*, con vista al *South Platte River*.

Su nombre era Winona y en el poco tiempo que convivimos juntos, creamos una amistad entrañable hasta nuestros días. El lugar era perfecto. Me encantaba caminar de regreso a casa todas las tardes a través del bonito paseo que ofrece la calle 16 en el *downtown*, colmada de tiendas y restaurantes.

Me había costado un fin de semana entero ubicarme en el apartamento de Winona y comprar las cosas necesarias para estar cómodo. Cuando tuve un chance abrí *Stiffy* para chequear los machos de la zona. Aún mi apetito sexual no estaba listo para entregarme a otro cuerpo. Pero la curiosidad siempre llama. Uno de los usuarios tenía una foto de perfil demasiado sexy. Sus hombros y su pecho eran gigantes, y sus bellos en el tórax daban ganas de acurrucarse en ellos. Le envié algunos mensajes durante ese fin de semana, pero nunca contestó. El lunes por la mañana me levanté temprano, agarré mi maletín y me subí a un bus que cubría gratis, la ruta entre la *Unión* y la *Civic Central Station* a través de la famosa calle 16; y me llevaba directo a mi nuevo trabajo. Mi primer encuentro con el Gerente de Proyectos era a las 10:00 am y aún tenía una hora por delante. Me bajé del bus y me detuve delante del edificio en la entrada suroeste. Levanté la cabeza y la vista se me perdió en lo alto. *Republic Plaza* es la edificación más alta de la ciudad con 56 pisos. Y justo allí, a la altura del piso 50, trabajaría yo. Estaba realmente entusiasmado porque era, de hecho, una de las cosas que más me había gustado a la hora de optar por una posición en *AcrosMedia Inc.*

Divisé un *Starbucks* en una plaza contigua al edificio y el olor a café que escapaba por su puerta me hipnotizó. Entonces decidí entrar, pedí un *White Chocolate Mocha* que me dieron en un vaso con mi nombre escrito y me senté en una de las mesas a la espera de la hora justa para entrar al edificio. Mientras disfrutaba mi café, despegado por algunas mesas, un atractivo galán me robó la mirada. Leía algo en su celular pausadamente mientras bebía su café. Qué hombre tan elegante y bello. Tomé de mi vaso mientras mis ojos iban delineando cada recoveco de su figura. Su pelo rubio formaba una increíble ola en la cima delantera que caía hacia el lado derecho de su frente. Detrás, estaba perfectamente degradado y su cuello lucía limpio y holgado dentro del *blazer.* Levantó la vista y se dio cuenta de que lo miraba. Tuve que disimular rápidamente y mirar a otro lado, pero noté que mi rápido desvío de mirada lo había hecho fijarse en mí. Después no dejamos de hacerlo, pretendiendo que ninguno de los dos nos dábamos cuenta del interés que mostraba el uno por el otro. La barba bien perfilada debajo de su pronunciada mandíbula me trastocaba. De momento se levantó aquel hombre bien arreglado, y sin más, salió a la calle. No sin antes coincidir los dos en una mirada que me anunció que yo le había gustado. Salió del local y me dejó deseoso de perseguirlo a donde fuera. Pero no podía. Debía subir al edificio y entregarme a mi nueva aventura laboral. Lamenté su salida del *Starbucks* y me quedé sentado allí terminando mi café. Desde el incidente con mi ex, no había mirado a un hombre con el mismo interés que lo hice aquel día.

Un rato después, chequeé la hora en mi reloj y supe que era tiempo de subir. Antes de salir del local fui al baño para cerciorarme de que estaba perfecto para causar una buena impresión en mi primer día de trabajo. Peiné con los dedos mi pelo negro, ondulado y largo por debajo de las orejas. Acomodé mis cejas gruesas y acaricié la sombra de mi barba. Luego salí del lugar, volví a estar delante del edificio y entré valiente, seguro, sin saber qué podía depararme aquella nueva etapa de mi vida. Ingresé al grande, alto e imponente lobby, y encontré enseguida el ascensor que me subió deprisa al piso 50. Una vez arriba, caminé por el pasillo hasta encontrar la puerta de cristal de *AcrosMedia Inc.* e ingresé a un pequeño recibidor donde había una joven esbelta sobre tacones detrás de un escritorio y otros dos jóvenes como yo sentados en un sofá.

–Buenos días –le hablé a la recepcionista–. Mi nombre es Joshua Cruz. Hoy es mi primer día.
–Hola. Bienvenido. Tome asiento por favor. Aquellos jóvenes que ve allí también comienzan hoy. Enseguida los atenderán.

Me senté junto a los otros dos y esperamos por unos minutos hasta que la chica nos anunció que alguien se acercaba para recibirnos. Los tres nos pusimos de pie y al hacerlo decidí acomodarme el cinto del pantalón. Levanté la cabeza y me sorprendí al verlo.

–Él es Andrew Miller –lo presentó la chica–. Nuestro Gerente de Proyectos.

Un escalofrío me sacudió. No podía creer quien estaba delante de mí. Me asombró lo dichoso que estaba siendo aquella mañana tras ser premiado con una casualidad tan bonita. Era él. El hombre apuesto del *Starbucks.* El que hace un rato me había hechizado con su pelo y el que también me había estado mirando. Los otros dos lo saludaron de inmediato, pero yo no pude. Mi cuerpo estaba congelado. Él me miró también con asombro queriendo despegar sus ojos de los míos, pero no podía. Cuando al fin logró desprenderse de la fuerza que lo obligaba a mirarme, me estrechó la mano. Yo le extendí la mía lentamente mientras nuestras pupilas creaban una visible empatía.

–Sean los tres bienvenidos. Nos alegra que ya estén con nosotros y poder darles por fin el recibimiento en su primer día –comentó fluidamente, aunque algo me decía que estaba igual de nervioso que yo–. Les daré un breve *tour* por nuestra oficina, les presentaré a sus demás compañeros y al final me reuniré con ustedes para comentarles sobre la compañía, los proyectos en los que estamos trabajando y definir la función de cada uno de ustedes en *AcrosMedia Inc.*

Y así pasó. Andrew nos presentó a los demás empleados. Nos mostró cada uno de los cubículos y luego nos reunimos en su oficina. Nos sentamos los tres a un lado y él a la cabeza de la mesa. Allí nos puso al tanto de los planes y las estrategias que llevaba a cabo la empresa, y mientras lo hacía se mostró bastante serio. Amé la pasión con la que hablaba sobre la importancia de nuestro trabajo, sus manos fuertes saliendo por las mangas del *blazer y* su gestualidad varonil. Esperaba ese instante en que me mirase fijo a los ojos, pero sabía que las circunstancias no lo dejaban.

–Mi nombre ya lo saben. Soy Andrew Miller. Yo seré su jefe inmediato y el encargado de supervisar su trabajo en cada uno de los proyectos que se les asignen.

Al final nos llevó a nuestros puestos de trabajo, donde pasaríamos la mayor parte del día sentados frente a una computadora. Durante el resto del día pidió ver en su oficina a uno de los nuevos y luego al otro, pero nunca solicitó mi presencia. Estuve esperando el momento en que lo hiciera y estuviéramos los dos a solas, pero no ocurrió. En la tarde, después del almuerzo y tras una extensa charla con uno de los diseñadores de la compañía sobre un proyecto que atendería, me alejé de la computadora queriendo estirar las piernas y entonces deambulé por el pasillo principal. La oficina de Andrew estaba cerrada. Me adentré en un pequeño espacio de ocio entre dos cubículos y me detuve delante de los cristales contemplando la ciudad desde arriba. Divisé los edificios vecinos a nuestro alrededor en el *downtown*, los autos y la gente como hormigas en las calles. La ciudad ocupaba un área bastante extensa, justo hasta donde comenzaba la cordillera allá en el horizonte.

–¿Te gusta lo que ves? –me susurró de pronto una voz que me hizo dar un brinco en medio de la paz que me rodeaba.

–Sí… me gusta –contesté después de mirar hacia atrás y darme cuenta de que Andrew había sido el causante de aquel sobresalto.

–Perdona si te asusté, no quise…

Inhalé profundo y luego exhalé dejando salir un suspiro involuntario.

–No te preocupes. He tenido todo el día la sensación de que me falta el aire. Pero estoy bien.

–Es normal. Denver está a una milla de altura sobre el nivel del mar. Con los días te acostumbrarás.

–Eso espero –dije.

–También sentí lo mismo cuando me mudé a la ciudad.

Sentí alegría de volver a verlo y cruzar unas palabras con él. El brillo en su mirada me decía que también se alegraba de hacerlo. Nos encontramos los dos en medio de un silencio acogedor con la vista fabulosa de la ciudad, mientras la tranquilidad del momento nos abrazó.

—Se ven hermosas —comentó mirando la línea de montañas en el horizonte.

—Nunca he visitado las montañas.

—¿En serio? Oh, te encantarán —comentó—. La flora y la fauna de las montañas aquí en Colorado es increíble.

—Solo necesito un guía —me atreví a disparar esperando que se ofreciera.

—Pues… —en ese instante alguien nos interrumpió y Andrew tuvo que abandonar la conversación para atender un asunto—. Disculpa, luego seguimos —me dejó a medias sin responder a mi indirecta.

Estuvo encerrado en su oficina el resto del día. Cuando el reloj marcó las cinco de la tarde en la esquina inferior derecha de la pantalla, vi que todos iban apagando sus computadoras. Entonces agarré mi maletín y apagué la mía también. Miré a la oficina de mi jefe y noté que estaba cerrada. Aún no salía. Me ilusioné al pensar que quizás podíamos bajar juntos en el ascensor y continuar nuestra conversación, pero no sucedió. Tuve que bajar con el resto de los empleados y salir a la calle 16 a tomar el bus. Me detuve un instante en la acera para revisar las notificaciones que mi celular tenía acumuladas desde la mañana y entonces, inesperadamente, escuché de nuevo su voz a mis espaldas.

—¿Tomarás otro café antes de irte a casa?

Me volteé y al verlo sonreí mirándolo a los ojos.

–Creo que… –Miré al *Starbucks* y de nuevo lo miré a él. –Si me acompañas, puedo repetir un café.

–Por supuesto, estoy deseando uno.

Vacilé de nuevo al ver lo bello e interesante que se veía debajo de aquel traje azul con zapatos marrones, y un maletín colgando del hombro. Entramos de nuevo al local donde nos habíamos visto por primera vez y después de pedir el mismo café, nos sentamos junto a una ventana viendo la gente caminar de un lado a otro en la concurrida calle. Yo evitaba hacer movimientos bruscos para verme fino y delicado, mientras veía en él una expresión alegre que demostraba lo muy a gusto que se sentía sentado conmigo en aquel lugar.

–Bueno… –rompí el hielo–, creo que dejamos una conversación pendiente.

–Oh, me decías que querías conocer las montañas.

–Sí. Me encantaría que me llevaras a conocerlas.

–Claro –me dijo-. Será un placer. Vienes de Miami, ¿cierto? Tengo entendido que no hay montañas allá.

–Así es.

–Nunca he visitado el Estado. He querido visitar las playas de Miami o los parques de Disney en Orlando, pero aún no me animo.

–¡Pues ya tienes un motivo para animarte!

–¿Ah sí? ¿Cuál?

–Yo.

Esperé una sonrisa de su parte tras mi broma indirecta, pero ésta no causó nada en él. Su cara insípida me hizo dudar si aquel hombre me había visto en realidad con otros ojos aquella misma mañana.

–Humm…

–Quise decir… que puedo ser un buen guía para ti en la Florida –dije para descongelar el hielo que se formó de repente.

–Me encanta la idea –contestó él y entonces supe que todo estaba bien. Que mi comentario no le había molestado y podíamos seguir con la conversación, aunque debía cuidar lo que decía de ahora en adelante.

Se me había olvidado que estaba en otras tierras, muy lejos de casa. La gente de Miami tiene cierto ritmo y estilo, y una manera de tomar las cosas muy diferente a los habitantes de esta región del país. Ya me lo habían advertido: *Los hombres de Colorado son como los que viven en la Ciudad del sol.* Y en efecto, no lo eran.

–¿Qué tal tu primer día? –me preguntó después.

–Muy bien. Me gusta mucho la oficina y mis compañeros son excelentes.

–Lo son. La llegada de ustedes tres es de mucha importancia para desarrollar otros proyectos que han estado estancados.

–Me alegra saber eso… y estar aquí compartiendo un café con mi jefe.

–Oh por favor, no me llames *Jefe*. Para ti soy Andrew.

Bebió y me sonrió desde su silla. Afuera comenzó a lloviznar de improviso y vimos cómo la gente corría para guarecerse de la lluvia.

–Está bien, Andrew.

Tomé de mi vaso y lo miré a los ojos intentando descifrar lo que podía pensar de mí. Sin embargo, su intención hasta entonces era un verdadero misterio. *¿Será que estoy acostumbrado a la rapidez con la que suelen demostrar afecto o interés los hombres en Miami? ¿Me habrá invitado simplemente a un café y nada más? Peor aún... ¿Será gay? ¿Me habré confundido?,* pensé en mi interior. Aunque no podía estar equivocado tras aquella mirada que me había regalado por la mañana en aquel mismo lugar.

–¿De dónde eres? –preguntó y supe que lo hacía por mis inconfundibles rasgos latinos.

–Nací aquí en los Estados Unidos, pero mis padres son cubanos. Vinieron de Cuba en el '80.

–¿En balsa?

–No precisamente. Llegaron en una pequeña lancha de pescadores.

–He visto algunos videos en *YouTube* sobre los cubanos llegando a la Florida en esos artefactos inventados.

–Sí, es la única forma que tienen algunos para escapar de la isla.

—Qué pena. Lo siento mucho por tu gente. Al menos tuviste la dicha de nacer aquí.

—Sí que la tuve. Nunca he ido a Cuba, pero mi padre y mi madre me han contado las cosas terribles que pasan los cubanos allá. Y tú... ¿de dónde eres?

—Soy de Lincoln, Nebraska.

—También estás lejos de casa.

—Así es. Tan lejos como quería.

—¿Por qué lo dices? —me picó la curiosidad.

—Prefiero omitir esa historia hoy.

—Oh claro, perdona —me disculpé con pena tras querer saber algo que evidentemente no quería contar o recordar—. ¿Hace cuánto vives aquí?

—Me mudé hace un año. Ya había conocido al dueño de la compañía en una Expo en Nebraska. Le pedí trabajo cuando lo necesité y pues... aquí estoy.

Terminamos nuestro café y nos pareció que era tiempo de irnos. Nos levantamos de la mesa y entonces nos detuvimos en la puerta porque afuera aún llovía.

—¿Hacia dónde vas? —se interesó él.

—Mi edificio está detrás del *Millennium Bridge*.

—Entonces vamos en la misma dirección. El mío está muy cerca de allí.

En ese instante estacionó el bus en la parada que teníamos a unos pasos y corrimos para subirnos antes de que se pusiera en marcha nuevamente. Nos sentamos uno al lado del otro soportando el frío que había dentro. Nuestras piernas estaban juntas y el calor que sentí al tenerlo cerca me provocó un erizamiento. Viajamos durante algunos minutos hasta la *Union Station* y al bajarnos cruzamos el *Millenium Bridge*. Corrimos sobre el pequeño puente y reímos empapados por la lluvia. Antes de bajar las escaleras del otro lado, apunté con el dedo y le señalé el edificio de ladrillos color marrón en el que vivía: la *Riverfront Tower*. Andrew me acompañó hasta la entrada. Los dos estábamos muy mojados y le insistí para que subiera a secarse.

–¿Vives aquí solo? –indagó.

–No, vivo con mi *roommate*. Una chica muy *nice*. Se llama Winona. Le gusta recibir visitas.

–No te preocupes, mi edificio está en la siguiente calle –dijo–. Me mojaré de igual forma de camino hasta allá. Nos vemos mañana.

Lo vi alejarse, dejándome con las ganas de haber subido al apartamento. Winona me preguntó a qué se debía mi cara de felicidad al entrar por la puerta y entonces le conté lo bien que me había ido en mi primer día de trabajo y la tremenda sorpresa que me había deparado el destino. Creo que desde la ruptura con mi ex en Miami, no había estado tan motivado. Nunca había deseado tanto que el día terminara para regresar al trabajo y volverlo a ver. Mi jefe me había hechizado. Sentía miedo de caer en las redes de una falsa ilusión, pero a la vez quería aventurarme y conocer a ese hombre un poco más.

Al día siguiente tomé el bus de vuelta al edificio *Republic Plaza*. Subí a la oficina diez minutos más temprano y estuve pendiente de la llegada de Andrew en todo momento. Pero transcurría el día y su oficina seguía sin abrirse. Al parecer, no había llegado a trabajar. Sobre las diez de la mañana la intriga me carcomía y salí a la recepción a preguntar si el Gerente de Proyectos se presentaría ese día. La chica de la entrada muy amablemente me comunicó que el señor Miller había llamado muy temprano dejando saber que se había resfriado el día anterior debido a la lluvia y no se sentía bien para venir a trabajar. Tras la noticia estuve desanimado hasta pasadas las dos de la tarde, cuando recibí en la bandeja de entrada de mi nuevo correo corporativo, un mensaje de mi jefe.

---------------------------------------------------------------------

De:     Andrew Miller (amiller@acrosmedia.com)
Para:   Joshua Cruz (joshuac@acrosmedia.com)
Fecha:  27 Junio 2023  14:35pm

Seguramente ya sabes que no pude ir a trabajar. Me resfrié ayer con la lluvia y amanecí con algo de fiebre en la mañana. No he tenido fuerzas para trabajar desde casa. Espero que estes teniendo un buen día y no me hayas necesitado para completar tus tareas.

Andrew M.

---------------------------------------------------------------------

Nada más leí el mensaje pinché *Responder* de inmediato.

---------------------------------------------------------------------

De:      Joshua Cruz (joshuac@acrosmedia.com)
Para:    Andrew Miller (amiller@acrosmedia.com)
Fecha:   27 Junio 2023  14:37pm

Te he necesitado... ¡y mucho! No he podido completar algunas tareas sin tu ayuda. Me urge verte. Envíame tu dirección, tu teléfono y déjame al menos llevarte un caldo esta tarde, por favor.

Joshua Cruz

---------------------------------------------------------------------

De:      Andrew Miller (amiller@acrosmedia.com)
Para:    Joshua Cruz (joshuac@acrosmedia.com)
Fecha:   27 Junio 2023  14:40pm

Glass House Building
1700 Bassett St, Denver, CO 80202
☎ 303 952 7950

Andrew M.

---------------------------------------------------------------------

No hizo falta que intercambiáramos otro correo más. Sabía que su pronta respuesta quería decir que me esperaba esa tarde en su apartamento. Entonces, a las cinco recogí mis cosas y fui corriendo a tomar el bus. Antes de llegar a casa me desvié a comprar algunos vegetales para hacer un suculento caldo, tal como mi madre me había enseñado. Al llegar a casa me puse el delantal y en poco tiempo lo tuve listo. Después tomé un baño, me puse bonito y bajé en el ascensor con un tazón de caldo en las manos forrado con papel de plata.

» Estoy en camino.

Le envié un mensaje mientras caminaba a la orilla del *Commons Park*. Ya había ubicado su edificio en *Google Maps* y quedaba justo en la calle paralela al mío, separados por un bloque de menos altura. Al llegar, me paré debajo de la torre de cristal y le mandé otro texto diciendo que había llegado. Pensé que me enviaría el número de su apartamento y me mandaría a subir, pero en vez de eso, recibí de vuelta:

» *Bajo enseguida.*

Unos minutos después, lo vi salir del elevador mientras esperaba sentado en un sofá del *lobby*. Venía con una mascarilla puesta para evitar contagios y vestía de manera informal. Usaba un *T-Shirt* amarillo de mangas cortas que apretaban sus apetitosos bíceps, un short blanco y unas sandalias. Fue inevitable deleitarme con sus piernas fuertes y vigorosas. Estaba algo despeinado y lucía cansado, pero aun así se veía bello. Quería mimarlo en mis brazos y acurrucarme a él toda la noche hasta que se sintiera mejor.

—Muchas gracias por venir –me saludó al verme–. No quería causarte molestias.

—No es molestia. Vine porque quise. Quería traerte una sopa y que te sintieras mejor.

Le extendí el tazón y lo agarró en sus manos.

—¿Me extrañaron hoy en la oficina?

—Bueno… yo al menos sí te extrañé. –Andrew bajó la cabeza y por la expresión de sus ojos sabía que sonreía bajo la máscara. –¿Cómo te sientes?

—No muy bien. Espero sentirme mejor después de tomar lo que me preparaste.

Hubo una breve pausa y sentí que era momento de marcharme. Entendí que no me iba a invitar a subir a su apartamento y lo que había imaginado en mi cabeza, no sucedería. Me figuré algunos pensamientos que no me gustaron pero que podían ser posibles: *¿Tendrá novio y por eso no me invita a subir? ¿Habrá bajado solo para que no me vieran?* No quise darle muchas vueltas al asunto para no llevarme una decepción. Nos despedimos con un débil e incómodo abrazo y regresé a casa a paso ligero mientras disfrutaba el atardecer. Crucé la acera y atravesé el *Commons Park* antes de llegar a mi edificio. Más tarde, una vez en la casa, recibí un mensaje suyo en mi teléfono: *La sopa estaba deliciosa.* Yo le contesté: *Me alegra que te haya gustado.* Y fue la última comunicación que tuvimos ese día.

Andrew tampoco se presentó en la oficina a la mañana siguiente. Al parecer seguía sintiéndose mal. Le envié un correo electrónico queriendo saber de su estado y me dijo que había vuelto a tener fiebre en la madrugada. Pero ese día no le ofrecí llevarle sopa. Él tampoco me insinuó nada. En la tarde regresé en el bus a la casa y no supe de él hasta el jueves, cuando se presentó en la oficina con un buen semblante. Estuvimos todo el día intercambiando miradas en los pequeños momentos en que nos cruzábamos en el pasillo. Entré a su oficina dos veces con pretextos tontos y su cara risueña se iluminaba cada vez que me veía. Al terminar la jornada nos fuimos caminando juntos por la calle 16 en medio de la gente. Hablamos de varias cosas de camino a casa y disfrutábamos muchísimo nuestro paseo, cuando de pronto sonó mi celular. Lo saqué del bolsillo y en la notificación descubrí un SMS de mi ex. Me paralicé por un momento porque no esperaba un mensaje suyo. Hacía más de un mes que no hablábamos. Andrew se dio cuenta de que algo no estaba bien al ver el cambio en mi rostro y me preguntó qué pasaba. Por supuesto, le dije que no era nada importante y guardé mi celular de nuevo en el bolsillo sin leer el mensaje.

—¿Tienes pareja? —lanzó después, como si hubiese intuido algo.

–Tenía hasta hace un mes –contesté.

–¿Qué pasó?

En realidad, no tenía deseos de contarle y mezclar aquel amargo recuerdo con el gusto e interés que estaba naciendo en mí por él. Pero en ese instante sentí que hacerlo me ayudaría a sanar, a curar la herida. Entonces le conté la historia de la desgraciada experiencia que había tenido en Miami antes de llegar a Denver con aquel colombiano al que intentaba sacar de mi cabeza a toda costa. Le dejé saber que por él y el bochorno que me causó, había decidido irme lejos para no toparme de nuevo con la misma piedra. Pero omití la ansiedad que me embargó de repente por leer el mensaje que me había entrado. *¿Para qué me escribe de nuevo ese desgraciado?* Yo no quería saber de su existencia; olvidarlo era una prioridad.

–¿Y qué hay de ti? –indagué también pretendiendo conocerlo mejor.

–¿A qué te refieres?

–¿Tienes a alguien por ahí?

–Lo tuve antes de mudarme a Denver.

–¿Y... por qué terminó?

–Digamos que yo... yo no había... pues... tú sabes...

–No habías... ¿qué? –presioné su respuesta.

–Salido del closet.

–Ahh, y... ¿cómo te fue?

–No muy bien que digamos. Mi ex nunca me entendió y lo arruinó todo.

–Explícate mejor.

–La culpa de todo la tuvieron siempre mis padres y su profunda devoción religiosa. Se negaban rotundamente a tener un hijo gay y me obligaron de una forma u otra a ocultarles quién era realmente. Me infundieron el miedo tras un rechazo evidente y entonces no me quedó otro remedio que callar lo que sentía y vivir mi vida en las sombras.

–¿Y qué culpa tuvo tu novio?

–Él y yo teníamos una relación a escondidas. Delante de todos éramos simples amigos. Estuvimos aparentando por dos años y en ese tiempo nunca me atreví a contarle nada a mis padres por miedo a su reacción. La bomba estalló una noche en la que lo invité a cenar con ellos en nuestra casa. Lo presenté como siempre lo hacía: como mi gran amigo. Pero él ya estaba cansado de aquel juego, y aunque últimamente habíamos hablado bastante del tema, aun no me atrevía a revelar la verdad y demostrarle con ello cuánto lo amaba. Nos sentamos todos a la mesa. Hasta ese punto ninguno de mis padres sospechaba nada. Pero mi ex comenzó a desatar una serie de insinuaciones que pusieron sobre alerta a mi padre. La situación en la mesa se fue poniendo cada vez más incómoda. Yo intenté que mi pareja no fomentara lo que se avecinaba, pero, aunque le abrí los ojos en varias ocasiones tratando de apaciguar su impulsivo deseo por revelar lo que éramos en realidad, fue imposible. Él era todo pólvora por dentro y se incendió de repente dejando saber que ambos nos queríamos y llevábamos un tiempo juntos. Mi padre se levantó de un tirón de la silla y tiró del mantel, arrojándolo todo al piso. Mi madre trataba de entender lo que aquel joven amigo mío acababa de decirles, pero su entrega religiosa no la dejaba asimilar lo que había escuchado. Traté de explicarles, eché de la casa a mi novio y me quedé a solas con ellos, pero no resolví nada. La imagen de su hijo estaba dañada y no podían entender lo suficiente como para recomponerla. Los próximos días fueron un infierno. Ninguno me dirigía la palabra. Me insinuaron que jamás aceptarían un hijo gay y entonces entendí que debía irme. Que a su lado nunca tendría una vida propia y ser feliz sería imposible. Recogí mis cosas y me fui para no volver.

—Lamento mucho que hayas vivido esa pesadilla con tus padres. Todos le tememos a ese momento en que revelamos quiénes somos realmente. No todos corremos con la suerte de ser aceptados y vivir en armonía.
—A su lado, mi vida fue un vía crucis. Viví la mayor parte de mi vida sumido en la fe religiosa y el fanatismo al que los dos se han entregado. Decirles lo que era suponía una tragedia familiar.
—¿Te fuiste a vivir luego con tu ex?

67

–¡No! Después de aquello no volvimos a entendernos. Le reproché que no haya respetado mi decisión de decirles cuando lo creyese oportuno y ese reproche generó una fea discusión. Pretendí continuar con lo que teníamos a pesar de nuestras diferencias, pero él no estuvo de acuerdo. No quiso que siguiéramos juntos y pues... tiempo después me vine a vivir a Denver.

–Creo que tenemos algunas cosas en común –dije tras escuchar su historia.

–Dicen por ahí que las cosas suceden por alguna razón.

Andrew me miró como si esa *razón*, fuéramos él y yo.

–Eso dicen. –Y esbocé una sonrisa imaginando lo que había insinuado.

En ese instante me detuve en la puerta de una librería que encontramos andando. Me encantaba leer y escurrirme en los pasillos llenos de libros. Meter mi nariz entre las páginas y respirar ese olor a libro viejo era una de mis obsesiones. Había tratado de retomar la lectura después de mi separación, pero aún no me sentía capaz de concentrarme en otra historia que no fuese la mía propia.

–¿Entramos? –propuse.

–¿Te gustan los libros?

–Me fascina leer.

Andrew me complació y nos adentramos en una librería *vintage* donde los clientes tenían un pequeño café para sentarse y ordenar algo mientras leían. Lo dejé atrás y me perdí entre los estantes repletos de libros. Busqué algún título que llamara mi atención y de repente Andrew me sorprendió al final de un pasillo sosteniendo un libro en sus manos.

–¿Y eso?

–Para ti. Te lo regalo.

–¿En serio?

Tomé el libro entre mis manos y el título me flechó: *Te enamorarás de mí*. Le di la vuelta y leí una breve sinopsis de amor. Levanté la cabeza y sonreí. Andrew me estaba regalando una indirecta muy directa.

–¿Te gustan las historias de románticas? –me preguntó.

–Son mis preferidas –respondí mirándolo tiernamente a los ojos.

–Entonces te gustará esta. Parece ser una gran historia.

–¡La disfrutaré sin dudas!

Salí de la librería con una alegría característica de quien acaba de recibir un flechazo de esperanza. Esa misma noche comencé a leer el libro y me adentré en la historia de aquellos dos amantes que sufrían por estar juntos, distante de las cosas que viviría con Andrew. Porque su historia y la mía sería bestial, impía y salvaje, muy diferente a la de aquellos dos que contaba el libro. Antes de abrir la primera página, revisé el mensaje que mi ex me había enviado. La curiosidad por leer sus palabras me mataba, aun cuando quería borrarlo para siempre de la historia de mi vida. *'Necesitamos hablar. Te necesito'.* Fue lo que leí en aquel SMS que me devolvió recuerdos de los que todavía me estaba tratando de deshacer. Consideré entonces lo interesante que podía ser mi vida tras este nuevo cambio que había dado, y aunque mi conciencia al parecer no estaba completamente decidida a olvidar al colombiano, cerré el mensaje y pretendí no haberlo leído.

El viernes transcurrió entre miradas, gestos y correos electrónicos de excusa que me hicieron visitar la oficina de Andrew en varias ocasiones. A las cinco de la tarde salí del edificio sin esperanzas de caminar o tomar juntos el bus porque su oficina estaba cerrada y eso indicaba que se quedaría a trabajar hasta más tarde. Pero Andrew me sorprendió corriendo a mis espaldas para alcanzarme una vez más. El ánimo me volvió y sentí dentro una cosquilla que no había experimentado antes.

–¿Has podido conocer la ciudad? –me preguntó tras su carrera.
–Aún no he tenido tiempo.
–¿Quieres dar un paseo antes de ir a casa?
–Claro. Me encantaría.

Pasar más tiempo a su lado estaba siendo cada vez más placentero para mí. Nos fuimos al lado contrario de la calle 16 y llegamos hasta el *Civic Center Park*. Aún no había recorrido mucho las calles de Denver y el parque me pareció un lugar hermoso, con el Capitolio a un lado y el *City Council* al otro. Anduvimos por la alameda hablando de nosotros, entre chistes que iban y venían a cada rato y algunos datos curiosos de la ciudad que Andrew había ido conociendo con el tiempo. Nos encontramos un par de *scooters* en una esquina y ambos nos miramos con la misma idea en la cabeza. Manejar por el parque fue muy entretenido y deleitable. Me sentí adolescente de nuevo. Yo iba adelante a máxima velocidad y Andrew conducía detrás intentando alcanzarme. Lucíamos ridículamente divertidos encima del artefacto con nuestros maletines colgando en la espalda. Me detuve justo frente a la escalinata del Capitolio, saqué mi celular para hacerme una *selfie* y Andrew -sin esperarlo- se me unió en la foto. Los dos lucimos bellos con la cúpula dorada del edificio en el fondo. El color de la tarde cayendo hizo que no necesitara aplicar ningún filtro a la foto para transformarla naturalmente en un bello recuerdo. Esa misma noche decidí publicarla en *Instagram* sin pedirle permiso a Andrew, para que mi ex pudiera ver lo feliz que estaba siendo sin él y no me molestara más con sus mensajes. No me cansaba de ver la foto una vez publicada porque me había encantado y me hacía mucha ilusión que mis amigos y familiares me vieran dichoso y recuperado después de lo que me había hecho en Miami aquel miserable colombiano. Disfruté cada *Like* y comentario que hicieron en la fotografía, como si estuvieran halagando una relación que aún no existía con aquel hombre que había conocido en Colorado.

El sábado me levanté en la mañana y junto a Winona limpiamos el apartamento. Más tardé recibí inesperadamente una llamada de Andrew. Al ver su nombre en la pantalla de mi celular, me entusiasmé de tal manera que me palpitó el corazón. Respondí enseguida y lo saludé tratando de disimular en mi voz la exaltación que se asomó. Me preguntó si tenía algún plan para esa noche y por supuesto, le dije que no. *Siendo así, te invito a cenar entonces*, me dijo, y acto seguido mis alas se abrieron con deseos de salir volando por el balcón hasta las nubes. *Después podemos ir a tomar algo*, agregó.

Su invitación me tuvo el resto del día en un puro nervio. Estaba demasiado entusiasmado porque era la oportunidad perfecta para besarnos al fin. Cena romántica, una caminata después y unos tragos al finalizar para ponernos contentos y dar rienda suelta a nuestros deseos. Era la noche ideal. Andrew me dijo que me recogería en su carro a las ocho de la noche y cinco minutos antes ya estaba esperándolo en las afueras de mi edificio. No conocía su carro, pero pude verlo a través del cristal mientras se acercaba. Parqueó delante de mí y yo mismo abrí la puerta y subí al auto. Me senté a su lado y vi cómo sus ojos se iluminaban al verme. Estaba tan impresionado como yo de mi belleza esa noche. Nunca lo revelaba, pero tenía mis trucos de maquillaje para lucir bello y espléndido. Él también estaba reluciente. La ola en su pelo era perfecta y el color rosado de sus labios me provocaban unas ganas tremendas de besarlo.

El lugar al que fuimos era perfectamente romántico. Las mesas estaban ubicadas en pequeños espacios privados y los asientos eran un semicírculo de *leather* capitoneados hasta el techo en el espacio que ocupaban. En el centro, una lamparita pequeña nos alumbraba tenue y fino a la vez. Cenamos tranquilamente, sin prisa, pedimos una botella de vino y brindamos varias veces sin desaprovechar un segundo para mirarnos seductoramente por encima de las copas. Hablamos de los dos. De las cosas que me gustaba hacer en mi tiempo libre, de los lugares que habíamos visitado y los que aún teníamos en nuestra *bucket list*. De su color favorito, del mío, de nuestros signos y su mejor aliado. De su amor por la ópera y de la historia de amor que narraba el libro que me había regalado. Fue un momento mágico, el mejor que pude compartir con él antes de los sucesos en los que nos veríamos envueltos. Después salimos del lugar y nos subimos de nuevo a su auto. Andrew me preguntó a qué tipo de lugar se me antojaba ir y entonces le propuse dirigirnos a un bar de *drags* donde pudiéramos seguir tomando y él finalmente terminara de relajarse. Había pasado ya una semana en la que había podido entender que Andrew era un tipo bastante serio. No se reía de cualquier cosa, pero cuando lo hacía daba gusto verlo. Mi decisión no le agradó del

73

todo. Al parecer no le gustaba inmiscuirse con los de su especie, a pesar de que su sed por los hombres era irremediablemente una preferencia inevitable. Pero accedió finalmente y me llevó a un sitio que él mismo había visitado en sus primeros días en Denver. El *X Bar*, así se nombraba aquel lugar que resultó ser un poco feo para mi gusto, pero en el que estaba siendo feliz, aunque Andrew pareciera estar incómodo.

Pedimos unas cervezas y comenzamos a beber. Muchos nos miraban porque lucíamos realmente guapos aquella noche. Nos tomamos varias fotos, nos reímos de algunos raros que estaban allí y de un *stripper* flaco y sin gracia que bailaba dentro de una jaula. La música nos contagió. Sonaba un remix de *Lady Gaga* y entonces lo agarré de la mano y lo llevé al centro donde todos bailaban. Una cosquilla me corrió por todo el cuerpo en ese instante que nos tomamos de la mano y sentí sus dedos fuertes y poderosos agarrando los míos. Bailamos y reímos sin noción del tiempo. Había mucha gente a nuestro alrededor saltando y moviéndose como loca. Una chica muy alta me empujó ligeramente por detrás y yo exageré el impulso para chocar con él y tener mis labios más cerca de los suyos. Andrew me miró y pensé que me besaría teniéndome en sus brazos. Yo estaba más que dispuesto. Pero me devolvió a mi lugar sin entender por qué no había aprovechado el momento. Seguimos bailando y de pronto la música se detuvo. La gente comenzó a hacer un círculo en el lugar donde estábamos y una *drag queen* bastante estrafalaria salió al centro y comenzó a saludar a todos con micrófono en la mano. Miré mi reloj y eran las doce de la noche. El show iba a comenzar. La primera drag en hacer su *lipsync* nos impactó. No lucía nada excéntrica. Su magia era la simpleza. Su actuación era limpia y orgánica. No llevaba peluca. Su pelo largo y rubio era natural. Traía un vestido rosado de brillo con un gran escote en el que se asomaban sus senos. Eran suyos. De silicona, pero bellamente adjuntos a su cuerpo. Era la mismísima Jessica Rabbit en persona, pero rubia. Su altura y sus movimientos eran cautivadores. Era toda una mujer. Andrew y yo nos miramos sorprendidos por su encantadora presencia. El tema musical que había escogido encajaba perfectamente con sus gestos y seductoras miradas. No escuché su nombre, pero más tarde lo sabría. Luego llegaron otras al pequeño escenario del bar, pero ninguna cautivó tanto como aquella rubia fina y sensual.

Luego del show seguimos bailando y bebiendo. Ya habían sido demasiadas cervezas, que en ocasiones le hacían a Andrew perder el equilibrio. Nos pegamos a la barra y le pregunté si estaba bien. Obviamente, como todo borracho, se negaba a aceptar su estado de embriaguez. De pronto me miró fijamente. Yo lo hice también. A decir verdad, yo estaba desesperado por vivir ese instante en que ambos nos miráramos a los ojos y lentamente acercáramos nuestros labios. *Es el momento,* pensé. *Me besará.* Y justo cuando debía suceder, encendieron todas las luces y aquella que comenzó animando el show, anunció que era hora de abandonar el lugar.

Buscamos el carro y Andrew notablemente no estaba en condiciones de manejar, por lo que tuve que hacerlo yo y ver cómo se dormía a mi lado antes de llegar a su edificio. Lo saqué del auto y coloqué mi cabeza debajo de uno de sus brazos. Lo subí al elevador y saqué la llave del apartamento de su bolsillo. Descubrí un hogar muy limpio y organizado mientras identificaba su cuarto. Allí sobre la cama lo dejé. Le quité la ropa dejándolo en calzones. Vacilé el bulto que tenía y pensé en meterme a la cama con él y quedarnos allí hasta el amanecer, aunque no pasara nada debido a su estado. Pero tuve miedo de que no fuera su intención y se molestara luego conmigo. Los dos trabajábamos juntos y no quería crear entre nosotros una tirantez que nos mortificara durante cinco días a la semana. Entonces me fui, dejándolo dormido sobre la cama. Bajé el ascensor afligido por lo que me hubiese gustado vivir, pero complacido por el bonito momento que habíamos pasado juntos.

Al día siguiente me llamó temprano para disculparse por su estado. Yo aún estaba soñoliento sobre la cama.

–No soy de beber mucho –me dijo.

–Una vez al año no hace daño.

–Amanecí sin mi ropa.

–Si... yo te la quité –contesté temiendo su reacción.

–Oh Dios, qué pena. No me acuerdo de nada.

–No te preocupes.

Tuve deseos de decirle que había sido un placer. Que en realidad quería quedarme a su lado y dormir en sus brazos. Que quitarle lentamente la ropa y descubrir su pecho pronunciado me había tentado demasiado y había regresado a casa a punto de mojar mi *brief.*

–Te invito a almorzar y a conocer un poco más la ciudad.

–Ok, pero pago yo. Anoche no me dejaste hacerlo.

–De ninguna manera. Aún no has cobrado tu primer cheque.

–Pero al menos puedo…

–Te recojo en treinta minutos –me interrumpió.

–Perfecto.

Ese día después del almuerzo en la histórica *Larimer Square*, conocí el Museo de Arte de la ciudad. Visitamos además el Museo de la Selfie, donde nos hicimos divertidas fotos que luego publiqué en mi perfil y mis historias. Los dos hacíamos una bonita pareja, al menos en mis publicaciones. No faltó quien me preguntara en privado por él, pero penosamente tuve que decir que solo era un amigo. Nos retratamos además con el oso azul apoyado en la pared de cristal del Centro de Convenciones y con la Basílica de la Inmaculada Concepción de fondo. Estuve todo el día intentando enardecer su afecto y extraer de su comportamiento formal lo que el brillo en sus ojos me demostraba, pero Andrew no se pasó de la raya como hubiese querido. Lo más cerca que estuvimos uno del otro fue en los momentos que posamos para alguna foto. Podía sentir su apetito hacia mí, pero al mismo tiempo percibía una timidez en su alma que no lo dejaba demostrar lo que sentía. Era raro. Quizá necesitaba conocerme lo suficiente antes de abrir las puertas de su corazón. Aunque las mías ya estaban casi abiertas y dispuestas a recibirlo. Una semana me había bastado para encariñarme y darme cuenta de lo mucho que me gustaba. De lo bueno que era y lo bien que podíamos pasarla juntos. Me dejó en la casa en la tarde y pasé la noche leyendo unas cuantas páginas más del libro que me había regalado.

La semana comenzó como siempre. El martes sería 4 de Julio y la festividad comenzaba un día antes con un gran espectáculo en el *Civic Center Park*. Luego de cerrar la oficina, Andrew y yo nos fuimos al parque a festejar. Había muchísima gente congregada. Win me había dicho que también asistiría y nos reunimos con ella y su novio Douglas cuando cayó la noche. Los dos pudieron conocer a Andrew y todos compartimos esa noche entre música y los espectaculares fuegos artificiales por encima del majestuoso edificio del *City Council*. Tomé fotos bonitas de nosotros cuatro e increíbles videos de los destellos multicolores en el cielo. Winona me comentó luego en nuestro apartamento que Andrew parecía ser un gran tipo y me sugirió que no lo dejara escapar. Pero a veces la duda me decepcionaba. Su lento proceso por momentos me sacaba de onda y me hacía pensar que solo quería una amistad.

El miércoles por la noche, mientras estaba parado en el balcón de mi apartamento, mi celular vibró sobre la mesa de centro en la sala. Entré y tomé la llamada. Me emocionó como siempre ver su nombre en la pantalla.

–¿Qué haces? –me preguntó Andrew.

–Mirabas las estrellas.

–Ya lo sé.

–¿Lo sabes? ¿Cómo? –Me sorprendí.

–Porque te puedo ver desde mi balcón.

Salí de nuevo al mío y miré a su edificio. Lo vi enseguida a lo lejos. Estaba afuera. Hasta ese entonces no me había dado cuenta que mi apartamento se podía ver desde el suyo.

–Es una bonita noche –dije.

–No hay estrellas en el cielo.

–Solo hay dos. Justo encima de ti.

–Ohh, no las había visto. Qué extraño. Solo dos.

–Dos pueden embellecer el cielo de una manera increíble –insinué.

—Tienes razón. Llamémoslas Andrew y Joshua.

Me enamoró su romántica idea.

—Así cuando no estés puedo mirar al cielo y encontrarte.

—Yo siempre estaré aquí —pronunció.

—¿Para mí? —me atreví a preguntar.

En ese instante, un relámpago iluminó el cielo.

—Parece que va a llover —dijo reaccionando a la blanca cicatriz que se formó en lo oscuro—. Sabes, me preguntaba si te gusta *Sting*.

—¿El cantante? ¡Me fascina!

—Dará un concierto este sábado en el *Red Rock Amphitheatre*.

—Adoro *The Shape of my Heart*.

—Es mi canción favorita —afirmó Andrew del otro lado del teléfono—. Aún hay asientos disponibles. Me gustaría que fuéramos juntos.

—¡Por supuesto!

—Te encantará el lugar. Compraré los *tickets* de inmediato.

Y así fue. Esperé ese día con ansias. El sábado tardamos casi cuarenta minutos en llegar hasta aquel sitio apartado de la ciudad. El anfiteatro estaba enclavado en el medio de unas rocas rojas gigantescas que lo hacían único y singular. El color rojo era precioso. La acústica era perfecta y las luces sobre las piedras lucían espectaculares en la inmensidad del lugar. El inicio del concierto fue muy emotivo. La gente gritaba y tarareaba sus canciones a todo pulmón. *Sting* cargaba su guitarra y tenía una energía increíble sobre el escenario a pesar de su edad. En un momento del concierto sentí necesidad de ir al baño. Salí al pasillo y subí las escaleras. Antes de entrar al sanitario noté en mi pierna un cosquilleo. Era mi celular vibrando. Lo saqué y vi que me había entrado otro mensaje de mi ex en *WhatsApp*. Por supuesto que no quería abrirlo y arruinarme la noche regresando al pasado sin quererlo. Pero estúpidamente abrí el mensaje y leí lo que decía: *Perdóname. Fui un imbécil. Te extraño muchísimo.*

Seguramente ya se había metido a mi perfil de *Instagram* y había visto las fotos que había publicado con Andrew, o se había dado cuenta de lo difícil que es encontrar un hombre bueno en Miami. Guardé el móvil y entré al baño. Hice lo mío y justo cuando salía volví a sentir en la pierna otro vibrar. Esta vez era una llamada suya. Le colgué inmediatamente tras insultarme con su insistencia y me envió otro mensaje: *Por favor contéstame. Necesito hablar contigo. Eres todo para mí. No puedo vivir sin ti.* Me pareció tan patético leer aquellas palabras que metí el celular de nuevo en el bolsillo sin prestarle atención. Tuve deseos de responderle y decirle que cualquier cosa que sintiera lo merecía por lo que había hecho. Pero al mismo tiempo no quería volver a escuchar su voz. Me entró otra llamada suya y entonces fue cuando empecé a debatirme entre las buenas sugerencias que me susurraba un ángel y los consejos suicidas que me daba el diablo. Me subió una ira por las piernas al ver que insistía una y otra vez sin dejar de llamarme y entonces descolgué el teléfono.

–¡¿Qué quieres?! –contesté enojado–. ¡No me llames más! ¡No quiero saber nada de ti!

Él comenzó a decirme del otro lado de la línea lo mismo que había escrito en sus mensajes: Que la vida sin mí no era lo mismo. Que su mundo se había paralizado y estaba muy arrepentido.

–¡No me interesa escucharte! –repetí.

Y ese fue el instante en que cometí la mayor estupidez de todas. Me permití escucharlo y que me recordara todo aquello que alguna vez había sentido por él. El amor tan grande que había encontrado en mí y todas las cosas buenas que había hecho por los dos. Incluso me provocó lástima haber perdido todo aquello que teníamos. Las cosas tan lindas que ambos vivimos, o que al menos había vivido yo. Volví a adentrarme en nuestra historia después de haberme alejado y comenzado a sentir que sanaba y olvidaba todo de una vez. Unas lágrimas me corrieron por la mejilla.

–Olvídate de mí. He luchado conmigo mismo por sacarte de mi cabeza –le dije–. No tienes idea de lo duro que ha sido, pero lo estoy logrando.

En ese justo momento di la vuelta y Andrew estaba detrás de mí. Me quedé atónito. Mi cara estaba sucia por aquellas lágrimas que habían brotado de mis ojos. Me sujetó por los brazos y me preguntó qué me pasaba. Yo bajé el teléfono de mi oreja sin colgar la llamada y se escuchó a mi ex preguntando quién estaba a mi lado. Volví a levantarlo y colgué sin responder.

–¿Era él? –Andrew me miró fijo a los ojos como si le molestase. Yo bajé la mirada y me sequé con la mano el remanente de lágrimas que quedaba en mis cachetes.

–Sí –le contesté apenado–. Estaba insistiendo demasiado. Tuve que… contestar.

–Ok.

Su corta respuesta demostró su enojo o la incomodidad que le causó verme llorando mientras hablaba con mi ex. *¡Maldita la hora en que contesté esa llamada!,* me dije a mi mismo. Andrew entró al baño y me quedé esperando afuera. A su regreso lo note más serio de lo normal. Era evidente su descontento. Regresamos a nuestros puestos y el resto del concierto fue amargo y tedioso. Toda la emoción que ambos teníamos se había esfumado. Al finalizar, nos hicimos una última foto en la que Andrew no sonrió y entonces fue suficiente para darme cuenta de que verme hablando con mi ex no le había gustado en lo absoluto. Su trato fue muy frío camino al estacionamiento y durante el trayecto de regreso a casa hablamos muy poco. Su mirada no se apartaba de la carretera. Me dejó afuera de mi edificio y no me abrió la puerta como la última vez.

–¿Nos vemos mañana? –propuse tratando de remediar el fastidio que nos había arruinado la noche.

–No lo creo –me respondió a secas–. Mañana tengo que hacer algunas diligencias.

–Está bien –acepté con dolor–. Te veo el lunes en la oficina.

–Claro.

Cerré la puerta de su BMW y esa fue la última vez que lo vi. El lunes no se presentó a trabajar. No dudé en escribirle y preguntarle qué pasaba, pero tras su molestia por lo sucedido, me cohibí. No fue hasta el miércoles en que su extraña desaparición comenzó a llamar la atención de todos y decidí enviarle un mensaje al que nunca respondió. Después le envié otros más y tampoco recibí respuesta. Lo llamé en dos ocasiones y luego de muchos timbres no volví a insistir. En mi último intento, su celular estaba apagado. Nadie sabía de él. Se había esfumado sin dejar rastro, dejando mi corazón enfermo una vez más. Doliente por lo ilusionado que estaba con él. Todos aquellos días que habíamos compartido en la oficina me habían llenado el estómago de mariposas nuevamente. Había nacido en mí un sentimiento esperanzador que alimentaba el vacío con el que había llegado de Miami. Por eso sufría su partida. Porque algo me decía que Andrew era el indicado: y no con cualquiera se siente lo mismo. No todos emanan esa magia. No obstante, a pesar de su desaparición, aún conservaba una ilusión que no se apagaba. Algo me decía que nuestra historia no estaba por terminar.

# CAPÍTULO TRES

Fui abriendo los ojos lentamente. Los párpados me pesaban demasiado. Me sentía desorientado y con mucha sed. Como si hubiese aterrizado de otra dimensión. Vislumbré los artísticos detalles del techo encima de mí, mientras mi vista se despejaba. Levanté mi cuerpo y me descubrí encima de una cama de hierro en medio de un salón amplio y vacío con paredes oscuras. Estaba completamente desnudo. Mi ropa no estaba por ningún lado. Me giré y puse los pies descalzos en el suelo esperando que mi conciencia recuperara su claridad. El piso gris bajo mis pies estaba frío. *¿Dónde estoy? ¿Cómo llegué hasta aquí?*, pensé sin poder recordar. Mis últimos recuerdos eran dentro de un auto lujoso.

Una gaveta se abrió entre los asientos dejándome ver una botella de vino y dos copas. El chofer me invitó a tomar y yo no desperdicié la oportunidad para sentirme como viajaban los ricos. Eso es lo último que mi memoria registraba. El momento exacto en que había llegado hasta aquel salón misterioso no lo tenía grabado. Me levanté de la cama para acercarme a una de las altas ventanas y descorrer la cortina, cuando de pronto una puerta alta y pesada se abrió a mis espaldas. Me asusté enseguida al ver unos extraños seres entrando por la puerta en dos filas. Tres por la derecha y otros tres por la izquierda. Iban vestidos de negro con una pieza única que cubría completamente sus cuerpos. Usaban guantes, lo que no me dejaba ver sus manos. Mi asombro fue demasiado grande al ver sus cabezas. Eran zorros.

Intenté cubrirme con mis propias manos, pero era inútil. Parpadeé varias veces para limpiar mi vista y asegurarme de que no veía mal. Entonces me di cuenta de que aquellas cabezas de animales no eran más que máscaras del color del suelo. Pude ver el cuello de uno de ellos debajo de aquella careta en tercera dimensión. Los seis se acomodaron abriendo el camino y fue entonces que entró el demonio. Un ser supremo, grande y fuerte. Un humano escondido tras otra máscara de la que brotaban unos cuernos jorobados bien altos y atravesados por espinas desde la base hasta la punta. Unos pantalones bien ajustados en sus robustas piernas lo cubrían desde la cintura hasta lo más alto de unas botas que brillaban. De la cintura hacia arriba, una pieza de encaje con espinas bordadas subía por su abdomen hasta el pecho y se escondía detrás de los brazos, volviendo a salir de nuevo por encima de los hombros. Por la espalda caía una capa oscura que arrastraba en el piso. Todo era absolutamente negro. Su máscara, su ropa y más tarde descubriría que su alma también. Su tatuaje en el pecho descubierto era idéntico al de Lucifer. Su musculatura presentaba el mismo volumen que la suya. Caminó al centro e inmediatamente entraron por la puerta dos perros grandes, imponentes y respetables que se detuvieron a su lado mirándome sombríamente. Me posicioné detrás de la cama. Eran hermosos, pero su mirada me daba miedo. Al mirarlos bien me di cuenta de que no eran perros, sino lobos… lobos grises de un bello pelaje grisáceo en el lomo y patas blancas. Por su tamaño y robustez, cualquiera de aquellos animales podía derribar a un hombre por sí solo.

–Pensé que no ibas a despertar nunca –pronunció con voz aguda el protagonista de aquel clan.
–¿Qué es esto? –pregunté aturdido–. ¿Qué hago aquí?

El enmascarado caminó hasta la cama y se acercó a una pequeña mesa que estaba al lado y que yo aún no había descubierto. Agarró una jarra de metal y me sirvió agua en un vaso adornado con una espina incrustada en el cristal. Todo me parecía tan extraño que seguía sin poder descifrar dónde me encontraba.

—Bebe —ordenó aquel hombre disfrazado de demonio—. Debes de tener mucha sed. Llevas varias horas dormido.

Si no me lo dice no lo hubiese notado. Pero recordármelo hizo que sintiera la sequedad en mi garganta y agarré el vaso de su mano. Fue en ese instante cuando atisbé su anillo de espinas en el pulgar y me convencí de que era Lucifer. Bebí el agua y sentí cómo el líquido bajaba por mi garganta en segundos. Mientras tragaba, detallé el rostro de aquel hombre bajo la máscara que lo cubría hasta la nariz. Podía ver sus ojos marrones a través de los agujeros. Sus pestañas largas sobresalían al igual que su pelo negro y brillante por encima de la máscara. Los hoyos de su nariz y sus labios gruesos eran los mismos que había visto en sus fotos. A pesar de la confusión y lo atormentado que me sentía, no tenía dudas, era él.

—Lucifer… —mencioné su nombre.
—¡El mismo! Al fin te tengo delante de mí.
—¡¿De qué se trata todo esto?! ¿Dónde está mi ropa?
—Tranquilo. Todo será develado a su tiempo —contestó mientras los dos lobos se posicionaron a su lado.
—¿Quién eres?
—Ya te lo había dicho. ¡Soy el diablo en persona!

Abrí los ojos al mismo tiempo que mi entendimiento se negaba a admitir lo que estaba escuchando. Sentía un ligero mareo que me impedía aceptar lo ridículo y extraño que estaba resultando aquel momento.

–¿Dónde estoy? –pregunté sobrecogido mirando a todos lados. A los hombres con una máscara de zorro sobre sus cabezas, a sus lobos que todo el tiempo estaban al acecho, a sus cuernos torcidos con espinas clavadas, al techo y a las oscuras paredes de aquel salón.

Lucifer levantó su mano como si estuviera indicando algo. Dos de sus hombres caminaron hasta una puerta escondida bajo dos largos telones. La abrieron lentamente después de correr los paños y cada uno se colocó a un lado con la mirada fija en mí. Volteé mi cabeza de nuevo hacia Lucifer y entonces con otro ademán me invitó a salir. No entendí por qué me quería llevar afuera, pero algo me decía que en aquel balcón que percibía desde adentro encontraría la respuesta a mi pregunta. Entonces caminé desnudo a la vista de todos y me aproximé a la puerta. Pasé lentamente entre los dos zorros con miedo a encontrar algo que no me gustase, pero me veía obligado a hacerlo sintiendo una presión sobre mí por salir al exterior. Afuera el sol quemaba. Lo sentía en la piel de mis hombros y en la planta de mis pies. Me acerqué despacio a la balaustrada y el paisaje bajo el cielo se fue revelando ante mis ojos. Me vi en lo alto de una montaña rodeado de rocas y bosques verdes de pinos altísimos. Hallé un precipicio donde terminaba una piscina larga y negra que empezaba en la casa. Sí, jamás había visto una piscina azulejada de negro. Había una glorieta en el centro del agua a la que se accedía por un puente; y al pegar mi pelvis a la baranda, terminé por descubrir que la piscina estaba llena de hombres. Hombres muy bellos, con cuerpos increíbles que podía percibir desde lo alto. Algunos estaban desnudos como yo y otros vestían una ligera túnica blanca. Unos disfrutaban dentro del agua mientras el resto descansaba en camas balinesas. Poco a poco todos fueron notando mi presencia en lo alto y uno a uno voltearon para verme. Fue extraño verlos a todos mirándome sin poder descifrar lo que me decían todas esas miradas. Moví la vista y contemplé unos hermosos jardines ubicados a ambos lados de la piscina. Me di la vuelta notando que me encontraba en el tercer piso de una gigantesca residencia. La mismísima casa de satanás. En el piso inferior había otro balcón que sobresalía por debajo del mío y llegaba casi a la piscina.

–¿A dónde me has traído? –le pregunté a Lucifer, custodiado en la puerta por sus dos animales –. ¿Qué lugar es este?

–¡Bienvenido a *La Casa de los Desnudos*! –me anunció abriendo los brazos.

–La casa de… ¿qué? –No entendí lo que me decía. –No quiero estar un minuto más aquí. ¡Me largo!

Me precipité a la puerta intentando escapar de toda aquella locura que mi cabeza no lograba asimilar y de repente los dos zorros que estaban a su lado me interceptaron. Cada uno me sujetó de un brazo y me arrastraron de nuevo al salón. Me tumbaron sobre la cama sin ningún cuidado y su rudeza me dio a entender que salir de aquel lugar no sería tan fácil. La mirada tenebrosa de Lucifer me dio escalofríos. Se posicionó delante del lecho y una serie de pantallas verticales comenzaron a descender de una ranura que se abrió en el techo. Las pantallas rodearon la cama formando un círculo perfecto. Eran siete en total las que conté mientras se ubicaban a mi alrededor.

–Desde hoy, este será tu nuevo hogar –anunció Lucifer–. Tu último contacto con el exterior fue antes de subirte a mi *Rolls Royce*. Hoy comienza una etapa en tu vida en la que deberás adaptar tu espacio y tu mente. Tu alma será tuya, pero tu cuerpo a partir de mañana ya no lo será. Tu sexo pertenecerá cada noche a mis invitados. Tus recatos dejarán de ser lo que son para transformarse en noches plenas, sin miedos, sin tapujos, libres de rumores. Liberarás tu cuerpo, tu miembro y expondrás tus orgasmos al público. No gobernarás tus instintos. ¡Yo lo haré! Me encargaré de dirigir cada uno de tus placeres y tus movimientos. Ya no eres dueño de tu existencia. ¡Yo lo seré!

–¿Qué dices? ¿De qué hablas? –pregunté absorto.

Las pantallas se encendieron mostrando un número cada una.

—Presta atención y escucha bien cada una de las siete prohibiciones que tiene la casa. Son siete reglas inviolables e imprescindibles para que tu estancia sea placentera, duradera y no se convierta en un tormento. Violar alguna o varias de estas importantes prohibiciones puede conllevar a terribles experiencias que no querrás vivir. Tu vida dependerá de ti mismo.

Escucharlo hablar era como dejar entrar en mi cabeza un remolino que arrasaba con todo. Era sentirse desamparado después de que el evento meteorológico destruyera a su paso mi masa encefálica. Sentía que mi cabeza iba a estallar en medio de la lluvia de pensamientos que me invadía. Lucifer se detuvo enfrente de la pantalla número uno que difuminaba el número y empezaba a mostrar imágenes exteriores del inmenso patio que había visto desde el balcón. Pude ver además un muro muy alto en primer plano que bordeaba la propiedad.

—Queda terminantemente prohibido cualquier intento de fuga —alertó él—. Cualquiera que intenté escapar sufrirá un severo castigo. —Las pantallas comenzaron a moverse. La segunda se detuvo delante de la cama y en ella empezaron a correr imágenes de sus súbditos vestidos de negro. —Los zorros velarán en todo momento por la quietud de la casa y se encargarán de que cada uno de ustedes cumpla las reglas. Está prohibido agredirlos o atacarlos de cualquier forma. Tercero... –agregó y la próxima pantalla avanzó enseñando una cocina–, podrán comer y beber todo lo que deseen. El desayuno, el almuerzo y la cena se sirven siempre a la misma hora en el comedor principal. Los que deseen comer extra podrán pedir lo que gusten a cualquiera de los zorros. Pero entrar a la cocina también será castigado. –La cuarta pantalla mostró una imponente puerta negra con espinas grabadas en la madera al final de un pasillo decorado con espejos. –Podrán andar por la casa libremente solo con una restricción. El pasillo de espejos que está en el segundo nivel es zona vedada. Aquel que ose adentrarse en la oscuridad del corredor, sufrirá las consecuencias. Quinta regla... –Vi en la pantalla un cuarto con dos camas, después de que el número cinco se desvaneciera. –Cada uno de ustedes será asignado a un cuarto que compartirán de a dos. No está permitido cambiar de recámara. Deberán dormir siempre en la misma habitación y la misma cama. Seis... –Las pantallas siguieron moviéndose y en la siguiente vi a dos hombres besándose. –Cualquier tipo de roce, sexo y amorío entre ustedes fuera del espectáculo, es también una prohibición.

–¿Espectáculo? –pregunté intrigado. Todo me resultaba una incógnita imposible de descifrar.

–¡No me gusta ser interrumpido! En mis palabras encontrarás la respuesta que buscas –contestó Lucifer secamente–. La última prohibición es precisamente... ¡no abandonar el espectáculo! Una vez que empiece dejarán de pensar. Se olvidarán de todo y funcionarán como hombres. El sexo será lo único que ocupe sus mentes. El placer de los espectadores dependerá del suyo y ninguno de los que mire puede abandonar esta casa sin que ustedes los hayan visualmente excitados.

–¿Quiénes son esos espectadores? –Seguía confundido. –¿Qué tendré que hacer? –comenté sin darme cuenta de que lo estaba interrumpiendo de nuevo.

–Abandonar el espectáculo e intentar huir de la casa supone las peores penas. ¡No lo intentes si quieres seguir existiendo!

Lo había estado mirando sin desviar la vista de su careta y no había observado la pantalla final. Pero alcancé a ver un escenario rodeado de balcones antes de que todas las pantallas volvieran a esconderse en el techo.

–Esta será la ropa que usarás en la casa. Solo esto y nada más –me indicó Lucifer señalando una percha móvil que habían puesto delante de la cama.

Me bajé de la misma intimidado por los azulados ojos de aquellos lobos que no dejaban de acecharme. Me acerqué al perchero del que colgaba aquel extraño ropaje blanco y escogí uno de mi talla. Entonces me coloqué encima el falderín hasta las rodillas con los tirantes de tela que dejaban mi pecho al descubierto detrás de la V que formaba el vestuario. Mi pene y mis testículos quedaron colgando como un péndulo. Debajo del perchero había unas sandalias que, apenas las divisé, supe que debía calzar. Luego, Lucifer caminó hasta la puerta por la que había entrado y me indicó que lo siguiera. Salimos a un largo corredor decorado con arcos de hierro forjado y caminamos hasta una gran escalera de mármol que descendía al segundo piso y dividía la casa en dos lados.

—Ocuparás el cuarto número diez. Te será muy fácil encontrarlo al final del corredor —indicó con la mirada fija en el pasillo que teníamos enfrente.

Después bajó la escalera y yo seguí detrás de su capa demoníaca que se confundía con el negro de los escalones. Mientras bajaba, me maravillaba la excéntrica baranda de hierro que decoraba la escalera. En el fondo, un ventanal adornado con un extraño vitral deslustrado perpetuaba una exótica planta con espinas. Y justo debajo de la vidriera, la escalera tomaba dos caminos. Lucifer y sus lobos bajaron por la izquierda y yo tomé la derecha. En el nivel más abajo nos encontramos todos. Los zorros a nuestra espalda se disiparon en pocos segundos.

—Hoy es tu día libre. Los sábados y domingos no habrá espectáculo. Podrás hacer lo que desees —comentó sin mirarme a la cara—. Pero obvio, siempre respetando las siete reglas de la casa.

—¿Y qué se supone que haga ahora?

—Siéntete libre de ir a donde quieras, excepto a las áreas prohibidas. Conoce tu nuevo hogar. Mañana es el esperado estreno.

Sin decir más me dio la espalda y se adentró en su corredor. Verlo caminar entre aquellas sombrías columnas y paredes oscuras me dio espanto del lugar donde me encontraba. Lucifer se perdió luego tras la pavorosa puerta que minutos antes había visto en una de las pantallas. Y fue justo en ese preciso minuto cuando sus bestias se echaron ante la puerta vigilantes y protectoras, que sentí por primera vez una intriga que me estrujaba el alma. Absolutamente confundido y agobiado, acepté aquella maniática realidad: había sido secuestrado. ¿Dónde estaba? No sabía. No tenía la menor idea. Apenas podía comprender que había sido llevado a un lugar desconocido en medio de las montañas donde, seguramente, sería muy difícil que alguien me encontrase. Pensé en mi familia, en mi madre cuando intentara llamarme y yo no respondiera, en Winona, que me había visto partir sin saber a dónde. ¿Intentarían buscarme? Supongo que sí, pero todo aquello era una incógnita que dependía del tiempo.

Bajé las escaleras y con el impulso que pisaba cada escalón se me escaparon unas lágrimas. Toda aquella estrambótica situación me había dejado muy sensible, incómodo y profundamente angustiado por mi futuro. Llegué al primer piso por una de las dos opulentas escaleras sinuosas que engalanaban el vestíbulo principal intentando no amedrentarme con la sombría ambientación y la ostentosa arquitectura que impresionaba mis ojos y mi conciencia. Del techo colgaba un enorme y deslumbrante *chandelier* de cristales negros en medio de un balcón circular en el segundo piso que rodeaban el vestíbulo. El piso oscuro y reluciente a la vez, tenía grabado algunas espinas dispersas. Los muebles, las molduras en las paredes y las excéntricas figuras que se veían en algunos rincones aportaban un misterio extra con su grisáceo color.

Por entre las dos escaleras se podía acceder al patio trasero. Me encaminé a la puerta de cristal que se encontraba debajo del arco y al cruzar, me encontré en una terraza debajo del extenso balcón frente a la piscina negra y dramática que había visto desde lo alto. Los hombres que allí estaban parecían disfrutar el día como si se encontrasen en un hotel. Al verme venir voltearon de nuevo a mirarme, sin entender por qué me había convertido en el centro de sus miradas. Avancé entre todos y fui descubriendo un poco más aquel exótico lugar. El horizonte infinito de la piscina descansaba en un risco muy alto sobre un lago allí debajo, donde casi no me llegaba la vista. Me di la vuelta y vislumbré apenas la casa por los rayos del sol que me daban de frente. Era una mansión oscura y colosal, con algunos saledizos de piedra en forma de torres y ventanas francesas a lo largo de cada nivel. Sobre los picos que creaba el techo a dos aguas, reposaban altos pináculos que le daban un toque gótico a la morada. Las guardillas y la cornisa se adaptaban perfectamente al estilo de la casa, mientras el color la ensombrecía.

Entre todos andaba como bicho raro mientras saludaba con una ligera sonrisa. Me sentía incómodo con todas aquellas fastidiosas miradas encima, cuando de pronto mi vista se detuvo en las piernas y los muslos de un moreno que leía recostado en una tumbona. Tenía unas gafas puestas evitando el sol y algo en él me pareció familiar. Al verme, las removió enseguida y vi su cara de asombro mientras yo seguramente ponía la misma.

–¡Douglas! –mencioné su nombre sorprendido.

–¿Joshua?

–¿Qué haces aquí? Pensé que te habías ido a…

Él se puso de pie dejando la revista sobre el asiento.

–Oh dios mío, tú también. Fue Lucifer quien te envió los mensajes ayer en el restaurante, ¿cierto?

–¿Cómo lo sabes?

–Porque hizo lo mismo con todos los que estamos aquí –me explicó aterrado a pesar de que unos segundos antes parecía estar disfrutando en paz de los beneficios de estar en aquel lugar–. Cada uno de nosotros se subió a ese auto y despertó después aquí.

—Entonces... —Caí en cuenta en ese momento. —No ibas a trabajar a Durango. Todo era una mentira. —Él bajó la cabeza apenado. —¡Te ibas a encontrar con Lucifer!

—Estuvimos hablando por algunos días y me invitó a pasar un fin de semana con él en Aspen. Me dijo que enviaría a su chofer a recogerme para llevarme al aeropuerto e irnos en su helicóptero. Después que los llevé de vuelta a casa, regresé a la mía y su chofer me esperaba en el *Rolls Royce* para llevarme al supuesto aeropuerto.

—¡Eres una basura! —me atreví a decirle enojado por la verdad que se escondía tras su mentira.

—Ya lo sé —contestó afligido.

—¿Desde cuándo engañas a Winona? —No me contestó. El silencio duró unos segundos tras los que me di cuenta de que sus mentiras iban aún más allá. —Ahora entiendo. Seguramente esos viajes de trabajo eran escapadas con amantes, ¿o me equivoco?

—No todos.

—Winona es una buena chica. No se merece tales engaños.

—Es algo que no puedo evitar. Tú sabes que este deseo es difícil de reprimir.

—Tendrás que dejarla después de esto —le dije ansiando el momento de contarle todo a mi amiga.

–Lo dices como si fuésemos a salir de aquí –contestó–. ¿Acaso no te has dado cuenta del lugar dónde estás? Esto es una cárcel, Joshua. Somos prisioneros, aunque no lo parezca.

–Aún estoy muy confundido.

–Es normal. No eres el único.

–¿Por qué todos me miran? –pregunté.

–Porque eres el último. El que todos estábamos esperando para que empiece al fin ese dichoso espectáculo.

–¿Cuántos hombres hay aquí secuestrados?

–Tú eres el número veinte. Ocuparás la última cama vacía.

–¿Y de qué se trata ese espectáculo? –volví a preguntar pretendiendo que Douglas tuviera una repuesta lógica.

–No lo sabremos finalmente hasta mañana. Aunque todo apunta a que seremos esclavos de un placer desmesurado.

–Esto es extremadamente loco –confesé.

–Tú al menos tendrás compañía.

–¿A qué te refieres? –No entendí lo que quería decirme.

–Hay alguien que debes ver.

–¡No quiero conocer más demonios, por favor!

–Descuida, no es el diablo a quien verás.

–¿A quién, entonces?

–Atravesando el jardín derecho llegarás hasta el invernadero. Allí está él. Ve...no demores.

–No me digas que...

–¡Corre!

Penetré en el hermoso jardín con aquellas plantas en bloque formando un laberinto hasta mi cintura. Mientras lo atravesaba, divisé el muro más allá de los jardines que limitaba la propiedad. Era alto y estaba custodiado por los zorros más fuertes y grandes de la casa cargando un rifle en su espalda. Enseguida supe el nivel de protección que tenía el lugar y me quedó claro que huir requeriría de un plan maestro. Detrás del muro pude ver además las montañas rocosas que bordeaban la casa sobrepasando el bosque verde y frondoso de gimnospermas embelleciendo el paisaje veraniego. El jardín se extendía hasta el final del muro y luego doblada a la izquierda. Dejé de ver la piscina y tuve el invernadero delante de mí. Era una casa preciosa de acero y cristal con una cúpula en el centro. Me acerqué a la entrada y mi corazón empezó a latir agitadamente de un momento a otro. Pensar que Andrew estuviese allí me parecía un regalo divino. *¿Será él?*, me pregunté a mí mismo. *¡Tiene que serlo! No puede ser otro.* Abrí la puerta y mi respiración se acortó. Aquello era un bosque diminuto con plantas opacas de múltiples tamaños, macetas geométricas y canteros de todo tipo. Tres pasillos conducían hasta la pared final del invernáculo. Me asomé al primero y no descubrí a nadie. Avancé al segundo con cautela y tampoco vi un alma. La fila estaba vacía. Entonces al llegar al tercero, me giré lentamente y allí... donde terminaba el trillo de gravilla, había alguien. Estaba junto a las rosas más extrañas que había visto.

Rosas negras, de tallo grande y pétalos voluminosos. Caminé despacio entre las ramas y flores foscas que crecían dentro de aquella casa de cristal, y el sonido de mis pies sobre la grava hizo que la persona en el fondo se volteara para verme. Era él. No podía creerlo. Andrew estaba allí. Terminé de acercarme y fui descubriendo en sus ojos la misma emoción que se iba apoderando de mí. Los ojos se me aguaron.

–Pensé que no volvería a verte –hablé conmovido y agradecido con la vida por lo que me había devuelto.
–Yo tampoco –respondió.

Ambos estábamos a punto de romper en un sublime lloriqueo provocado por las circunstancias. Abrazarnos muy fuerte fue inevitable. Nos miramos después de un largo apretón y casi nos besamos, cuando de pronto me apartó de él rápidamente.

–¡No! –se negó a rendirse ante mi amorosa mirada y el fervor que lo pilló.
–¿Qué pasa?
–No podemos. Estamos siendo vigilados todo el tiempo.
–¡Tenemos que salir de aquí, Andrew!
–Shhhh, habla bajito. No sabemos si también nos escuchan –me advirtió.

–Supongo que has llegado aquí como todos los otros –mencioné adoptando una seriedad en mi rostro tras pensar en su comunicación con Lucifer.

–Lo conocí en *Stiffy* esa noche después del concierto. Llegué a casa, abrí la aplicación y después de una conversación muy larga accedí a vernos el domingo.

–Pensé que tú y yo...

–¡Sí! Yo también lo pensé. Pero entendí que aún no estabas preparado para tener una nueva relación cuando te vi llorar de nuevo por tu ex.

–Es cierto que lloré por su culpa esa noche. Pero también es cierto todo lo que estaba empezando a sentir por ti –le confesé por primera vez.

–Necesitabas tiempo para sanar y curar tu herida. Aún no estabas listo, así como yo tampoco para lidiar con tu olvido.

–¿Por eso evitaste siempre darme un beso?

–Sí, porque no quería ser yo quien terminase llorando como tú lo estabas haciendo aún por él –me dijo mirándome a los ojos–. Yo también estaba sintiendo cosas por ti, y no tienes idea el dolor que me causó verte llorando aquella noche. Regresé a casa con un enfado tal que no me soportaba a mí mismo. Fue entonces que entré a *Stiffy*. Quería olvidarte. No quería pensar de nuevo en ti.

–¿Me querías?

–Me estaba acostumbrando a ti demasiado. Te...

Puse mis dedos en sus labios y callé sus palabras.

–No digas más. Ya estamos juntos de nuevo.

–Temo que no pueda cuidarte y protegerte como planeaba.

–Estar a tu lado simplemente me hará bien –le dejé saber.

–¡No sé qué rayos nos espera en este lugar!

–Algo muy loco que mañana sabremos.

Sentí unos deseos infinitos de abrazarlo de nuevo. De sentir su respiración junto a mí, el calor de su cuerpo y el olor de su piel que había experimentado en aquel abrazo. Después, Andrew me mostró gentilmente cada planta cultivada bajo aquellos cristales. Era evidente su interés por aquellas plantas fuera de lo común. Hablaba de ellas con una fascinación que nunca había visto en él. Más tarde nos fuimos a la piscina y nos unimos a los demás que allí estaban. Douglas ya se había ido.

–¿Nos damos un chapuzón? –insinuó Andrew. Pero sentí pena desnudarme delante de todos. No estaba preparado para hacerlo todavía.

–Mejor otro día.

Él entendió y nos quedamos sobre una cama platicando por largo rato mientras algunos zorros desfilaban de vez en cuando con bandejas de dulces y otras finezas por nuestro lado. Mientras estuvimos allí noté la presencia de una rubia que se mojaba también en la piscina y me llamó la atención encontrarla entre todos aquellos hombres. Me dio el perfil y vi sus senos levantados y perfectos expuestos al aire como todos a su alrededor exhibían su miembro.

—Pensé que todos aquí éramos hombres —comenté sin dejar de mirarla.

—Es solo una ilusión —respondió Andrew mientras la mujer subía los escalones y salía del agua exprimiendo su largo pelo—. Ya la conoces.

—¿La conozco?

—Mírala bien.

Ella me daba la espalda dándome el culo bajo su cadera moldeaba, cuando de pronto se dio la vuelta y descubrí un pene largo y estirado del otro lado.

—Es Zachary Petit. La *drag* a la que tantas fotos le hiciste aquella noche en el bar.

Escudriñé su cuerpo y su rostro con atención, y me convencí de que era la misma. *Oh dios, ¿qué pretenden hacer con nosotros?*, me dije viendo lo diversos que habían sido los secuestros de Lucifer. Más tarde entramos a la casa. Andrew me mostró el gimnasio y luego en el elevador subimos al tercer piso. Avanzamos frente a las puertas que había a un lado del corredor y nos detuvimos en la quinta.

—Esta es mi habitación —señaló él. Yo avancé cinco puertas más y supe que aquella con el número diez grabado en la madera en forma de espina sería la mía. —Dormiré un rato. ¿Nos vemos a las siete para la cena?

Asentí con mi cabeza y lo vi entrar en su aposento. Yo abrí la puerta de mi cuarto y conocí mi nueva estancia. No era muy grande. Pero tenía espacio suficiente para dos camas y una pequeña mesa de escritorio en la que había un hombre escribiendo. Delante de las camas había un televisor de pulgadas exageradas y en la esquina de la pared una puerta al baño. El macho musculoso que me daba la espalda se volteó para verme al sentir que la puerta se abría.

–Te estaba esperando –dijo–. Bueno... no solo yo, creo que todos.

–Sí, ya sé. Soy el que completa este juego, ¿no?

–Así es. Mañana es el gran día.

–¿Qué crees que sea?

–No tenemos idea. Pero sea lo que sea, estaremos sin ropa.

–Yo soy Joshua, ¿cómo te llamas?

Su cara me resultaba familiar. Sus músculos y su pelaje visible en el pecho, también.

–Me llamo Raymond.

–¿Por casualidad tienes un perfil en *Stiffy*?

–¿Por qué preguntas?

–¡Claro! ya te recuerdo. Te envié varios mensajes hace algunas semanas atrás cuando llegué a Denver y nunca me respondiste.

–Lo siento. A veces no contesto.

–Suele pasar. Regla número uno para no perder el tiempo en la aplicación: si tiene buen cuerpo no le escribas, nunca te va a contestar –dije sarcástico.

–No sentencies a la ligera. Siempre hay una razón.

–Mis fotos quizás no te gustaron.

–No creo que haya sido la causa para no responderte –declaró mirándome de los pies a la cabeza como si quisiera comerme.

Se levantó de la mesa y pretendió balancearse sobre mí.

–Ah ah, ni lo intentes. Ya no me interesas.

–¿No tengo derecho a una segunda oportunidad?

–Nouuu. *I'm sorry.*

–Bueno… tú te lo pierdes –respondió sonriente.

–Descuida. Mi galán también está en la casa.

–¿Te recuerdo la prohibición número seis? No amoríos ni sexo fuera del…

–Entonces, ¿qué pretendías hacer hace unos segundos?

–Tranquilo, fue una simple provocación. No quiero tener que vérmelas con Lucifer.

Acto seguido deduje cuál sería mi cama, viéndola tendida y limpia antes de tirarme de espaldas sobre el colchón. Giré la cabeza a la ventana. Tenía las cortinas descorridas y con la vista increíble que tenía desde allí, me dormí mientras Raymond continuó escribiendo silencioso en una esquina del cuarto. Quería desconectar por un rato de aquel tormento que traía.

Habían sido hasta el momento demasiadas coincidencias para mí.

A eso de las siete de la noche abrí los ojos. Raymond ya no estaba a mi lado. Me metí al baño, me di una ducha y me puse otro vestuario similar que colgaba limpio y fresco de una percha. Me resultaba fastidioso no usar ropa interior, pero todo era cuestión de acostumbrarse. Andrew vino a buscarme más tarde para ir a cenar. Atravesamos el pasillo y bajamos por la gran escalera hasta el primer piso. Luego cruzamos una o dos puertas más y llegamos al inmenso comedor, donde nos esperaba servida una mesa muy larga bajo tres lámparas colgantes que evocaban una enredadera de espinas. Todos estaban ya en el salón. Fuimos los últimos en llegar. Éramos veinte sentados a la mesa. Nunca había cenado en una mesa tan larga y abarrotada de comida como aquella. Fue el momento indicado para presentarnos y conocernos, aunque algunos se mantuvieron apáticos y escépticos. Zachary se veía muy bonita con su pelo rubio peinado de un lado y una trenza en el otro. Los dos tirantes de tela le cubrían los globos en su pecho. En la mesa, dos grandes pavos asados adornaban el centro. Los zorros fueron sirviendo vino, pero nadie quiso beber. Todos temimos al ver descorchar las botellas.

—Si me van a raptar de nuevo y llevarme a otro lugar, por favor que sea un sitio donde pueda usar mi celular —dijo Zachary provocando una risa en el ambiente y entonces todos bebimos.

Douglas estaba sentado cerca de nosotros siendo testigo de lo feliz que me encontraba junto a Andrew.

–¿Ya viste quién está aquí? –me susurró al oído este último.

–Si. Fue él precisamente quien me dio las coordenadas para encontrarte.

Raymond también me estuvo mirando, conociendo a mi galán. Una vez que terminamos, cada uno se escurrió dentro de la mansión. Ese día no volvimos a ver a Lucifer. La noche era clara. Andrew y yo salimos a uno de los jardines traseros, ya que no teníamos acceso al frente de la casa. No podíamos verlo de ninguna manera. Ni siquiera las habitaciones daban a la fachada. Nos sentamos sobre la balaustrada encima del risco a un lado de la piscina. La altura me dio vértigo. Era impresionante. Pero estar a su lado admirando la luna reflejada en el lago que se divisaba desde lo alto me tranquilizaba. Era el momento perfecto para entregarnos en un beso. La noche y las estrellas nos acogían. Sin embargo, los zorros no dejaban de deambular por las afueras y hacerlo nos metería en un grave problema. Tuve que reprimir las ganas. Traté de no tocarlo mientras mi miembro hacía el intento de pararse. Sentí una dolorosa necesidad en mis testículos de evacuar mis deseos, pero no me quedaba más que aguantar. No estuvimos mucho tiempo allí. El sueño se apoderó de nosotros tan rápido que al día siguiente me preguntaría si el vino en la cena había tenido algo para hacernos a todos caer rendidos en corto tiempo.

Raymond había dejado la cortina un poco abierta y en la mañana los rayos del sol me despertaron molestándome en la cara. Sin saber qué hora era, el televisor de la habitación se encendió inesperadamente. En la pantalla apareció Lucifer tras su máscara maléfica.

*Espero que su primer día en la casa haya resultado placentero,* dijo mientras Raymond abría los ojos escuchando lo que decía. *Hoy es el día inicial. El gran estreno de un espectáculo que cambiará sus vidas. Un show que revolucionará sus mentes y al cual deberán entregar su cuerpo y su apetencia, aun cuando ambos no entiendan la naturaleza del espectáculo. Su único objetivo es brindar placer y que nuestros espectadores puedan sentir en su piel el goce al que se están entregando.* La transmisión había comenzado con su careta ampliada en la pantalla tras un potente *zoom* que poco a poco se alejaba y lo mostraba sentado en un trono satánico junto a una estufa con los dos lobos a sus pies. Su vestuario seguía siendo negro, pero diferente. Una pieza le cubría el torso y no dejaba ver una sola línea de su notorio tatuaje en el pecho. Tampoco vestía la capa. En uno de sus gestos vi que también usaba un anillo distinto. Eran dos alas formando un aro alrededor del dedo. *Esta noche, será la noche de los solitarios. La noche de los masturbadores. Nunca antes han experimentado algo como esto, lo sé. A partir de hoy, todo será desigual para ustedes. Una vez que el éxtasis corra por sus venas y la excitación se adueñe de sus miembros, no pararán. De hecho, recuerden la última regla: está prohibido abandonar el espectáculo. Solo en casos extremos podrán dejar el escenario. Los veinte participantes deberán llevar un ritmo apropiado para que el show dure exactamente una hora.* Raymond y yo nos miramos sobrecogidos, intentando conciliar la locura que aquel demonio forzosamente nos proponía. De repente dejamos de verlo y tuvimos delante una imagen del teatro donde precisamente ocurriría el acto. *Habrá un reloj que solo podrán ver ustedes para tener noción del tiempo. Justo diez minutos antes, entrarán en la recta final y provocarán su orgasmo. Cada uno llevará en su oído un auricular inalámbrico por el cual recibirán instrucciones en caso de ser necesarias para mejoras del show o comportamientos que atenten contra la calidad del espectáculo.* Todo estaba claro. Me quedé helado al pensar en lo que me convertiría. *La diversión comenzará a las nueve en punto. Veinte minutos antes escucharán las campanadas de un reloj con las que deberán acudir al teatro. Todos deberán estar aseados, listos y en posición antes de que las luces se enciendan. Encontrarán lo necesario para preparar su cuerpo en las habitaciones. Es todo. Bienvenidos una vez más a La Casa de los Desnudos. Disfruten su primera noche, la primera de muchas...,* hizo una pausa, *...derrochen erotismo, siéntanse libres y háganlos vibrar.* La pantalla se apagó.

Me volví a hundir en la almohada y me llevé las manos a la cara. De pronto comenzamos a escuchar unos gritos en el pasillo. Raymond se levantó desnudo y abrió la puerta del cuarto. Yo me paré enseguida de la cama, me tiré la bata por encima y los dos salimos para ver qué pasaba. Congregados estaban casi todos en las afueras del pasillo mientras uno de nosotros gritaba sin parar: *¡Sáquenme de aquí, no quiero ser parte de esto!* Los demás trataron de callarlo, pero él seguía dando alaridos como si tuviese la absurda esperanza de ser complacido. *¡Unámonos, tenemos que salir aquí!*, seguía diciendo. Vi desde mi puerta cómo Zachary se acercaba y le tapaba la boca, pero su debilidad no podía callarlo. El tipo estaba frenético y sus gritos provocaron la llegada inminente de varios zorros para controlar la situación. *¡Ustedes pagarán cuando logre salir de aquí!*, los amenazó el muchacho mientras avanzaban entre los demás por el centro del pasillo imponiendo su presencia. El zorro que iba delante de la cuadrilla lo intentó agarrar por el brazo, pero el chico se resistió y lo empujó hacia atrás. Entonces otro sacó un arma y todos nos espantamos. El zorro disparó sin demora y de la pistola salieron dos dardos atados a un cable de metal que inmovilizaron al objetivo en un segundo. Lo vimos caer al suelo y nos asustamos. Alguno de nosotros trató de intervenir, pero los zorros nos mantuvieron a raya. Dos de ellos levantaron el cuerpo desmayado del suelo y lo arrastraron hasta la gran escalera por donde lo bajaron sin saber a dónde lo llevaban.

–*¡These people are fucking insane!* –mencionó uno de los veinte después de que el resto de los zorros siguieran al moribundo.

–Esto es un paraíso en medio del infierno –expresó Zachary.

–¿Qué harán con él? –habló Douglas, pero nadie contestó.

Ninguno teníamos la respuesta.

Más tarde, después del almuerzo, el ambiente seguía tenso. Había intentado relajarme, pero no podía. Creo que no era el único sin lograr hacerlo. Podíamos percibir una tirantez que nos estaba agobiando. Me preocupaba lo que pasaría en la noche y aquel joven que se habían llevado a un lugar escondido en la mansión. Divisé el paisaje en el horizonte y a los demás chapoteando en la alberca desde el balcón en el exterior y me dieron deseos de lanzarme. Era raro zambullirse en una piscina negra, aunque los rayos del sol iluminaban el fondo. Estuve a punto de hacerlo, pero aun sentía pena. No tenía la soltura de Zachary o de los otros que se atrevían a bañarse desnudos. Andrew me sorprendió por detrás notando una inquietud en mi cuerpo.

–Ven conmigo. Te llevaré a un lugar de la casa que te va a encantar –me dijo.

Abandonamos el mirador y después de cruzar la puerta, pasamos frente al pasillo de los espejos, donde pudimos ver a los lobos de Lucifer cuidando su puerta. Intenté imaginarme las cosas que podrían ocultarse tras el acceso a su mundo, pero abandoné la idea cuando algunos zorros nos pasaron por al lado y se detuvieron interponiéndose entre nosotros y la puerta al final del pasillo. Andrew me tomó del brazo y nos perdimos en otro corredor que nos llevaría al lugar que me quería mostrar.

–Cierra los ojos –indicó al detenernos enfrente de una entrada muy alta con dos manijas negras que simulaban espinas.

Le hice caso y no los abrí a pesar de que me moría de la curiosidad. Escuché cómo abría la puerta y luego sentí que me tomaba de la mano para llevarme adentro. Me pidió abrir los ojos y... ¡wow!... era inmensa. Tenía delante de mí una biblioteca con estantes altísimos y un balcón en lo alto. El fondo era curvo. Eso me dio a entender que nos encontrábamos en uno de los extremos de la casa. La mirada se me fue hacia el techo, donde un vitral oscuro cubría el espacio con algunos demonios ocultos tras enredaderas de espinas. Evidentemente los detalles de la casa estaban concebidos para recrear el mundo de Lucifer. Las púas negras estaban regadas por toda la casa dándole un toque misterioso a la mansión. Pero la verdad es que ya estaba harto de tanto misterio.

–Esto es hermoso –dije.

–Sabía que te gustaría cuando la descubrí.

–Devoro los libros como polilla.

–Casi nadie viene aquí –comentó Andrew.

–La gente hoy en día ya no lee como antes.

–¡Ya sabes! Las redes sociales se ha robado la atención.

Una escalera de hierro en caracol permitía llegar al balcón. No me frené y la subí de inmediato estando más cerca del techo. Los estantes estaban llenos. *¿Qué libros leería aquel ser enigmático?*, me pregunté pensando que quizás a Lucifer le gustaba leer igual que a mí. Caminé por el balcón mientras Andrew se acomodaba en una bella butaca frente a una estufa casi de su tamaño. Hallé libros de historia con páginas en colores que mostraban los hermosos penachos de plumas que portaban los arapajó, aquella tribu que se asentó en la base de las montañas rocosas en el siglo XIX. También hojeé otros que hablaban de la fiebre del oro en Colorado y leí algunos párrafos que describían la enajenación que trajo consigo la minería en el estado. Abajo, Andrew también había agarrado un libro de historia y tras leer un rato, me expuso el momento histórico en que Colorado fue llamado "El Sanatorio del Mundo", debido a los altos contagios y la cantidad de enfermos de tuberculosis que había en el área. Los médicos recomendaban que los pacientes se mudaran a climas soleados y secos. Pero aquellos internos en hospitales que no podían hacerlo eran expuestos al sol en los patios y balcones de la instalación a la espera de una mejoría.

Me enternecí revisando minuciosamente cada uno de los estantes. Andrew me esperaba pacientemente con la cabeza hundida en aquel libro que había agarrado. La puerta de la biblioteca estaba abierta y sin dejar a un lado lo que hacíamos, pudimos escuchar las risas de dos que se acercaban. *Será muy interesante comerme esa colita*, escuchamos decir. *Oh baby, es una pena que no puedas*, respondió alguien. Andrew y yo nos volteamos y vimos a Zachary Petit entrar por la puerta, acompañada de Douglas.

–¡Oh my goddess! –gritó la rubia–. This is stunning.
–No había descubierto este sitio –dijo Douglas mirando los demonios y las espinas en el techo.
–¿Les gusta leer? –preguntó Andrew.
–Antes lo hacía con más frecuencia –respondió el moreno.

Zachary avanzó en el lugar pavoneándose como podía sobre sus sandalias. Se acercó al estante más próximo y comentó:
–El hábito de lectura se ha perdido. Muchos prefieren bajar la cabeza ante un celular, que delante de un libro.
–La tecnología se impone –mencionó Douglas desde su punto de vista como ingeniero de sistemas.

—Ay, si yo tuviera mi celular conmigo... ¡Cómo lo extraño! –exclamó Zachary.

—No eres la única –dije yo.

—Sabríamos dónde estamos.

—Eso mismo quisiera saber –expresó Douglas en un suspiro, acercándose a la ventana.

Las montañas de piedra que estaban próximas a la casa se veían mucho más cerca desde la biblioteca. Zachary también se acercó a los cristales y comentó:

—Debemos estar en algún lugar de Rocky Mountains.

—Eso creemos todos, pero... ¿dónde exactamente? –habló Andrew.

—Si la relación con mi padre no hubiese sido tan caótica, estoy segura de que lo hubiera podido determinar.

—¿Por qué lo dices? –le preguntó Douglas mirando su perfil. Al parecer, al novio de mi amiga Winona le estaba resultando demasiado interesante la vida y algunas otras cosas también de aquel híbrido espécimen.

—Nací y me crié en Granby, un asentamiento al oeste de las montañas. Mi madre murió cuando tenía quince años tras un deslave de rocas que ocurrió en el lugar. Después de su muerte, me quedé a merced de mi padre –nos contó Zachary–. Él conocía cada rincón de estas montañas. Cada pico, cada lago. De niño me llevaba con él. A veces me perdía en los senderos y mi padre se volvía loco buscándome con miedo a que algún animal me atacara.

–Lucifer me dijo que vivía cerca de Black Hawk –mencioné mientras bajaba la escalera de metal.

–Algo me dice que estamos más al norte. Seguramente mintió para despistar la ubicación en la que estamos.

–¡Maldita la hora en la que respondí a los mensajes de ese loco! –replicó Douglas arrepentido.

–Los que engañan como tú siempre terminan mal –dije despertando en él una molestia.

–¡Tú también has terminado mal y no engañabas a nadie!

Andrew vio su cara de enojo y habló evitando un enfrentamiento de palabras:

–Es demasiado tarde para arrepentirnos de lo que hicimos. Caímos en su juego y no queda más que soportar las consecuencias.

–¿Y a quién engañabas tú, baby? –preguntó Zachary arqueando una ceja al moreno.

–Tu amiguito tiene novia –confesé delatando su historia.

–Ohh, ya entiendo –expresó la rubia.

Douglas me miró enojado maquinando una oración para contrarrestarme y Andrew, al ver su cara, intentó librarme una vez más de una querella verbal.

–¡Mejor dejemos esto!

–Sí... mejor cambiamos de tema –dijo Douglas–. Hablemos de lo que pasará esta noche.

–No hay nada de qué hablar, querido –expresó Zachary–, todo está claro. Nos tendremos que masturbar delante de un público.

Douglas cerró los ojos.

–Aún no puedo creerlo.

–Y lo peor... –agregó la del pelo largo–, es que lo haremos sin cobrar un centavo.

–Estoy nervioso. No sé si pueda.

Andrew se volteó y me miró apenado tratando de suavizar mi miedo.

–Te diría algunas cosas para sobrevivir al momento, pero ni yo mismo sé que decirme.

–Quizás no vuelva a ser la misma después de esta noche –comentó Zachary con la mirada perdida en los libros sabiendo que sería una rareza expuesta.

Douglas suspiró sin decir nada. Andrew y yo salimos de la biblioteca.

–Buena suerte –le deseé a los dos mientras cruzábamos la puerta.

Estuve el resto del día mirando la hora que marcaba un inmenso reloj de péndulo que había en uno de los salones de la casa. El tiempo se demoraba, transcurría extremadamente lento. Después de la cena esperé en calma sobre mi cama y veinte minutos antes de las nueve, corrió por la casa el repiqueteo melodioso de aquel reloj. Era la hora. El momento había llegado. Raymond esperaba también a mi lado. Lo miré, me miró confuso y salimos sin demora al pasillo. Antes miré por la ventana y le pedí a cualquiera de las vírgenes que me estuviese escuchando, que me ayudara a digerir lo que viviría en el ruedo. Afuera me reuní con Andrew y los demás. Los diecinueve nos aglomeramos en algún lugar de la casa ante una puerta abatible, grande y alta, custodiada por dos zorros que abrieron cada hoja permitiéndonos el paso.

Andrew y yo fuimos de los primeros en entrar. Penetramos despacio sin saber lo que encontraríamos en aquella habitación oscura, que de pronto se iluminó muy leve y nos dejó ver un hermoso camerino. Mesas, espejos, perchas y algunos sofás para recostarse amueblaban el espacio. Había además un baño lleno de duchas donde la privacidad no existía y tres salidas debajo de un negro cortinaje. Cada uno de nosotros fue acomodándose y descubriendo accesorios por todos los rincones que ambientarían el show. Plumas, alas, telas de brillo, tacones, botas, zapatos de todo tipo. Uno de los zorros llegó al medio del salón. Traía un pequeño maletín plateado que abrió delante de todos y con una voz metálica ordenó que tomáramos un auricular de los que estaban enterrados en la esponja dentro de la maleta y nos lo lleváramos al oído. Ya sabía que recibiría instrucciones a través de aquel dispositivo diminuto y entonces tomé uno cuando el zorro se detuvo delante de mí. Andrew también agarró el suyo. Lo encendí con un toque de mi dedo y lo puse dentro de mi oreja izquierda. Cuando todos lo tuvimos colocado, escuchamos de pronto la voz de Lucifer:

*Ha llegado el momento que nuestro público ha estado esperando. El estreno de un show que agitará la mente de todos. Esta noche conocerán un nuevo mundo. Un erótico universo de tentaciones, placeres y deleites carnales.* Su voz entraba en mi cerebro removiendo de nuevo la intriga que me había estado carcomiendo. *Abandonar el espectáculo no es una opción. Recuerden, es una prohibición. Para entregarse al placer en cuerpo y alma es necesario que se liberen de todo lo que hayan sentido hasta el momento o aún están experimentando.* En ese instante vimos cómo otro de los zorros traía una bandeja dorada en la mano. Me llamaron muchísimo la atención las pastillas negras que cargaba sobre el metal. *Seguramente deben estar preguntándose qué son esas reducidas píldoras que se pasean por el camerino. No teman. Tómenlas sin miedo. Es simplemente un elixir de satisfacción y plenitud que mejorará su concentración una vez que las luces en el escenario se enciendan.*

El zorro que sostenía la bandeja dorada se detuvo delante de los primeros. Aquellos que debían tomar la pastilla inicialmente se miraron entre sí dudando hacerlo. Creo que todos teníamos una idea de lo que nos harían sentir aquellas píldoras, pero no dejaba de ser un misterio que ineludiblemente nos generaba desconfianza. Finalmente, tras una breve pausa, los primeros se tragaron la tableta y el zorro con la bandeja avanzó hacia Zachary, quien era la siguiente.

–Bueno... no será la primera vez –dijo agarrando el comprimido y poniéndolo en su boca. El zorro esperó que se lo tragara y llevó el plato dorado hasta Douglas.

–Yo no pienso tomar nada –expresó bajito mientras el zorro levantaba despacio la cabeza –. Puede llevarse eso, no lo necesito.

El tipo delante de Douglas, que escondía su cuerpo debajo de aquel extraño uniforme, agarró una pastilla con sus guantes y pretendió entregársela a Douglas. El zorro insistió en que la tomara, pero el novio de Winona se molestó tras su insistencia y le dio un manotazo que le tumbó la pastilla y la bandeja. El metal sonó estruendosamente en el piso y otro de los zorros entreabrió una de las cortinas para chequear qué tan lejos había llegado el ruido. Los comprimidos rodaron por el piso y eso enfureció al zorro que los portaba. Todos supimos que aquel gesto espontáneo derivaría en algo desfavorable para Douglas y temimos por lo que pudiera pasarle. Aún no se sabía nada de aquel otro que habían desaparecido tras su intento de sublevación.

Dos zorros se presentaron de inmediato y rudamente agarraron a Douglas de cada brazo para inmovilizarlo. Él intentó zafarse y para evitar sus movimientos le dieron un puñetazo en el rostro. El otro sacó de un bolsillo un artefacto pequeño y rápido se lo pegó en el abdomen al moreno para lanzarlo al suelo tras una descarga eléctrica. Andrew y yo nos asustamos al verlo caer, pero supimos que no había perdido el conocimiento porque notamos que se movía. Los demás se inquietaron viendo la escena y el zorro con el dispositivo en la mano lo levantó para demostrar su poderío.

*Esto que acaba de ocurrir es solo un leve escarmiento provocado por actitudes irreverentes.* Escuchamos en nuestros oídos y entonces confirmamos que Lucifer, desde algún lugar de la casa, nos estaba viendo. *Pobre de aquellos que hoy o en alguno de los shows venideros, ose no tomarse la píldora o provocar un incidente que atente contra su propia presencia en el escenario.*

Douglas se levantó del suelo y se fue recomponiendo poco a poco después del electrochoque recibido. Tras las palabras amenazantes de Lucifer, trajeron una nueva bandeja dorada que portaba las mismas pastillas y el resto de nosotros no ofreció resistencia para digerirlas. Una vez que tuve el azafate delante de mí, noté la forma de diamante en la que se presentaban aquellas dichosas píldoras negras. Tomé una en mi mano y me la llevé a la boca dejando en manos del destino cualquier efecto que provocara en mí. Me la tragué fácilmente sin necesidad de ingerir agua y luego vi que Andrew repetía el mismo paso a mi lado. Una vez que todos consumieron la pastilla, retiraron la bandeja y escuchamos otra vez la voz de Lucifer:

*Es tiempo de deshacerse de su ropa.* Me sonrojé de repente al imaginarme desnudo sin elección. *Remuevan toda la tela que oculta los encantos de su cuerpo y muéstrense como son.* Entonces, me quité el trozo de paño que subía por mi pecho izquierdo y luego el otro. Lo hice despacio, viendo cómo unos lo hacían apenados y otros sin vergüenza alguna. Supe que al fin había llegado el momento que tanto había deseado, aunque la circunstancia era la menos esperada. Después de varios días anhelando tenerlo desnudo frente a mí, traté de no fijar la vista en su cuerpo. Me dio pena y desde mi lugar noté que él también sentía lo mismo y evitaba mirarme. Me bajé la falda y me quedé completamente desnudo al igual que los demás.

Acto seguido, uno de los zorros rodó una mesa cubierta por una manta oscura y la colocó en el centro. La destapó y debajo de la tela relucieron accesorios que podíamos usar esa noche en el show. Zachary fue la primera en acercarse a la mesa y revisar minuciosamente todo lo que había. Se colocó unas plumas blancas en su pelo rubio que caía hasta mitad de la espalda y una gargantilla dorada que le cubría el pecho hasta los pezones. Raymond sostuvo en sus manos un rosario de esmeraldas que luego se colocó en el pecho. Douglas escogió unos anillos muy llamativos y escandalosos, mientras que Andrew y yo no nos decidimos por nada.

*Es opcional portar algún accesorio. Sin embargo, aquellos que deseen hacerlo, podrán llevar cualquiera de las prendas que hay en el camerino, excepto cuando una función requiera alguna alhaja o vestuario en específico.*

Nos mostraron además otras prendas que estaban disponibles y debajo de una percha encontré unas alas que me gustaron para ponerme en la espalda. Me di la vuelta y Andrew también había descubierto otras idénticas en el lado contrario del camerino. Las mías eran blancas, las suyas negras. Agachados, intercambiamos una mirada y supimos que aquel sería nuestro vestuario. No obstante, me quité las sandalias que traía y me puse unas botas blancas que encontré entre los zapatos. Andrew metió sus pies en unas botas negras y así estuvimos listos. Zachary calzó unos tacones rojos que la hacían lucir aún más alta de lo que ya era. Raymond prefirió seguir usando sus sandalias diarias y Douglas eligió ir descalzo como dios lo trajo al mundo, portando solo sus anillos. Los demás también usaron algunas prendas, aunque algunos no cedieron al juego.

*Es hora. El momento ha llegado. Adopten posiciones.* Comunicó Lucifer. El corazón me latió de prisa. Los zorros nos indicaron dividirnos y ubicarnos en una fila detrás de cada una de las tres salidas que daban al escenario. Andrew se posicionó en la fila vecina. Divisé inevitablemente su pene dormido, pero esquivé el vistazo para no delatar el morbo que me provocaba verlo a él y a todos los demás a mi alrededor sin ocultar sus penes. *Corran las cortinas. It's time.*

Tres cuerdas fueron jaladas para descorrer las telas. Uno a uno fuimos saliendo por las distintas puertas y de pronto nos encontramos en un íntimo teatro circular con balcones a la redonda descansando sobre columnas que adornaban el piso principal. En el centro, un redondel elevado nos servía de escenario bajo una cúpula de cristal. Fuimos subiendo lentamente a las tablas y encima encontramos algunos bártulos que servían de mobiliario. No era lo que tenía en mente, pero caminé al igual que los demás por entre butacas, una mesa, una escalera manchada de pintura, una taza de baño, un baúl añejo y hasta una moto, buscando un lugar en el que pudiese acomodarme. El escenario estaba apagado y mientras me acoplaba a una vieja silla, miré disimuladamente y divisé los balcones a mi alrededor. No podía distinguir a la gente, pero estaban allí, escuchaba sus murmullos. Vi a los demás estimularse el miembro para tenerlo listo cuando llegara la luz y entonces hice lo mismo sin esforzarme demasiado. Ya lo tenía un poco espabilado. Desconfíe de su potencia atosigado por la desafiante posición en la que me había puesto la vida, pero algo me decía que aquella pastilla negra activaría todos mis sentidos y dejaría fluir la sangre en los vasos sanguíneos del cuerpo cavernoso de mi pene.

A duras penas alcancé a ver desde el escenario el reloj que gestionaría nuestro tiempo. Lo descubrí entre las columnas de la galería debajo del público listo y ansioso por presenciar nuestro acto de masturbación. Una vez que los diecinueve estuvimos ubicados en algún lugar del escenario, sentimos cómo el susurro del gentío sobre los balcones se desvanecía en lo oscuro. El show iba a comenzar. De pronto, las luces se encendieron.

# CAPÍTULO CUATRO

Andrew se había sentado en un sofá frente a mi silla. Lo vi en la penumbra avivando su pene como los demás, antes de que unas lámparas cónicas de bambú bajaran sobre la escena e iluminaran delicadamente a los diecinueve cuerpos desnudos en el proscenio. Fue justo en ese momento en que nos llenamos de luz, que vacilé a Andrew placenteramente por primera vez. Me gustaba desde aquella mañana en que lo vi en el *Starbucks*. Su cara bonita y de macho me hechizaba. Su cuerpo entero me volvía loco. Su pecho definido, las piernas afeitadas e incluso los dedos de sus pies. Tenerlo allí delante con el miembro afuera era alucinante. Loco y tóxico para mi cerebro flotando en el espacio. Me gustaban los bellos que descubrí en ese instante sobre la base de su miembro sin saber que existían. No me molestaban, yo también los tenía formando un pequeño bosque negro y tupido sobre el mío.

Cuando la claridad iluminó nuestro alrededor, sentí un destello en mi cabeza, como si mi mente hubiese recibido un disparo de luz. Fue un electroshock de inconsciencia que me dejó pasmado ante la vista de todos aquellos que nos veían en la penumbra. Traté de verlos e identificarlos, pero no podía, las luces alrededor del escenario me cegaban. Más tarde, cuando mis pupilas se acostumbraron a la luz, desvié la mirada y pude ver que todos eran hombres. Algunos de traje y otros muy casual. Me desvinculé de aquella nebulosa que me absorbía para concentrarme en mi deber con el show y entonces vi que los demás comenzaban a moverse con una melodía erótica que había empezado a sonar. Raymond se había colocado junto a la escalera. Estaba apoyado en sus peldaños de metal y se movía lentamente, dándole ritmo a su cuerpo. Su espalda ancha se movía ligeramente encima de su estrecha cintura. Tenía unas nalgas voluminosas que probablemente estaban despertando en el público un activo deseo. Se tocaba el miembro, que había comenzado a pararse. No tenía bellos y entonces se acariciaba él mismo la base, acentuando lo grande que se le iba poniendo el pene. Yo comencé a estimular mis sentidos también y a provocar en mi piel un erizamiento tras las cosas que veía. Jamás había presenciado un evento de tal naturaleza. Pero no sentía pena. Sin darme cuenta me dejó de interesar que estuviera exponiendo mis zonas sagradas a la vista de todos. De mis compañeros y de los que obviamente habían pagado para ver aquel espectáculo de hombres desnudos. Sentía cada pupila en la oscuridad acechándome desde lo alto. Pero mi juicio se había transformado y de repente me encontré entregado a un embeleso y un éxtasis que me llevaban de la mano camino a un gran placer que nunca antes había experimentado.

Douglas estaba sentado encima de un viejo cofre. Uno gigante como aquellos que en algún momento de la historia se llenaban de oro y joyas. Su color canela contrastaba deliciosamente en el ambiente ocre que provocaba la luz amarilla. Su piel acolchonada, perfecta sobre la corpulencia de sus hombros, divinizaba su presencia bajo la lámpara. Mis ojos se espantaron cuando vi el tamaño exagerado de su bicho y admiré la capacidad de Winona soportando entre sus piernas aquel monstruo oscuro, pero apetitoso. Douglas no había demorado en encender la llama en sí mismo y parecía bastante cómodo sobre la tapa del cofre. Tenía una pierna encima y la otra tumbada. Empujaba su anaconda hasta abajo y luego la soltaba como un resorte haciendo que se hinchara cada vez más.

Mientras tanto, yo seguía mirando a quien tenía enfrente en medio de la respiración rápida y profunda que padecía. Andrew subió una bota al sofá, dejó la otra en el piso y se recostó en una esquina. Deslizó sus dedos por los cuadros que se marcaban en su abdomen y al verlo sentí unos latidos en mi sofocado pene. Las venas dilatándose bajo la delgada piel. Miré el reloj y aún faltaba media hora para finalizar. El público seguía allí, disfrutando el excitante espectáculo que ofrecíamos en aquel teatro reservado solo para quienes podían pagarlo. Tenía ganas de liberar de una vez los deseos reprimidos que saldrían de mi cuerpo de forma líquida, pero aún no podía. Tenía que aguantar y resistir como todo un macho, aunque la figura masculina de Andrew sobre el mueble me tuviera a punto de explotar. Mi órbita mental andaba desajustada ante el derroche de erotismo y sensualidad que tenía a mi alrededor.

Zachary lucía fantástica encaramada en la moto. Parecía que el aire estuviera batiendo su pelo largo tras sus movimientos de cabeza. Sus espectaculares tacones rojos encajados en el manillar de la moto la ayudaban a recostarse sobre el sillín del artefacto como si volara sobre una nave. Luché contra mi voluntad para desviar la vista de sus pechos y de aquello tan largo que masajeaba con su mano derecha. Pero Zachary, aquella noche, era una exótica rareza que atraía la mirada enfermiza de todos los presentes, incluyéndonos a nosotros.

En tanto el sudor corría por el pecho de algunos, nos acercábamos más al momento final. Me llevé un dedo a la tetilla izquierda y comencé a estimularla mientras veía las manecillas del reloj moverse a los minutos finales. Andrew me miraba y lo que veía le provocaba placer. La niña de sus ojos me pedía más y entonces me llevé otro dedo al pezón derecho. Me convertí en un ángel obediente desde mi silla, guardando unas ganas infinitas de tocar, besar y embarrar mi cuerpo con el sudor de aquel ángel negro ante mis ojos.

**Los demonios, como seres espirituales, tienen la capacidad de tomar posesión de un cuerpo físico.** Escuché susurrar en mi oído izquierdo mientras mi cuerpo caía en un profundo éxtasis involuntario. **La posesión demoníaca se produce cuando el cuerpo de una persona es totalmente controlado por un demonio.** Raymond sufría evitando un orgasmo mientras se aferraba a la escalera. Douglas golpeaba la verga contra sus piernas mientras el líquido preseminal chorreaba como baba de perro. Zachary se lustraba el ano inclinada hacia delante en la moto y se frotaba el bicho agitadamente sabiendo que se acercaba la hora de eyacular. Andrew se había puesto de pie y yo hice lo mismo poniendo una bota blanca sobre la silla. Miré a los demás con sus glandes mojados y caras de no poder contenerse más. Faltaban diez minutos para terminar y entonces muchos dejaron salir sus fluidos en una propulsión a chorro. Sobre el piso, sobre los muebles y cualquier cosa que se interpuso delante de los cañones calientes. Vi la pólvora reventar en la cavidad ocular de Andrew y supe que su semen saldría disparado. Me agité para alcanzarlo y juntos derramamos aquel líquido espeso que salía de nosotros con un profundo deseo acumulado desde el primer día en que nos vimos. Respiré hondo como los demás y cuando la última gota de semen cayó al suelo, sentimos una ovación de aplausos y chiflidos desde los balcones. Pensé que podríamos ver al público una vez que terminara el espectáculo, pero los balcones se mantuvieron oscuros sin que pudiéramos divisar a los que aplaudían. La luz no nos dejaba ver más allá.

*La función ha sido un éxito. Sus placeres en efervescencia los hicieron caer en tentación.* Nos habló Lucifer viéndonos evidentemente desde algún lugar. *Ahora bajen del escenario. Disfruten el resto de la noche.* Las lámparas de bambú se elevaron de nuevo, la música fue disminuyendo hasta no escucharla y el escenario se fue apagando. Uno a uno descendimos mientras los aplausos del público iban desapareciendo. Al cruzar la cortina nos metimos todos al baño. Se abrieron las duchas y nos bañamos apilados bajo los chorros. Dejé que el agua se llevara de mis piernas los restos de semen. Andrew se lavó el glande y luego lo cubrió hasta donde llegaba su prepucio. Nos apartamos del chorro y pretendí secarnos con unas toallas blancas que descansaban sobre una repisa, cuando Andrew se me adelantó y comenzó a secarme con la suya. Me sorprendió su gesto y tuve necesidad de abrazarnos los dos encerrados en la toalla después de lo que habíamos vivido. Pero los amoríos eran un sacrilegio en *La casa de los Desnudos.*

Una vez vestidos quisimos salir al exterior. Afuera llovía y el agua había traído consigo una ligera frialdad. Entonces nos mantuvimos entre las columnas de la galería sin salir a la intemperie, viendo la lluvia caer.

—Pensé que no aguantaría tanto —me dijo.

—Yo tampoco. Fue difícil viéndote allí delante de mí.

—Me encantó verte desnudo.

—Sentí que todo aquel morbo me iba a matar sin poder tocarte — confesé demostrando en mi mirada lo mucho que había disfrutado viéndolo sin ropa.

—Me muero por besarte. —Se saboreó los labios con sus ojos clavados en los míos queriendo romper las reglas. —Me arrepiento de todas esas noches que perdí tratando de conocerte sin darte un beso.

—Vete —le pedí sosteniendo un lamento que intentaba escapar de mi cuerpo. Sabía que si seguíamos allí un minuto más, podíamos acabar desaparecidos o castigados severamente por los zorros.

Andrew me dejó entendiendo lo que encerraba mi petición. Abandonó la terraza donde estábamos y me quedé solo. Recosté mi cabeza en una columna y disfruté la lluvia cayendo antes de irme a dormir. Una vez más me quedaba sin besarlo, acercarme ni sentir su aliento. Sin sentir su mano en mi cintura o en mi espalda empujándome a sus labios. Me fui a la cama y me acurruqué en las sábanas con el sonido de las gotas chocando en la ventana.

En la mañana me despertaron otra vez los rayos de sol en la cara. Raymond estaba a mi lado aun sin despertarse, con su cara redonda sobre la almohada. Mientras me lavaba la cara en el baño abrió los ojos. Esperábamos que el televisor se encendiera y nuevamente apareciera la cara de Lucifer en la pantalla, pero nunca se prendió. Entonces bajamos al comedor, donde ya estaba servido el desayuno. Muchos ya se habían levantado y se hartaban antes de ir al gimnasio a ejercitar sus músculos. Estaba a punto de llevarme un *croissant* a la boca, cuando de pronto apareció debajo del arco que daba entrada al comedor nuestro compañero retenido desde el día anterior. Nos levantamos de la mesa enseguida, sorprendidos de ver cómo se balanceaba a los lados a punto de caerse. Estaba muy demacrado. Tenía unas ojeras inmensas debajo de sus ojos, como si no hubiese dormido en toda la noche. Douglas lo ayudó a sentarse en una silla temiendo que se cayera por la flojera.

–Oh lord, ¿estás bien? –preguntó alarmada Zachary.
–Estoy muy débil, no he comido nada desde ayer –contestó él.
–¿Qué te han hecho? –indague enseguida.

Alguien más quiso saber si lo habían torturado. Pero entonces, tras ver que no tenía fuerzas suficientes para hablar, empezamos a engullirlo de agua y comida esperando que se recuperara.

—No me hicieron nada —respondió el afectado—. Solo me llevaron a una celda en el sótano de la casa y me dejaron allí sin agua ni comida.

—¡Desgraciados! —comentó Raymond.

—Esta gente no está jugando aunque lo parezca —comentó el moribundo con un pan atragantado en su boca.

—¡Por supuesto que no! —agregó Zachary—. Lo de anoche no fue un juego.

—¿Qué sucedió anoche?

—Mejor espera a experimentarlo tú mismo sin que nadie te lo cuente —intercedí antes de que alguien trajera de vuelta los detalles de aquel malsano show.

—Necesito descansar —manifestó el recién aparecido—. Estuve toda la noche en el suelo sin pegar un ojo.

Acto seguido, una pantalla que había en el fondo del comedor se encendió y vimos a Lucifer. *Vaya, ya había demorado en aparecer,* mencionó alguien. Estaba sentado en su trono acariciando despacio la cabeza de uno de sus lobos mientras el otro yacía acostado a sus pies. Tenía puesta aquella túnica que le cubría el cuerpo sin dejar ver su pecho. *Es un bello día de verano. El sol ha vuelto a salir después de la lluvia que tuvimos anoche para bendecir nuestro espectáculo.* Habló Lucifer con su típica voz intrigante. *Los espero en cinco minutos en la gran escalera.* La pantalla volvió a ponerse negra. Entonces nos fuimos encaminando hacia el lugar indicado para recibir seguramente las indicaciones de aquella noche. Cada espectáculo pretendía ser un misterio revelado justo el mismo día. Al llegar a la escalera lo vimos de nuevo. Allí estaba en la cima asomado venerable al mirador donde convergen las dos escaleras por las que se podía llegar a él. Nos miraba calculadoramente mientras nos ubicábamos en el salón. Su máscara impresionaba y daba miedo, sabiendo que había encarcelado a uno de nosotros un día completo sin agua y alimento. Me extrañó que usara otro vestuario, aquel que dejaba su tatuaje al descubierto. Su capa lo hacía verse imponente y digno de todo aquel miedo que infundía. Detrás de la tela negra salieron sus lobos grises intimidando con sus movimientos sigilosos y su mirada azul. Cada uno bajó unos escalones y se detuvo a mitad de la escalera, como si estuvieran impidiendo el paso de cualquiera de nosotros hasta Lucifer. En la base, además, algunos zorros custodiaban su presencia.

*Hoy será la noche de los dúos. Una noche especial en que podrán conectarse con otro de ustedes y maravillar nuestro show con un coito deleitoso y atractivo.* Era justo lo que no quería escuchar y había estado pidiendo que no pasara. No quería acostarme con nadie. Que alguno me tuviera que poner las manos encima por obligación. Solo quería estar con Andrew. Que solo él me besara y me hiciera el amor. *Hoy estarán en función los veinte y conformarán diez perfectas parejas.* Temblé. Éramos todos bellos. Hombres esculturales, altos y esbeltos. Rasgos contemporáneos creados tras un régimen de dietas y ejercicio con pesas. El grupo entero me gustaba. Era imposible no fijarse en los encantos de otros. Pero aquello era solo un gusto visual. Mi verdadera atracción emocional era Andrew. Con él lo quería todo. Pero aquella anunciación podía terriblemente infiltrarse en lo que sentíamos el uno por el otro y marchitar nuestros sentimientos al vernos en aquel show entregados a un cuerpo no deseado. *Maldigo la hora en que te seguí el juego en Stiffy, infeliz,* pensé con una roña tan profunda que si podía subir la escalera lo lanzaba desde arriba.

*Aquellos que ocupen los cuartos del uno al cinco, apártense a la derecha. Los demás, ocupen el lugar opuesto.* Así lo hicimos. Andrew quedó del otro lado, junto a Douglas y algunos más. Del mío quedamos Zachary, Raymond y yo, acompañados de otros siete en mi grupo. *Dominantes y sumisos, la ruleta de la fortuna decidirá su futuro esta noche.* Al escucharlo no entendí a qué se refería con aquello de 'Dominantes y...', pero de pronto abrí mis entendederas y comprendí que de aquel lado frente a nosotros estaban los machos, los rudos, los que penetraban; y en mi bando, los flojos, los que se inclinaban a recoger el jabón. Al mismo tiempo lo vi todo confuso. Raymond estaba a mi lado dentro de aquel cuerpo tosco y robusto, y no acababa de entender.

—¿No se supone que deberías estar en aquel grupo? —le comenté en voz baja.

Él sonrió sabiendo lo que quería decirle y contestó:

—¿Recuerdas cuando te dije que siempre hay una razón cuando alguien no te responde en *Stiffy*?

Me quedé callado entendiendo todo y recordé además que mi rol en el perfil de la aplicación estaba definido como: *Pasivo*. Por lo tanto, Raymond supo que los dos seríamos incompatibles en la cama y como otros pasivos, evitó escribirme.

Seguidamente vimos cómo entraban una ruleta por debajo de la escalera. Era blanca y negra con una aguja encima en forma de espina. Por un lado tenía los nombres de un bando y por detrás los del equipo contrario. Un zorro caminó al frente y sacó una moneda.

*Uno de los diez dominantes dé un paso al frente.* Todos se miraron sin saber quién sería el valiente y entonces Douglas dio una zancada representándolos. *Ahora es el turno de los sumisos.* Ninguno de nosotros quería salir al frente, temiendo que se tratara de una jugarreta de Lucifer tras la que podíamos no salir ilesos. Cualquier cosa podía pasar en aquella mansión bajo el mando de aquel diablo enmascarado. Pero Zachary se precipitó y se entregó a su juego. El zorro con la moneda levantó su mano y la colocó en la palma. *Cada uno de ustedes representa un bando. Escojan una cara de la moneda y el ganador ofrecerá a todos los de su grupo la oportunidad de girar siempre la ruleta y que la aguja elija a su compañero esta noche.* Douglas eligió la *Cara* y a Zachary le tocó el *Escudo.* El zorro lanzó la moneda al aire y la dejó caer de nuevo en la palma de su mano. Abrió los dedos y destapó la *Cara.* Los dominantes habían sido los afortunados para escogernos a nosotros, los sumisos. Irremediablemente me sentí un esclavo, un siervo subordinado a una elección del destino.

Rodaron la ruleta hacia delante y entonces mi bando quedó a merced de una aguja. Realmente no era un sacrificio que cualquiera de los dominantes se apoderara de mi cuerpo aquella noche. Pero cuando un sentimiento te ata a una persona, puede venir a enamorarte u ofrecerte el mejor sexo del mundo un adonis de Grecia, un sexy millonario de *Wall Street* o un joven despeinado viviendo la vida loca en Hawái, que lo dejarás pasar y en ese momento no significará nada para ti. Yo solo pedía que Andrew tuviera la suerte de que mi nombre cayese debajo de aquella aguja para hacer juntos el show. El primero en mover el agarradero fue el mismo Douglas. Se posicionó a un lado de la ruleta y la giró con todas sus fuerzas. Estoy seguro de que, al igual que yo, tenía del lado contrario a su preferida. El círculo dio tres vueltas y fue perdiendo fuerza hasta casi completar la cuarta. La aguja pareció detenerse en Zachary, pero su nombre la cruzó dando paso al siguiente de nosotros. De pronto, la rueda retrocedió y Zachary volvió a caer debajo de la aguja, siendo la seleccionada para compartir una noche con el moreno. Douglas, entonces, exhibió una mirada endiablada que su compañera nocturna recibió con halago luego de que su nombre fuese retirado del círculo. Después regresó a su sitio y dio paso a otro compañero que empujó la ruleta haciéndola girar otra vez. Quedaban ocho sumisos en mi bando. Me fui acostumbrando a la idea de que me entregaría a un macho esa noche con el que quizás no conectaría y me sentiría rarísimo. Sería la primera vez que tendría sexo de alguna manera involuntaria con alguien, y lo peor de todo es que tendría que hacerlo delante de Andrew. Vi la rueda girar varias veces y me maravillaban los sentimientos que vivían dentro de mí hacia alguien que, hasta ese momento, la vida no me había permitido explorar como deseaba.

Raymond fue escogido por un americano corpulento como él. No sé si estaba contento con la decisión de aquella ruleta, pero al menos no se le veía disgustado. Quedamos cinco. Le tocó el turno finalmente a Andrew y recé en silencio con una profunda fe para que los dioses me dejaran estar con él esa misma noche. Me miró antes de mover la rueda y sabía que también estaba anhelando lo mismo. La impulsó con su brazo y esta comenzó a girar. Los nombres restantes que figuraban en la ruleta me daban vueltas en la cabeza. Por poco me clavo la uña del medio en la yema del pulgar. Tres vueltas había dado y después de una cuarta comencé a percibir los nombres claramente otra vez. La aguja esperaba en la cima y mi nombre estaba demasiado lejos de alcanzar la punta. Perdí toda esperanza. Sabía que no sería seleccionado y cerré los ojos para no ver cómo otro ocuparía mi lugar. Por fortuna, el marcador cayó sobre un espacio del que ya se había removido un nombre y Andrew tuvo que girar de nuevo la ruleta. Abrí los ojos y vi otra vez cómo giraba e iba deteniéndose poco a poco. Esta vez mi nombre se acercaba más a la aguja que parecía detenerse en otro. Pero una inesperada fuerza gravitacional lo impulsó hacía la aguja y fui milagrosamente seleccionado. Enseguida respiré hondo y solté en un suspiro el estrés que me había provocado el momento. Imaginarme a Andrew haciéndole el amor a otro delante de mí, de veras me había atormentado. Me provocó unas ganas inmensas de enfrentar a los zorros y salir huyendo de aquel lugar. Andrew retrocedió para dejar a otro posicionarse delante de la rueda y desde mi lado me percaté de lo contento que estaba. Me sonrió y fue imposible no corresponder con otra sonrisa. Sabíamos que al fin estaríamos juntos.

*Disfruten esta noche y entréguense a su amante. Involúcrense en una profunda pasión.* Dijo Lucifer antes de retirarse y sus lobos siguieran su capa arrastrando por el suelo.

Por supuesto que Andrew y yo nos entregaríamos en un pleno disfrute. La pasión entre nosotros estaba garantizada. La ruleta desapareció de nuestra vista y luego salimos a la piscina por debajo de las escaleras.

Era una bella mañana, el sol empezaba a quemar y el paisaje a nuestro alrededor nos alegraba la vista. Las montañas tenían un color rojo espectacular. El agua de la piscina se veía deliciosa y muchos se quitaron la ropa para mojarse. Yo tuve las mismas ganas y ese día no sentí pena de hacerlo y que Andrew me viese. A fin de cuentas, ya todos me habían visto desnudo. La noche anterior me detallaron hasta las diminutas protuberancias que mis venas formaban bajo la piel del pene. Me bajé los tirantes de la toga y el resto cayó al suelo. Me deshice de mis sandalias y quedé completamente en cuero al aire libre. Era una sensación que no recuerdo haberla sentido jamás delante de tanta gente. La temperatura del agua era perfecta. Me sumergí en ella y nadé unos metros como un pez debajo del agua. Andrew se había quedado observando cómo me desvestía y luego de vacilarme sin ropa se quitó la suya también. Raymond, Douglas y Zachary habían formado un círculo dentro de la piscina en el que conversaban los tres junto a sus compañeros de cuarto.

—Siento que vivo en una prisión con algunos privilegios —le escuché decir a Zachary sosteniendo una soda en su mano.

–¿Cambiarías tu libertad por todo esto? –preguntó Raymond.

Andrew y yo nos acercamos interrumpiendo la conversación.

–Es un precio bastante alto –comenté.

Zachary se quedó pensativa, como si no estuviese del todo disgustada con su secuestro en aquel lugar.

–Creo que no. Me iría… porque no sirven alcohol durante el día –respondió antes de lanzar una carcajada que le restó seriedad a la plática.

–Tenemos que salir de aquí –mencioné.

–¡Obvio! –declaró Douglas–. Pero… ¿cómo?

–¿Y si cruzamos el muro sin que nos vean? –propuso mi amado y Zachary rio de nuevo burlándose de nosotros.

–¡No sobrevivirías aun burlando la seguridad! –dijo esta–. Esos bosques detrás del muro están infectados de felinos. Leones de montaña y linces canadienses. Sin contar una minoría de lobos grises que también han sido vistos en el área.

–¿Qué tan peligrosos son?

–Basta con que no hayan comido en días para que te conviertas en su presa. Mi padre murió por un ataque de puma en esos bosques.

–Lo siento mucho –expresó Douglas compadeciéndose de la muerte que había tenido su padre, conocedor de todos aquellos bosques y senderos.

–Tiene que haber alguna forma de escapar de este lugar. ¡No estamos en Alcatraz!

–¡Puede que la haya! –afirmó Raymond y todos volteamos a verlo esperando que la mencionara–. Me gustan mucho los videos de mansiones abandonadas.

–¿Y...? ¿Qué tiene que ver eso?

–Hace algún tiempo vi un video en *Youtube* donde tres chicos estaban explorando una propiedad deshabitada. En una de las habitaciones de la casa había un túnel que bajaba por la montaña y llegaba hasta el bosque.

–¿Y piensas que esta mansión podría tener un túnel igual? –supuso Zachary.

–No lo pienso, lo sé –afirmó Raymond.

–¿Por qué estás tan seguro? –pregunté yo.

–¡Porque esa casa que vi en el video, es esta!

Nos quedamos todos perplejos y pensativos.

–Oh Lord, ¿cómo no habías dicho nada hasta ahora?

–No había encontrado el momento –confesó Raymond–. Además, no creo honestamente que podamos utilizar ese túnel como una vía de escape.

–¿Por qué no? –habló Andrew.

–He estado estudiando la casa desde que llegué tratando de determinar en qué habitación está ese túnel. No ha sido fácil. La mansión ha sido reconstruida y luce totalmente diferente. Pero según mis cálculos y mis recuerdos, ese pasadizo debe de estar en el pasillo de los espejos.

–¿En la recámara de Lucifer? –inquirió Zachary.

–Sí, allí detrás de esa puerta tenebrosa puede que esté la salida.

–Es imposible entrar allí –mencionó Douglas.

–Pues si esa es la única vía de salir de este lugar, tendremos que hacer lo imposible por entrar a esa habitación –mencioné decidido tras una pausa.

Y a partir de ese momento, comenzamos a prestar más atención a lo que sucedía en aquel siniestro corredor. Los zorros merodeaban por toda la casa constantemente y al final de la misteriosa puerta, casi siempre estaban aquellos dos lobos custodiando como de costumbre. Cada vez que cruzaba el corredor andaban como soldados junto a la puerta. Pero no podían estar allí todo el día. Tenía que estudiar sus tiempos y calcular el momento justo para poder ingresar a la habitación y encontrar aquel túnel. Estaba dispuesto a sufrir un castigo en caso de una misión fallida, pero no me podía quedar sin intentarlo.

En la tarde me fui al gimnasio con Raymond. Era enorme. Tenía equipos de todo tipo. Una cancha de basketball, una sauna, un jacuzzi helado y otro de agua caliente. Él se fue a la escaladora para librarse de unas libras de más y yo me acosté sobre un banco para hacer algunos abdominales. Después trabajé el pecho en el mismo banco y luego nos unimos para explotar nuestros bíceps. Raymond se fue a la sauna para liberar toxinas de su piel y reparar los músculos dañados de su cuerpo. Yo hice un esfuerzo sobrehumano y me metí al jacuzzi helado. Introduje los pies en el agua y sentí que la temperatura me pinchaba la piel. Sostuve la respiración y poco a poco fui introduciendo el resto de mis piernas. Era demasiado doloroso y no creí que pudiera sumergirme completo, pero quería estar regio esa noche. Lucir mejor que nunca para que Andrew se deleitara con mi carne fresca y jugosa. Entonces aguanté todo el dolor que pude, me zambullí en el agua fría sin pensarlo y estuve allí por algunos minutos sometiendo mi cuerpo a un dolor beneficioso. Controlé mi respiración tal cual aconsejaba Wim Hof. Respiré llenando mi capacidad pulmonar, mantuve el aire por algunos segundos y exhalé lento, canalizando mi sufrimiento antes de salir totalmente renovado. Luego subí a mi habitación como si hubiese librado mi cuerpo de un gran peso y pasé el resto del día acicalándome y descansando mientras esperaba el gran momento.

A las ocho y media de la noche se escucharon en toda la casa las campanadas melódicas del reloj que nos advertía que en solo treinta minutos comenzaría el espectáculo. Salimos de nuestras habitaciones y la mayoría continuó alimentando la conexión que habían estado creando con su pareja durante el día para garantizar una complicidad en el acto y que la penetración no ocurriese de forma rígida y frívola. Los zorros abrieron las puertas y entramos al camerino. Encima de cada tocador había un estuche de maquillaje. Enseguida, Zachary abrió su cofre y se maquilló los ojos, se iluminó los cachetes con una brocha y se pintó los labios de negro. Luego maquilló a Douglas, que estaba a su lado, y le coloreó los ojos para que luciera más atractivo e intrigante. Raymond se quitó la ropa y se untó crema en las nalgas. Al girarse, traía unos lentes verdes que realzaban sus ojos y que seguramente había encontrado dentro del estuche. Yo me acerqué al espejo enmarcado con bombillos y abrí el cofre tratando de seleccionar algún maquillaje que me dejara radiante e irresistible para Andrew sin amaneramientos. Tomé una brocha y me disponía a contornear mis pómulos cuando lo vi por el espejo viniendo hacia mí. Para ese entonces ya se había quitado la ropa y se acercó tanto que pude sentir su órgano reproductor masculino rozarme una nalga. Miró nuestro reflejo en el espejo y luego me susurró al oído: *No necesitas usar eso esta noche. Eres bello tal cual eres.* Me derritió automáticamente con sus palabras, y en ese momento sentí de nuevo su miembro indagador en la hendidura interglútea de mi cuerpo. El aire que provocó su cuchicheo en mi oreja hizo que una cosquilla me bajara por el cuello y despertara mi pene debajo de mi vestuario. Fue un empalme de cables que terminaron finalmente de establecer nuestra conexión para entregarnos esa misma noche, apasionada y locamente, en un acto vehemente de puro amor.

Un zorro pasó delante de nosotros con las pastillas sobre la bandeja y señaló que tomáramos la nuestra. Andrew y yo agarramos cada uno un diamante negro y coincidentemente lo pusimos debajo de nuestra lengua, haciéndole creer al zorro que la habíamos tragado. Ninguno de los dos estaba dispuesto a fastidiar nuestra noche con inmersivas alucinaciones. Queríamos experimentar una entrega limpia, clara, en la que estuviésemos plenamente conscientes de nuestros movimientos y controláramos el deseo a nuestro antojo sin que una pastilla nos domara. Después agarramos los auriculares y dejé caer mi ropa en el suelo al igual que los restantes que aún faltaban por desnudarse.

*Hoy será una de esas noches en que el privilegio estará de su lado. Una velada única en la que solo uno tendrá el honor de tocar su cuerpo. Aprovechen esta noche. ¡Siéntanla como un regalo del demonio!* Habló Lucifer. *Les estoy dando un nuevo mandamiento: Que se amen los unos a los otros. Ámense tal cual los amo yo.* Los zorros descorrieron las cortinas y salimos al escenario por las tres salidas. Subimos los escalones y nos sorprendimos con el atrezo sobre las tablas. *¿Qué es esto?*, me pregunté. *Hay diez tinas de baño en la escena. Cada pareja deberá acomodarse en una y el acto transcurrirá dentro de la misma. El sexo debe ocurrir de manera segura, por lo tanto, encontrarán condones y lubricantes dentro de cada una.* Explicó Lucifer mientras cada pareja se acomodaba dentro de una bañera en medio de lo oscuro, en tanto el público esperaba ansioso en la penumbra. Había tinas vacías de todo tipo. Douglas y Zachary se sentaron dentro de una rústica hecha de metal con pila de teléfono incluida y cuatro patas decorativas. Raymond se instaló con su amante en una tina cuadrada de acrílico y nosotros nos ubicamos en una cómoda, ovalada y moderna. Otras formas sirvieron al resto de las parejas. Una vez que todos estuvimos sentados a gusto, el murmullo del público se fue apagando. Hubo un silencio y de pronto sonaron en la oscuridad unas dulces y metálicas campanas de viento. Los focos alrededor del escenario se fueron prendiendo uno a uno, como si giraran alrededor de la plataforma. Nos fuimos divisando levemente mientras una cálida luz bajaba del techo. Eran cinco lámparas de lágrimas transparentes que adornaban elegantemente el show sobre nuestras cabezas. La melodía de un saxofón hechizaba el ambiente mientras descendían las arañas. Me asombró verme dentro de aquella atmósfera ideal para dos enamorados y supe que no tendría una mejor *primera noche* que esa en mi vida.

Andrew y yo estábamos sentados frente a frente dentro de una tina. La música romántica endulzaba nuestros oídos en un entorno a media luz. Sus ojos me miraban amartelados y sentía un cosquilleo en mis brazos y mis piernas ¿Qué más podía pedir? Sentí que había valido la pena la tormentosa espera. Quería mojar sus labios con los míos y luego dormir en

151

ellos. Nos fuimos acercando lentamente. Sus piernas estaban abiertas encima de las mías. Sus labios estaban allí. Ya casi los alcanzaba. Me mojé los míos. Me acerqué a los suyos. Él venía hacia mí. ¡Oh, Dios! Los sentí tocarme ardientemente. Nos besamos por fin muy despacio, hasta que nos fundimos en una prolongada entrega de bocas. Me agarró la cara entre sus manos. Se separó para verme. Para confirmar en mis ojos el amor que había sentido en el calor de mi beso. Luego volvió a besarme suavecito en la comisura y en el arco de cupido de mi labio superior. Aún no podía creer que finalmente había ocurrido. Jamás había deseado tanto un beso en mi vida. Mi cuerpo estaba flojo y débil ante aquella transfusión de afecto que recibí. Otros besos ocurrían próximos a nosotros. Raymond lo hacía desesperadamente con su amante, acostados en la tina en un desborde de sensualidad. Pude ver los glúteos de su pareja expuestos encima mientras Raymond yacía sumergido en las aguas imaginarias de la bañera bajo su cuerpo. Zachary, sin embargo, prefería disfrutar de su macho de una manera apacible. Ella y Douglas estaban arrodillados en su nidal disfrutando también su besuqueo.

El escenario comenzó a girar de pronto pausadamente y nos maravillamos de aquella entrega hermosa que nos regalaban. Nuestro placer nos pertenecía, pero también a todos aquellos que nos miraban detrás de las luces. Aun así, no dejé que mi voluntad y mi empeño por demostrar lo que sentía se opacara esa noche por la pena de ser vistos. Me concentré en él, en todas las cosas que quería transmitirle con mis gestos y mi delicadeza. Al carajo los espectadores. La noche era sólo mía y de Andrew. Lo que pasaría dentro de aquella bañera blanca quedaría en nuestro recuerdo para siempre, sin que nada ni nadie pudiese borrarlo. Mi espalda sintió el roce de su pecho. Andrew me habló al oído. *Te deseaba tanto*, lo escuche decir. Sus palabras se infiltraron en mi cuerpo revolucionando mi sistema nervioso y provocando mis neuronas. Me agarró por la cintura y me apretó contra su pene erecto. Deslizó las yemas de sus dedos por mis costados mientras yo subía los brazos al cielo pretendiendo flotar. Me incliné entonces y lo dejé que apretara su glande contra la entrada de mi ano. Estaba muy caliente. Ardía en fuego y sentía que mi cuerpo era absorbido por el suyo. Andrew se levantó y se sentó encima de una esquina. Yo me di la vuelta y gateé como un felino hasta que tuve su verga delante de mi cara. Se veía deliciosa y me tentaba. Me la metí completa en la boca hasta que el glande tocó mi campanilla y lo miré endiablado sin dejarla salir por unos segundos. Después la chupé con ganas, como si estuviera cubierta de azúcar. Mi saliva chorreando me ayudó en el proceso. Douglas ocupaba mi lugar en su bañera, comiéndose los pezones de aquellos senos falsos de Zachary, que sentada en la pared de la tina miraba la sublime cúpula encendida sobre nosotros con su pelo rubio suelto en la espalda. Raymond ya estaba entregado por

153

completo. Me resultó raro verlo siendo penetrado por otro macho como él. Eran dos croquetas dentro de una canoa rellena de miel que acoplaban perfectamente como si hubiesen formado una pareja de toda la vida.

Me subí encima de Andrew en un punto de dilatación perfecta. Me moví encima del látex como mejor sabía hacerlo. Dejé caer mi cuerpo hacia atrás y descubrí que su sensación aumentaba. La expresión en su rostro delataba el gusto tan grande que le provocaba. Nos besamos mientras me movía encima de sus piernas sin querer que aquel momento de éxtasis terminara. Su lengua tocó la mía ligeramente en la punta. Mi mente se había ido lejos, había abandonado mi cuerpo en un tierno arrebato sin percatarme de que los minutos pasaban y se acercaba la hora de terminar. Un vaivén me bajó de nuevo a tierra y disfruté cada choque de su pelvis contra mis nalgas. El roce de su miembro en mis paredes me hacía gemir gustosamente. Andrew me agarró la cara y sin dejar de penetrarme me seguía besando con una delicada pasión. Me fijé en el reloj en pleno movimiento y faltaban diez minutos para concluir el show. La duración fue extremadamente corta para llevar a cabo todo lo que mis adentros demandaban. Algunos ya habían terminado satisfactoriamente depositando su fuga blanquecina en el condón. Raymond se veía exhausto dentro de la bañera. Zachary bailaba aún encima de Douglas moviéndose estrepitosamente y disfrutando lo que hacía. Su cuerpo era una crema derretida cubriendo el chocolate. Podía sentir su goce mientras nuestros hombres nos penetraban al unísono.

La vida se me iba, algo aspiraba mi energía, pero aún me quedaban fuerzas para llegar al final. Me gustaba, me volvía loco. Ya casi. Zachary también. Miré a Andrew detrás de mí comiéndose con ganas mi manzana. Nuestro momento se acercaba. Zachary gritó embarrando a Douglas y luego Andrew y yo terminamos involucrados en un extenso gemido. Su expresión después de haberlo expulsado todo, resultó hermosa. Las puntas de sus pelos mojados en sudor caían trágicas y provocadoras delante de su frente. Mis ondas también. Se retiró el preservativo y lo dejó a un lado haciéndonos compañía.

El reloj marcó las diez y entonces, acto seguido, sentimos los aplausos. Valía la pena ponerme de pie y hacer mías todas aquellas palmas que veneraban nuestra primera entrega. Era imposible individualizar las caras de quienes aplaudían, pero estaba seguro de que cada uno de ellos había sentido en su piel el ardor que me quemó en el escenario y la emoción con la que me rendí ante Andrew. Había sido tal, que aún podía sentirlo dentro de mí. Lo tenía a mi lado sonriendo y no precisamente al público. Sonriéndole a la vida de haberme encontrado. Me tomó de la mano y elevó nuestros brazos unidos. Estaba feliz. Era evidente. Nuestros compañeros comenzaron a aplaudir también y a celebrar en cada aplauso la magnífica noche que habíamos tenido. Quería más como esas, muchas más. El escenario era el único lugar en que podía complacer mis deseos, pero aún faltaban otras experiencias para revolucionar nuestra atípica relación.

Nos dimos una ducha y nos fuimos afuera. La noche estaba fresca e incitaba a salir. Enseguida noté la luna reflejada en la piscina y algunos se metieron en ella borrando la imagen con el movimiento del agua. No me gustaba meterme de noche. Me daba miedo. El fondo estaba demasiado oscuro y no podía verme los pies, por lo que Andrew y yo nos acostamos en una de las camas mirando al cielo.

–¿Ves esa estrella de allí? –me indicó señalando.

–La veo, sí.

–Esa eres tú. ¿La recuerdas? Y aquella de allá soy yo.

Olvidé que habíamos marcado dos estrellas con nuestros nombres.

–Hoy casi las alcanzo –dije.

–¿A qué te refieres?

–A que me llevaste a las estrellas.

Él esbozó una sonrisa y cada vez que ponía aquella carita tierna me daban ganas de saltarle encima. Pero nuestro momento de júbilo había pasado, ya no podía tocarlo y mucho menos besuquearlo. No obstante, había quedado complacido. Aquel momento en que mis labios tocaron los suyos fue especial y mágico. Lo había deseado con tanta fuerza que mi cuerpo entró en una catarsis de afán por hacerlo mío y dejar que hiciera de mí lo que quisiera. Zachary y Douglas llegaron de improviso e interrumpieron nuestro momento ubicándose a ambos lados de la cama.

—Vaya, esta noche sí que fue un regalo para ustedes —mencionó irónica Zachary.

Andrew y yo sonreímos.

—Fue nuestra primera noche —confesó Andrew delante de los dos.

—Noooo, ¿en serio? —expresó ella alarmada.

—Sí, creo que somos los únicos que hemos pasamos dos semanas romanceando sin darnos un beso.

—Lástima que haya sido aquí —dijo Douglas.

—A decir verdad, no puedo negar que fue especial —expresó Andrew.

Ambos coincidimos en lo mismo.

—Quién lo diría... —agregó el moreno—, cuando pensabas que todo estaba perdido y no volverían a verse, se reúnen de nuevo en este paradójico lugar.

—Así es. La vida da muchas vueltas. Hoy estás aquí, mañana allá y pasado no sabes dónde te llevará o qué sorpresas te depara —agregó Zachary.

—Pero no fuimos los únicos que la pasamos bien, ¿verdad? —dije refiriéndome a lo compenetrados que habían estado los dos en su bañera.

Zachary sonrió y miró al cielo disimuladamente, sabiendo que mi indirecta hacía referencia a sus orgánicos movimientos y su destreza sobre la anaconda de su pareja. *Pobre Winona. Si tan solo supiera que su novio anda disfrutando otro cuerpo, no estaría tan preocupada como seguro debe de estar,* pensé. En ese instante sentimos un aullido a lo lejos. Provenía del bosque, más allá del muro, y nos quedamos atónitos ante el imponente y claro sonido.

–Es un lobo –comentó Douglas.

–¿Qué querrá decir con ese aullido? –pregunté siendo la primera vez que escuchaba uno en vivo.

–Pueden tener varias razones cuando lo hacen.

De momento escuchamos otro similar proveniente de la casa. Dos más, para ser exacto. Volteamos la vista a las ventanas y en una de ellas divisamos a los lobos de Lucifer aullando a la par, hasta que alguien apagó la luz de la habitación cortando la comunicación entre las bestias. Más tarde, a punto de que el sueño nos venciera, decidimos irnos a la cama. Los cuatro nos adentramos en la casa y subimos por la escalera hasta el segundo piso. Antes de continuar avistamos el pasillo de los espejos que conducía a la habitación de Lucifer. Allí estaban los dos lobos, echados junto a la puerta. Los miré desde el pie de la próxima escalera y les clavé la mirada. Enseguida notaron nuestra presencia y se levantaron del suelo.

Ambos intimidaban con su tamaño, pero me retorcía la idea de que allí detrás podíamos encontrar una salida entre la que aquellos dos animales se interponían.

–Esperen –dije deteniéndome antes de poner un pie en los escalones.

–¿Qué piensas hacer? –preguntó Andrew viéndome avanzar en el misterioso corredor.

–Qué tal si…

–¡Joshua, ten cuidado! –advirtió Zachary al ver las orejas de las bestias erguidas como antenas.

Seguí caminando con cautela pretendiendo que podía amistarme con ellos. Relajé el ceño para que no vieran en mí una mala intención, pero no pude evitar que adoptaran una posición de ataque. Los llamé cariñosamente como llamaría a cualquier perro, pero no se movieron. Allí estaban inertes delante de la puerta.

–No creo que sea buena idea esto –comentó Douglas.

Estaba ya casi a mitad del pasillo cuando me dejaron ver sus colmillos en un gruñido. Tomaron impulso desconfiados de mi cuerpo y de pronto uno se disparó corriendo hacia mí. Abrí los ojos asustado y enseguida retrocedí como una flecha. Corrí lo más rápido que pude, temiendo ser alcanzado por sus caninos largos y afilados. Llegué a los demás y tropecé con Zachary, quien perdió el equilibrio y el movimiento desajustado hizo que fuera alcanzada por el lobo. La bestia la tiró al suelo y se prendió a la tela de su falda. Los demás ya habíamos avanzado algunos pasos y retrocedimos con miedo para ayudarla. Douglas la sujetó por el brazo, intentando pararla del suelo mientras el otro animal se mantenía a lo lejos viendo cómo su compañero rasgaba la ropa de Zachary con sus colmillos. Raymond bajaba justo en ese instante por la escalera y presenció lo que estaba pasando. Se alarmó al vernos en medio de la batalla con la fiera, y en su intento desesperado por ayudarnos arrancó una cortina de la ventana más cercana y corrió hacia nosotros. En medio de la trifulca temí que alguno de nosotros saliera herido y que recibiéramos un castigo por haber provocado a las mascotas de Lucifer. Pero ya era demasiado tarde y ciertamente cualquiera de las dos cosas podía pasar. Raymond cubrió al lobo gris con la cortina y este quedó bajo la tela sin poder orientarse. Zachary se puso de pie de inmediato y se apartó con su falda hecha tiras. Por fortuna ninguno de los dientes pudo morderla. El lobo se movía debajo de la manta sin orientación y entonces Raymond aprovechó para lanzarlo al descanso de la escalera con una patada. El animal rodó chillando envuelto en la tela sin poder defenderse.

Sentir el quejido de su compañero cayendo por los escalones solo sirvió para estimular la agresividad del otro lobo que observaba distante lo que pasaba. Levantamos la cabeza escuchando su gruñido enojado y de pronto lo vimos levantar sus patas del suelo en una carrera desesperada por alcanzarnos. Corrimos nerviosos al lado opuesto del pasillo tratando de escondernos en algún lado. Caer en sus garras podía ser mortal para cualquiera de nosotros. Alguien salía del elevador en ese preciso momento y sin pensarlo, Douglas empujó a quien salía volviendo a meterlo dentro. Andrew y Zachary lo siguieron y detrás entré yo cerrando nervioso la reja de aquel viejo elevador. El lobo casi nos alcanza. Logró meter el hocico por entre los barrotes, pero ya estábamos a salvo, apretados dentro de aquel reducido espacio. Sus ladridos retumbaban en nuestros oídos y eso nos desesperaba. El animal no dejaba que la puerta se cerrara, pero el resorte encima comenzó a apretarlo contra el marco y entonces fue saliendo lentamente hasta que quedamos encerrados dentro del elevador herméticamente.

–¡Mira lo que ocasionaste! –me regañó Douglas–. ¿Qué pretendías?
–Ganarme un poco su confianza. ¡Tenemos que entrar en esa habitación!
–¡Estás loco! –me dijo.

Adentro se escuchaba también el aullido quejumbroso del lobo que había sido lanzado por la escalera. Era evidente en su aullar que se quejaba por la caída.
–Esto no va a terminar bien. Ese demonio nos va a castigar –mencionó Zachary, temerosa de lo que podía pasarle.

–¡Ya cállense y aprieten ese botón! Subamos –expuso Andrew, atormentado por los ladridos de aquella bestia del otro lado de la puerta.

Presioné el botón con el número tres y el ascensor comenzó a subir. Se tardó unos segundos en llegar y una campanilla nos anunció que podíamos descorrer la reja y después empujar la puerta de madera. Pero alguien la abrió desde afuera antes que nosotros. Al verlo allí parado el impacto fue grande. Nos apretamos en una esquina del pequeño ascensor temiendo la reacción de Lucifer.

–¿Qué demonios han hecho? –preguntó detrás de la reja.

Por la expresión de su boca noté que apretaba las muelas enfadado. Terminó de abrir la puerta y entonces pudimos ver a varios zorros que lo acompañaban. El lobo estaba a su lado feliz de haberle avisado con sus aullidos.

–Nosotros no hicimos nada –respondió Andrew con firmeza y pretendiendo protegernos–. Íbamos de camino a las habitaciones cuando tus... mascotas, comenzaron a atacarnos.
–Es extraño... Ninguno de los dos ataca sin razón.

Lucifer inclinó sus ojos a la derecha. Uno de los zorros entendió lo que quería decirle y entró al elevador de repente. Aferró sus manos a la ropa de Andrew y lo sacó tosco de allí. Una vez afuera lo lanzó al piso. Yo traté de interceder y Lucifer me detuvo con su mano extendida.

–Espero que algo como esto no se vuelva a repetir –dijo mirándonos a todos.

Sentí que su enojo era mucho más fuerte de lo molesto que parecía. Vaciló un instante y se quedó pensativo, como si cavilara un castigo que no podía llevar a cabo a falta de razones. Dio dos pasos cortos y se metió en el elevador. Yo estaba enfrente y los demás detrás de mí. Acercó su rostro al mío y fue la primera vez que lo tuve tan cerca. Pude sentir su respiración y hasta el aroma de su piel. Su olor, tan particular, se coló por mis orificios nasales y me provocó un sinnúmero de extrañas sensaciones alegóricas a los efectos que venía experimentando mi cuerpo y mi mente bajo su propio techo. Su aliento, por otro lado, me envolvió la conciencia y no distinguí por un segundo entre maldad y deseo.

–¡Váyanse a sus habitaciones! –mencionó retorcido–. ¡Y recuerden... acercarse a mi puerta y vagar por el pasillo de los espejos, sigue siendo una prohibición!

Se alejó de mí y controlé el derrumbe de mi cuerpo tras una avalancha de inesperados impulsos. Lucifer era un alma desalmada, pero terriblemente sexy. Precisamente por aquella macabra sensualidad, todos nosotros estábamos allí atrapados entre el deseo y el odio. Por su mirada supe que me había visto caminar hacia su puerta. Se apartó para que saliéramos del ascensor y obedecimos con la cabeza baja. Le extendí una mano a Andrew y lo ayudé a ponerse de pie. Lucifer nos vio caminar por el pasillo y esperó hasta que cada uno de nosotros entrara a su cuarto como niños pequeños después de un regaño. Los aullidos del lobo quejándose en la escalera más abajo aún se escuchaban en la casa.

Esa noche casi mojo las sábanas. Había quedado complacido, pero mi cuerpo quería más. Sentí un sofoco más tarde a pesar de que dormía desnudo y tuve que destaparme. No podía dejar de pensar en sus besos, en la forma en que me había tocado por encima de los hombros, en sus caricias en la espalda mientras me abrazaba en la tina y en la pasión que había encontrado en él. Podía sentir sus manos en mí y mi cuerpo volvía a erizarse sobre la cama. Daba vueltas y vueltas intentando sacarlo de mi cabeza sin lograrlo. El recuerdo no me dejaba dormir. Entonces me levanté desvelado en medio de la madrugada mientras Raymond dormía profundamente como un lirón aferrado a su almohada. Me acerqué a la ventana y moví la cortina dejando entrar la luz de la luna. Perdí la mirada en sus oscuros mares lunares y me quedé así por un rato. Inmóvil y pensativo. Estaba feliz porque mis plegarias en el apartamento habían sido escuchadas mientras me debatía entre el olvido y el deseo de tenerlo de vuelta. La vida nos había puesto de frente nuevamente en aquel lugar en que habíamos consumado nuestra entrega de una manera innovadora. Bajé del escenario aquella misma noche sintiendo que lo amaba, que lo quería y lo necesitaba en mi vida ahora más que nunca. Necesitaba que se diera cuenta de que mi herida ya estaba curada, que mi ex había quedado en el olvido y me moría por presentarlo a mi familia si en algún momento podíamos salir de allí. Lo extrañaba y unas ganas de abrir la puerta, correr a su cuarto y dormir abrazados, me oprimía el pecho aquella noche.

Mientras tanto, apartado por unas cuantas paredes y camas, del otro lado Andrew tampoco podía dormir. Se había destapado igual que yo y descansaba la muñeca sobre su frente. El incidente con los lobos había sido un tanto pavoroso, pero no fue impedimento para que pudiéramos dejar de pensar el uno en el otro. Él, al igual que yo, había quedado impregnado de aquel afecto sincero y real que los dos habíamos sentido dentro de la bañera. Andrew se detuvo frente a la ventana y divisó la luna desde allí. Ambos nos conectamos a través de aquel cuerpo celeste suspendido en el espacio sintiendo una estrecha unión en nuestras almas.

Inesperadamente sentí un ruido afuera en el pasillo que desmoronó la magia de aquellos pensamientos. Una puerta parecía haberse cerrado. Me sorprendió que a esa hora hubiese alguien deambulando por la casa y decidí asomarme a la puerta. La abrí con cautela y asomé despacio la cabeza. El corredor estaba vacío, alumbrado solo por algunos opacos bombillos en las paredes. La puerta de Andrew estaba abierta. De repente, lo vi asomar la cabeza también.

–Me pareció escuchar algo –susurró.

–También lo escuché.

Los dos salimos al pasillo y nos encontramos desnudos en medio de su puerta y la mía.

–Pensé que dormías –me dijo.

–No tenía sueño.

–Yo tampoco.

–Pensaba en ti –respondí mirándole a los labios y comencé a sentir de nuevo aquellos impulsos que me incitaban a besarlo.

–Coincidentemente... yo hacía lo mismo –contestó tiernamente.

Creo que nunca había soportado tanto las ganas de abrazar a alguien. Jamás había tenido una tentación tan grande delante de mis ojos sin poderla tocar. Sentí unas punzadas en el pene mientras se me ponía duro y se levantaba. Sin mirar abajo, me di cuenta de que Andrew experimentaba lo mismo al sentir nuestros penes tocarse en la punta. Aquellas pulgadas que nos separaban significaban una terrible tortura para ambos. Su glande rozó el mío en un movimiento provocado. Sentí las arrugas en el exceso de piel que lo cubría, acariciar las mías. Apreté mi pelvis y moví también mi pito para que su miembro pudiese sentirse mimado por el mío. Los glandes decidieron besarse mientras de adentro fluía un líquido preseminal pegajoso que los embarraba, dejando que los dos penes se movieran exquisitamente uno delante del otro. La cosquilla me estimulaba en demasía mientras la baba creaba un puente entre él y yo. Su cabeza me daba vueltas alrededor y el rozamiento de su pellejo contra el mío estaba por sacar de mis testículos aquella última reserva de semen que no había entregado esa noche. Entonces apreté mis brazos contra mi cuerpo sintiendo que se aproximaba el disparo. La fabricación no duró mucho. Cuanto el horno está a fuego rápido, cualquier alimento se cuece veloz. Andrew y yo estábamos en un punto máximo de ebullición que explotó enseguida en aquella eyaculación espontánea y escurridiza en la madrugada. Puse mi mano debajo y dejé que todo cayera encima. No podíamos dejar ni una sola gota en el piso. Los dos nos llenamos de aire después de una respiración lenta pero agitada y retornamos al pasillo en un viaje desde la luna. Dimos un paso atrás y no dijimos nada. Luego otro y otro hasta despedirnos con la vista. Regresé a mi cuarto, me lavé y me acosté de nuevo en la cama sin hacer ruido.

# CAPÍTULO CINCO

*E* s tiempo de abrir los ojos. Lucifer parecía enojado tras la pantalla esa mañana. Me había despertado con aquella oración odiosa que nadie quiere escuchar cuando está dormido. *Los quiero a todos reunidos en la piscina en cinco minutos.*

–¿Qué habrá pasado? –le comenté a Raymond desde mi cama.
–No lo sé, pero es evidente que algo lo incomoda.
–Mejor bajemos. Algo no me da buena espina.

Bajamos las escaleras omitiendo el desayuno. Todos habían notado lo mismo. Lucifer no tenía la expresión que solía mostrar siempre en la pantalla. Se veía molesto como la noche anterior tras el incidente con sus mascotas. *¿Nos castigará en represalia por haber lanzado a su lobo por la escalera?* Me pregunté. Su lamento se había prolongado después de haberlo pateado hacia abajo, por lo que seguramente le habíamos causado alguna rotura o lesión. Recé por su bienestar mientras me dirigía a la piscina y también por el nuestro, en caso de que el lobo estuviera mal.

Nos reunimos en las afueras de la mansión esperando por Lucifer. Ninguno de nosotros tenía idea de lo que esa mañana nos iba a comunicar. Douglas y Zachary parecían haber dormido plácidamente. Se les veía frescos como una lechuga. Raymond lucía muy tranquilo, al igual que Andrew. Al parecer, era yo el único que me preocupaba por la dichosa salud de aquella bestia blanca y gris de abundante pelaje.

Lucifer hizo su aparición en el balcón redondo que sobresalía de la casa en el segundo piso y se pronunciaba hasta la piscina. Me pregunté una vez más por qué había cambiado su vestuario, pero no le di demasiada importancia. Los cuernos de su máscara brillaban bajo el sol de la mañana. Lo vimos desde ambos lados de la piscina apareciendo poco a poco tras la balaustrada. Llegó acompañado de sus lobos y no perdí un segundo para colar la vista entre las pequeñas columnas y fijarme en el estado del animal envuelto en el percance. Me pareció que cojeaba, pero desde donde estaba no podía confirmarlo. Al menos caminaba, eso era símbolo de que no había sufrido grandes complicaciones a raíz de la caída.

*Una regla ha sido incumplida.* Anunció Lucifer desde lo alto. *Una de las siete prohibiciones de la casa ha sido violada.* Todos, inmediatamente, nos miramos ajenos a lo que decía. Sin embargo, comencé a experimentar una ligera preocupación y a pensar: *¿Nos habrán visto anoche? ¿Andrew y yo habremos sido captados por alguna cámara oculta y aquella reunión era convocada por nuestra culpa? Dios mío, protégenos. No permitas que nos repriman. ¡La regla número seis ha sido profanada! Al parecer, dos de ustedes olvidaron la importancia de cumplir con las normas.* Mi corazón se aceleró y empezó a palpitar muy rápido. Andrew me miró asustado y caí en un profundo agujero de miedos. *El roce, los amoríos y el sexo fuera del show son considerados un pecado bajo este techo. ¡Den un paso al frente los pecadores!*

Nadie se movió. Una intriga corrió en el ambiente a los pies de Lucifer. *¡Se está refiriendo a nosotros!,* supuse. Tragué en seco y por un momento pensé dar ese paso al frente, pero Andrew me detuvo con su mano al darse cuenta del instinto que me empujaba. Las miradas iban y venían de un lado al otro de la piscina, pero nadie se mostraba como pecador. *Bien... dado que ninguno quiere asumir sus actos... ¡atrápenlos!* Ordenó Lucifer con un ademán. Los zorros procedieron. Un pavor me corrió por las venas y mis piernas flaquearon. Varios zorros comenzaron a moverse alrededor de la piscina y casi me caigo cuando los vi venir hacia nosotros. Dos de ellos se acercaron con ímpetu para llevarnos, cuando de pronto se desviaron y agarraron a Zachary detrás de mí. *¡Suéltenme!* Gritó al verse atrapada entre varias manos. Douglas estaba del otro lado y también fue sorprendido inesperadamente. Lo agarraron de una manera bastante áspera. Lo inmovilizaron enseguida tirándolo al suelo y poniendo un aro rústico en cada una de sus muñecas quedando conectadas por una cadena. Los demás nos sobrecogimos al verlos expuestos en público, sorprendidos por lo que habían hecho. Nadie esperaba que alguno de nosotros rompiera las reglas. Aunque a decir verdad, no habían sido los únicos. El deseo de Andrew y el mío habían sobrepasado también cualquier prohibición sin ser detectados. Supe entonces quienes habían provocado aquel ruido que nos hizo encontrarnos en el pasillo. Douglas y Zachary se habían escabullido en las sombras de la casa sin medir las consecuencias y ahora enfrentarían la furia del demonio.

*¡Llévenlos a la cruz!* Mandó Lucifer desde su puesto. A un lado de la piscina, en uno de los hermosos jardines aledaños, había una cruz de madera bastante grande sobre unos escalones de cemento. La había notado, pero nunca imaginé su verdadero propósito. Hasta allá llevaron a Douglas y a Zachary. Lo hicieron a rastras mientras se resistían a caminar. A ella la

sujetaban por el pelo y a él por el cuello con las manos detrás atrapadas en el grillete. Obviamente nos preocupamos, pero ninguno de nosotros se atrevía a intervenir. La cruz comenzó a bajar en su propio eje y no quise conservar en mi cabeza la imagen que me estaba creando. Dos de los zorros subieron hasta la base y otros dos le entregaron a Douglas como si fuese un prisionero condenado a la orca. Lo ataron sin demora con los brazos abiertos como al mismísimo Jesucristo. También le ataron los pies a la base y le inmovilizaron el cuello en el soporte principal. Una vez sujeto sin opción de escape, la cruz dio la vuelta y entonces subieron a Zachary. *¡Nooo, por favor, no! ¡Pleaseee!* Gritaba desesperada. Me causó una profunda lástima verlos allí amarrados y no pude evitar oponerme:

—¡Esto es demasiado cruel! ¡Paren por favor! —vociferé.

*¿Cruel?... No lo creo. Aún no has visto algo verdaderamente cruel.* Respondió Lucifer. En ese preciso instante comprendí que aquel oscuro ser en lo alto, era verdaderamente el diablo en persona. Recordé sus palabras en el chat y me arrepentí de subestimarlas.

Ambos quedaron crucificados como dos almas en pena bajo el sol. La cruz se elevó bien alto hasta que el rechinar interior de una maquinaria se escuchó y la estaca de madera se torció hacia el precipicio que había detrás. Andrew y yo nos horrorizamos observando lo que pasaba y sentí vértigo solo de verlo. La cruz tomó un ángulo de noventa grados y Douglas quedó sobre el vacío. De pronto comenzaron a girar levemente y escuchamos los gritos de Zachary al verse suspendida en el aire a una altura tremenda sobre el lago a los pies del risco. La cruz siguió dando vueltas lentamente sobre el despeñadero mientras los demás contemplábamos penosos cómo el mareo asociado a la altitud los torturaba lentamente.

*Esta noche serán dieciocho en el teatro a la vista de todos.* Habló Lucifer y no tuvimos más que prestarle atención para no seguir sufriendo con lo que Douglas y Zachary vivían a nuestra espalda. *Formarán seis grupos, de modo que hoy actuarán en tríos.* Cada día nos involucraba en una nueva y libidinosa contienda. Me sobrecogí y me negué rotundamente a que otro se entrometiera entre Andrew y yo esa noche, pudiendo atentar contra nuestro afecto. Pero al mismo tiempo sabía que era imposible negarme y no tuve otro remedio que seguir escuchando a Lucifer mientras un odio acérrimo me subía por las piernas.

Uno de sus súbditos enmascarados salió de la casa empujando una mesita con ruedas sobre la que se veía una bola de cristal rellena de tarjetas. *Colóquense todos a un lado de la piscina.* Y nos agrupamos en un costado. *Cada uno de ustedes se acercará a la bola y sacará una tarjeta por el orificio.* Dijo Lucifer desde el balcón. *Notarán en el papel un número. Aquellos que coincidan formarán un trío esta noche.* Inhalé, totalmente desconcertado, mientras encontraba una vía para modificar mi pasión por Andrew sin que se viese afectada, tras aquella nueva entrega que llegaba para desconfigurar nuestra conexión. *Que se adelante el primero y saque una tarjeta.*

Uno de los dieciocho protagonistas del show caminó decidido hasta la esfera como si revolcarse con cualquiera esa noche fuese una diversión para él. Metió la mano y sacó una tarjeta con el número **4**, y caminó con ella hasta el lado opuesto de la piscina. El siguiente no parecía feliz con la idea y sacó de la bola el número **5**. El próximo agarró una tarjeta con el **2**. El primer trío parecía irse conformando cuando uno de nosotros seleccionó otro número **4**. Llegó mi turno y caminé hasta la esfera despacio. Padecí un estímulo por sostenerla en mis manos y lanzarla a la piscina, pero intenté controlarme y metí la mano lentamente por el orificio. Escogí la tarjeta que estaba encima y al sacarla mostré el número **3**. Me fui junto a los demás que ya habían escogido la suya y mientras otros tríos se formaban, yo esperaba ansioso que Andrew escogiera su tarjeta. Me moría de la curiosidad por saber quiénes más en el otro lado de la piscina serían los escogidos por el destino para hacer el primer trío de mi vida. Nunca había sentido especial atracción por ese tipo de encuentros. Me gustaba disfrutar plenamente de mi pareja sin desviar la atención de sus encantos. Cada vez que uno se detenía enfrente de la bola, imaginaba mi trasero entre sus manos o el suyo siendo penetrado por Andrew. Me moría de celos de solo pensarlo, pero tenía que adaptarme, así que no quise aferrarme al disgusto. Vi cómo caminaba uno hasta la mesa. Introdujo su mano y sacó un 3. Automáticamente hicimos contacto visual y su mirada endiablada me poseyó. Había conocido a uno de los que me penetraría ese mismo día. El tipo se veía macho, visiblemente activo en su totalidad y sabroso en su caminar. Era un trigueño como esos que bailan en *TikTok* y te derriten con su abdomen marcado y su cintura reducida. Fue imposible no pensar en mis manos deslizándose por aquellos cuadros en su vientre. Pero al mismo tiempo me mortificaba la grieta que podía crearse en la historia de Andrew y mía. Se acercó mostrándome el número en su tarjeta y, habiendo sigo testigo de lo que me gustaba hacer en la cama, dijo:

–Somos un dúo perfecto.

–No, querido –le respondí–. Aún nos falta un integrante.

Dos más pasaron y seleccionaron cada uno su tarjeta. Ninguno sacó de la esfera el número 3 que faltaba para completar nuestro trío. Andrew se acercó finalmente a la mesa y metió la mano en la bola. Revolvió un poco los papeles y apretó uno entre sus dedos. Los nervios me rasgaban la piel mientras levantaba la tarjeta y… grande fue nuestra sorpresa cuando la volteó y mostró la sagrada cifra. Haríamos un trío esa noche. Andrew tenía en su mano el número 3.

–Hoy estás de suerte –me dijo mi nuevo compañero–. El recuerdo no te dejará dormir.

Arqueé inconscientemente mi ceja izquierda y me aparté mirándolo de arriba a abajo mientras admiraba su frescura. Andrew caminó hasta nosotros y aunque no estábamos totalmente convencidos de que un tercero fuese a traer algo provechoso a nuestra reciente relación, sonreímos los tres en una complicidad que más tarde sería estampada con un sello aprobatorio. Los seis grupos estuvieron armados, y sin darnos cuenta, Lucifer había desaparecido del balcón. Todo estaba dicho. Cada uno sabía lo que pasaría esa noche y solo había que esperar hasta que cayera el sol para comenzar el show. Entre tanto, Douglas y Zachary habían sido elevados de nuevo. Esa noche serían exonerados de cualquier fogosa actuación en el teatro. Aunque estoy seguro de que hubiesen preferido involucrarse con otro ante la vista de cualquiera que terminar crucificados bajo el sol.

Entré a la casa para no verlos, porque padecía viendo su inhumano castigo, y me llené de fuerzas tras el desayuno tratando de olvidar que los dos estaban afuera sin haber tomado apenas agua. Subí a mi habitación y antes me encontré de nuevo ante el pasillo prohibido con sus espejos geométricos en las paredes. Allí al final estaban, como de costumbre, las dos bestias echadas junto a la puerta. Noté que un lobo tenía una pata vendada. Al verme se puso de pie y confirmé que estaba cojo. Sus bellos ojitos estaban tristes, me dio lástima y sentí pena por el animal. Imaginé que al verme se pondrían a la defensiva, pero no, se mostraron pacíficos y volvieron a echarse en el suelo con la cabeza apoyada en sus patas, como si mi presencia ya no representara una amenaza. Entonces seguí mi camino y llegué a mi cuarto, donde permanecí hasta la hora del almuerzo.

Se me antojó más tarde leer un libro y terminé solo en la biblioteca leyendo sinopsis de novelas de amor. Era difícil decidirme por alguna. Todas eran fascinantes, aunque ninguna semejante a la mía, donde el deseo y la carne se juntaban lascivamente. Finalmente agarré un libro y me dediqué a disfrutar en silencio la historia que guardaba en sus páginas. La tranquilidad de la habitación me generaba mucha paz. Era mi lugar preferido de la casa. Podía pasar horas y horas allí sin que nadie me molestase, pero de pronto alguien abrió la puerta y rompió mi calma. Era Raymond. Metió su cabeza en la rendija y me encontró sentado en el curvado sofá junto a la estufa.

–¿Vienes en busca de sosiego? –le pregunté.

Él se adentró en la biblioteca, cerró la puerta a sus espaldas y respondió sentándose a mi lado:
–Ujumm. Necesito relajar la mente.

Me quedé inerte por un momento mirando al librero más cercano.

–No termino de encajar en este sitio. Tengo una imperiosa necesidad de huir –dije tras una pausa.

–No eres él único atrapado en esa sensación. A veces quisiera saltar ese muro allá afuera, pero no sé qué tan lejos podría llegar.

–Tenemos que entrar definitivamente a la habitación de Lucifer.

–¡Ya deja esa obsesión! –comentó Raymond–. Es imposible entrar ahí.

–Es nuestra única salida –insistí, esperando un apoyo de su parte.

–Imagina todo lo que podría pasarte si te sorprenden.

–Piensa en lo miserable que serán nuestras vidas si continuamos en este lugar.

–Lo sé –expuso poniéndose de pie y se acercaba a la ventana–. Tú al menos lo tienes a él.

–No todas las noches correré con la suerte de tenerlo. Imagínate lo tenso que resultó para mí ese maldito juego de las tarjetas.

–Supongo que sí.

–¡No tienes idea! Saber que vas a verlo haciéndole el amor a otro te quema las venas –expliqué en medio de un desgarre al que mi cerebro y mi cuerpo se estaban acostumbrando.

Había estado desde la mañana concibiendo en mi cabeza representaciones que no quería ver, pero que llegarían arremetiendo contra mi amor por Andrew. Intentaba engañar mis sentimientos con posibles milagros, pero que él y yo acabáramos haciendo el amor con otros era simplemente una bomba de tiempo. Sabía que me derrumbaría por dentro, que afectaría la ternura con la que me apegaba a nuestro afecto, pero las circunstancias no me daban elección. No me quedaba más que hundir en la piscina mis celos e involucrarme mentalmente en sus placeres, esperando que él pudiera también enredarse en los míos.

–Me da muchísima pena verlos –mencionó Raymond avistando a los crucificados desde la ventana.

–¿Hasta cuándo pensarán dejarlos allí? –Raymond se encogió de hombros. –Oye... No me has contado cómo fue que llegaste aquí. ¿También te ofrecieron vino en el Rolls Royce?

–Sí, el chofer insistió en que tomara, pero no lo hice.

–Vaya, diste guerra. Entonces, ¿cómo te trajeron hasta aquí?

–Lucifer me invitó a cenar. Me envió a su chofer y además algunas fotos donde pude notar que vivía exuberantemente bien –me contó Raymond sin dejar de mirar el paisaje en el exterior.

–Puedo asegurar que te viste siendo parte de su reino.

–Obvio.

Reímos los dos porque en el fondo todos queremos un príncipe azul con billetes.

–¿Lo conociste en el restaurante?

–No, claro que no. Era tonto imaginar que Lucifer no tuviera un plan B –comentó dándose la vuelta–. No quise beber en el carro y entonces llegué consciente al lugar donde había reservado una mesa para nosotros. Era un sitio fino al que, por cierto, no fui acordemente vestido. Lucifer no había llegado y mientras lo esperaba pedí algo de beber, una simple mimosa. Pero la espera se hizo demasiado larga y tuve que pedirme otra. Finalmente lo vi llegar y detenerse en la puerta. Para ese instante ya me sentía un poco mareado y al ponerme de pie para recibirlo, sentí que mi cuerpo se balanceaba y alguien me sostuvo antes de caer al piso.

—¿Te pusieron algo en la bebida?

—Es evidente. Lo último que recuerdo haber visto fue la silueta de Lucifer a lo lejos mientras mi cuerpo se desvanecía. Cuando abrí los ojos ya estaba aquí.

—Desgraciado. Espero que algunas de nuestras desapariciones hayan sido reportadas a la policía.

—Lo peor de todo... es que nadie sabe ni se imagina dónde estamos. ¡Ni siquiera nosotros!

En ese instante extrañé mi celular y pensé en lo grandioso que sería tenerlo entre mis manos. Echaba de menos mis notificaciones y hasta el timbre, que me pareció escucharlo de tanto que lo extrañaba. El sonido fue haciendo eco inesperadamente en mi cabeza y no dejaba de sonar. Hubo una corta pausa y tras el intervalo volví a oírlo muy lejano. Me sorprendí de lo real que se escuchaba en la distancia y entonces agudicé mi oído. ¡Era el timbre de mi celular! Lo escuché perfecto. No era un simple recuerdo atorado en mi tímpano.

Levanté la cabeza, miré a Raymond y ambos intercambiamos una mirada de asombro.

–¿Estás escuchando lo mismo que yo? –dije.

–Parece ser un celular.

–¡Lo es! –declaré–. Y apuesto a que es el mío.

–¿Cómo puedes estar seguro?

–Por la melodía –aseguré–. Sería demasiada coincidencia que alguien tuviera el mismo tono que yo en esta ciudad.

–¿Pero de dónde viene el sonido? Se escucha lejos y no logro identificarlo.

Caminé por la habitación intentando detectarlo con la esperanza de que no dejara de sonar. Me moví hacia una esquina pero noté que me alejaba del sonido. A Raymond le sucedió lo mismo y volvimos al sofá. Desde allí se escuchaba más nítido. Miramos al techo, pero era imposible que estuviese encima de nosotros. El celular continuaba sonando y me desesperaba la idea de que dejara de hacerlo y perdiera la oportunidad de encontrarlo. Raymond se agachó y lo escuchó aún más cerca. Pegó el oído a la alfombra que cubría el piso y comprobó que el dispositivo estaba debajo de nosotros.

–Al parecer está en el piso inferior –dijo.

–¿Estás seguro? –le señalé que dejara de pisar la alfombra y yo hice lo mismo. La levanté por una punta y... ¡Bingo! Un pensamiento imprevisible se convirtió en realidad.

Debajo del tapete descubrí una puerta transparente y redonda a través de la cual divisamos una escalera que bajaba a un recóndito lugar de la casa. Nos miramos sorprendidos. Levanté la tapa después de una pausa y la melodía que tenía como timbre salió volando como una mariposa del agujero.

–No entiendo cómo ha podido durar hasta hoy la carga de tu teléfono.

–Es un *Samsung* –respondí alardeando mi pertenencia al *team Android*, pues iOS no era lo mío.

–¿Pretendes bajar ahí? –preguntó Raymond.

–Por supuesto. –Y puse un pie en el primer escalón hacia abajo.

Bajé con cautela esperando no encontrar nada complicado o que algún zorro nos sorprendiera. Raymond me siguió, cerró la cubierta detrás de nosotros y gracias a la luz que se filtraba llegamos a lo profundo. La luz se encendió y el temor a que nos descubrieran me paralizó, pero enseguida percibí la desolación en el espacio y los sensores detectando nuestra presencia. Raymond y yo notamos el reguero de aquella habitación pequeña que apenas tenía unos escasos muebles, una mesa de madera en el centro con varias sillas, un refrigerador en la esquina, un cenicero desbordado de colillas y cenizas por los rincones. Mi celular seguía sonando y vi la pantalla encendida frente a nosotros segundos antes de que se activara la luz. Estaba dentro de una vitrina de cristal empotrada en la pared donde descansaban el resto de los celulares que habían sido confiscados. Abrí la puertecilla y lo agarré enseguida. Lo extrañaba tanto que por un momento no lo reconocí, pero era él, mi amigo fiel. 2 era el porcentaje de batería que iluminaba la opaca pantalla donde alcancé a ver el nombre de Winona. Acto seguido, descolgué sin demora y rogué que la carga no se agotara para pedirle auxilio.

» ¡Win, gracias a dios!

» ¿Joshua? ¡*Holy Moly*! ¿Dónde has estado?

» ¡Escúchame! No tengo mucho tiempo —le dije intranquilo, temiendo que el teléfono se apagara de pronto.

—Habla bajito, escucho algo a lo lejos —advirtió Raymond y mis poros de la frente y la espalda se humedecieron.

» No he parado de llamarte desde el domingo. ¿Qué pasa en esta maldita ciudad que todos los hombres desaparecen? —expresó Winona.

» Estamos todos secuestrados —le hablé en voz baja.

» ¡*No way*! ¿Dónde estás?

» En algún lugar en las montañas rocosas.

» ¿Por qué los han secuestrado? ¿Qué pretenden? ¿Te han hecho daño? —preguntó con voz nerviosa.

» Estamos bien. Pero tenemos que salir de aquí. Somos parte de un show todas las noches para un público que viene a vernos desnudos —le expliqué omitiendo detalles importantes que las circunstancias no me permitían contar.

» ¡Oh, Dios! ¿Quiénes más están contigo?

» Somos veinte en total. No creerás cómo encontré a Andrew milagrosamente en este lugar. Por eso había desaparecido y no contestaba mis llamadas.

» No he sabido tampoco de Douglas desde el sábado en que se fue de viaje. Es una extraña casualidad. Tampoco contestó mis llamadas y su celular está apagado.

Sentí una terrible pena diciéndole que su novio también estaba con nosotros. Me vinieron a la mente las imágenes de su moreno desnudo devorándose a Zachary y lo dudé por un momento. Pero no podía mentirle, tenía que saberlo. Sabía lo que estaba sintiendo porque yo también había sufrido la pérdida de Andrew. A fin de cuentas no había entrado en detalles y Winona aún no sabía explícitamente lo que estábamos viviendo.

» Douglas también está aquí –admití trastabillando.

» Omg... Pensé que me había abandonado –dijo con la voz entrecortada.

» Tienes que avisar a la policía de inmediato.

Raymond se había apegado a una puerta que conducía a otro sitio de la casa y se mantenía escuchando detrás.

» Mándame tu ubicación –me aconsejó Winona y un bombillo se encendió en mi cabeza.

¿Cómo no se me había ocurrido antes? Claramente la desesperación no me dejaba pensar. Lo imprescindible en aquel instante era que ella supiera dónde estaba. Me despegué el celular de la oreja y...

–Nooo, maldita sea. –El móvil había muerto sin darme tiempo a enviar mi ubicación. Me mordí los labios ante la impotencia que sentí en ese momento.

–¿Qué pasa? –preguntó Raymond viendo mi frustración.

–Esta cosa se apagó.

De pronto oímos un ruido, hicimos silencio y supimos que alguien venía.

–Salgamos rápido de aquí –dijo mi compañero apartándose de la puerta.

Pensé en devolver el celular de nuevo a la vitrina, pero en vez de hacerlo preferí conservarlo aun cuando no pudiera cargarlo. Cerré la vitrina y entonces me quedé con él. Los pasos de quienes se acercaban se oían cada vez más cerca y no contábamos con los segundos necesarios para subir la escalera. El ruido de nuestros pasos subiendo los escalones de madera nos delataría de inmediato. Raymond retrocedió y nos percatamos de que había una segunda puerta a mis espaldas. Entonces, una pronta ligereza nos empujó dentro de un closet en el que rápidamente nos encerramos para no ser descubiertos. Adentro había muchísima ropa. Vestuarios largos y negros que identificamos enseguida. De unos ganchos en la pared colgaban cabezas de zorros. Todas del mismo tamaño. Oímos que alguien había entrado en la habitación, y por su conversación, supimos que eran dos. Raymond y yo nos escondimos entre la ropa muertos de miedo. Me agaché en el piso y sentía que el corazón se me quería salir del pecho. No dije una palabra. Tenía tanto pánico que hasta acorté la respiración. Raymond tampoco decía nada. Se limitaba a mirarme con cara de espanto. Allí estuvimos sin que ninguno de los zorros decidiera entrar al closet. No tuve idea de cuánto tiempo pasamos escondidos, pero fue bastante. Cuando pensamos que ya se marchaban, sentimos a otro llegar y la espera se hizo más larga. Al rato, dos de ellos se fueron y uno quedó, al que se unieron dos más que entraron después.

Al parecer, aquel refugio era un lugar de descanso para los zorros. Allí se reunían, fumaban y se tomaban alguna cerveza, a juzgar por el sonido de las latas siendo estrujadas por sus manos. Los pies encogidos ya me dolían por la posición y comenzaba a incomodarme. Había pasado demasiado tiempo allí sin moverme. Con el tiempo fui respirando más hondo y sofocado. Realmente no sabíamos si en algún momento tendríamos la oportunidad de salir de allí. La habitación no había vuelto a quedar vacía. Los zorros iban y venían. A Raymond le sudaba la frente sin cesar y verlo me desesperaba aún más.

—¿Cómo saldremos de aquí? –me susurró.

Quería encontrar una solución, pero no la tenía. Sentí pena por los dos. Por lo que pudiera pasar si llegaba la noche y no estuviésemos listos para la función. Seguramente nos buscarían por toda la casa y no pararían hasta descubrirnos donde se suponía que no debiéramos estar. Pero de pronto...

—Tengo una idea –le avisé a Raymond–. Vamos a vestirnos con su ropa.

—Estás loco –me dijo.

—Es la única forma de salir rápido de aquí. –Raymond se quedó pensando en mi propuesta mientras yo terminaba de conformar la idea. –Salgamos por esa puerta como un zorro más. No podrán saber que somos nosotros con la máscara puesta.

—Está bien –respondió él decidido–. Hagámoslo.

Nos levantamos del piso lentamente entre las perchas de ropa. Estiramos las piernas y nos sentimos más aliviados, sin abandonar los nervios que cargábamos. Despacio, tomamos una prenda cada uno y nos la pusimos encima de la ropa. Dejamos las sandalias allí en el closet y nos calzamos unas botas negras intentando no hacer ruido. Un paso en falso pondría nuestra operación en peligro. Me coloqué luego una máscara en la cabeza. Era realmente liviana. No podía creer que estuviese portando una de aquellas que tanto miedo me daban. Raymond también se colocó la suya y entonces los dos experimentamos el poder que garantizaban aquellos trajes. Metí las manos en el bolsillo y encontré un par de guantes negros que luego me puse antes que Raymond hallara los suyos.

Esperamos un rato más a que desocuparan la habitación del otro lado, pero tomaba demasiado tiempo. De un momento a otro escuchamos que se iban, pero nos dimos cuenta de que otros dos habían llegado. Era evidente la rotación que tenían para reposar allí debajo. Después del cambio supimos entonces que era el momento de salir. Los nuevos no tenían idea de que alguien estuviese dentro del closet. Abrí la puerta lentamente y salimos. Afuera estaban aquellos dos a los que seguramente les pareció normal que alguien saliera de allí. Uno de ellos abría el refrigerador al vernos y el otro estaba sentado a la mesa. Ambos se habían quitado la careta y así pudimos conocer a dos de los que se ocultaban tras aquel traje siniestro. Se nos quedaron mirando sin decir nada. Raymond estaba tan nervioso como yo, aunque estábamos a salvo debajo de la máscara. Los saludamos con un movimiento de cabeza al que reaccionaron como si les extrañara nuestro caminar pausado y fuera de lo normal. Crucé la habitación seguido por Raymond. No podíamos volver por las escaleras porque evidentemente no era el camino que usaban para salir de aquel agujero. Por lo tanto, abrimos la otra puerta y salimos con pies de plomo bajo su mirada. Una vez que cruzamos el marco nos detuvimos a respirar hondamente, abasteciendo nuestros pulmones de aire después de haberlos limitado.

–Salgamos inmediatamente de aquí –comenté.

–¿Dónde estamos? –preguntó Raymond divisando un panorama bastante tétrico.

Atravesamos un habitáculo grande y sin ventanas con camas de hierro a cada lado. Parecía ser la guarida en la que pernoctaban los zorros. Había una puerta en el otro extremo a la que llegamos y en el momento de abrirla otro zorro apareció. Nos pasó por al lado sin intriga y continuó su camino. No obstante, Raymond y yo bajamos la cabeza evitando que su mirada pudiera colarse por los orificios de la máscara y detectara nuestro nerviosismo. Después de la portería encontramos otra escalera por la que subimos y más allá de otra cerradura salimos a un pasillo. Doblamos a la derecha y luego de otros desvíos superamos el laberinto felices y seguros de haber salido a otras áreas conocidas de la casa.

La tarde estaba cayendo. El día comenzaba a pintarse color naranja. El cielo era un bello espectáculo a través de las ventanas.

–Vayamos a la habitación y quitémonos esta ropa –propuso Raymond.

En el camino pasamos por delante de algunos zorros simulando ser parte de su clan. También nos tropezamos con Andrew en uno de los pasillos. Evitó mirarme, desconociendo quién era, y siguió su camino apresurado como si buscase algo con ímpetu. Desde los ventanales a un lado del corredor pude ver a lo lejos la cruz en el patio. Allí estaban aún colgados Douglas y Zachary. Me detuve un momento a verlos sabiendo que pasarían la noche allí. Sus cuerpos estaban desplomados por el cansancio, la sed y el agotamiento bajo el sol.

–Se me ocurre algo –le dije a Raymond.

–¿Qué estás pensando?

–Sígueme.

Me dirigí al comedor entre el enredo de puertas y corredores que conformaban la mansión y encontramos la mesa servida con algunas cosas. Tomé dos vasos y le indiqué a Raymond que sostuviera una jarra de cristal.

–¡Estás loco!

–No se darán cuenta. Confía en mí –aseguré.

Salimos al patio, caminamos junto a la piscina y atravesamos el jardín hasta llegar a la cruz custodiada por dos zorros. Raymond y yo nos acercamos lentamente, notando que ambos tenían un arma grande y abrumadora colgando delante. Alcé un vaso para que Raymond lo llenase de agua y luego me acerqué a la base. Al ver mi intención, uno de los zorros se pronunció enseguida.

—¿Quién ordenó esto? —preguntó firme con la mano descansando en el rifle.

Miré a Raymond dudoso de mi respuesta y después contesté regresando la mirada:

—Son órdenes del jefe.

—¡Su disposición fue dejarlos aquí hasta mañana! —replicó el obstinado zorro.

—¿Acaso no ves cómo están? Necesitan tomar agua. Se les necesita vivos.

Al escucharme, el zorro retrocedió inseguro dándome el paso. Entonces subí los escalones de la base y me acerqué a Douglas. Estaba cabizbajo, sin fuerza y tenía los labios completamente secos. Levanté su cabeza y pegué el borde del cristal a su boca. *Vamos... bebe*, le dije. Tragó y bebió toda el agua al instante. *Dame más,* me pidió. Y el segundo vaso también se lo bebió precipitado. Tenía el cuerpo caliente de todo el sol que había recibido. Después, subí por la espalda de la cruz y llevé agua a los labios inyectados de Zachary, notando que no estaba bien. Estaba desfallecida, incapaz de resistir un minuto más en aquella posición. No podía tragar. No tenía fuerzas y su piel estaba muy roja.

—¡Esta mujer está mal! Hay que bajarla.

El zorro se arrimó de nuevo aferrándose a la orden que tenía.

–¡Tienen que estar aquí hasta mañana! –manifestó plantado.

–Si muere cargarán ustedes con la culpa –le dije suponiendo que le temieran también a los castigos de Lucifer.

Intenté bajarla de la cruz y el zorro me detuvo.

–¡Espera! ¿Qué tan grave está?

–El golpe de calor la tiene desvanecida. Prácticamente desmayada. No creo que amanezca si sigue aquí.

–Está bien... ¡Bájala y llévala adentro! –accedió el zorro en contra de su voluntad.

Con la ayuda de Raymond logramos desatar a Zachary. Al hacerlo, se desplomó encima de mí como un cadáver viviente. La cargué moribunda en mis brazos y la entramos a la casa ante la vista de todos los que disfrutaban en la piscina. La subimos por el elevador y la llevamos hasta su cuarto temiendo ser sorprendidos por Lucifer. Una terrible catástrofe podía avecinarse si se enteraba de nuestra jugada, más aún si se daba cuenta de que nos ocultábamos debajo de dos trajes robados. Le quitamos la ropa y la metimos en la tina mientras se llenaba de agua fría. Volvimos a darle agua y a duras penas tragaba. La sumergimos por completo en la tina dejando su cabeza recostada en el extremo. Nunca había tocado un cuerpo tan caliente y quemado por el sol como el suyo. Poco a poco el agua la fue cubriendo y su temperatura comenzó a estabilizarse.

–No me hagan nada –comentó débil, temiendo que aquellos dos zorros que la asistían le hicieran daño.

Zachary intentó levantarse inesperadamente pensando que pretendíamos ahogarla, pero enseguida nos quitamos la careta revelando nuestra identidad.

–Tranquila, somos nosotros.

Ella abrió mucho más los ojos sorprendida al descubrirnos.

–Pero, ¿cómo es que...?

–Después te contamos –la interrumpí–. Recupera ahora tus fuerzas.

–Estoy muy frágil. Necesito comer algo –balbuceó y entonces le pedí a Raymond que fuese por algo para alimentarla.

Nos quedamos solos y me senté a su lado mientras eliminaba todo el vapor de su cuerpo.

–Estarás bien, no te preocupes.

–No quiero estar aquí. Quiero irme a casa con mi perro –murmuró Zachary tras un aliento.

–¿Quién cuida de tu mascota? –pregunté.

–Espero que mi vecina. Ella tiene una copia de mi llave y cuando no estoy entra para alimentarlo. Lo extraño tanto. ¡En mala hora acepté su trago aquella noche!

–¿De qué hablas?

–De Lucifer y su maldita invitación –aclaró Zachary con odio en su mirada.

–¿Lo conociste en *Stiffy*?

–No, lo conocí en el bar donde trabajo –contó–. Esa noche después del show fui a saludar a la gente y alguien se acercó a decirme que tenía un trago en la barra pagado por un tipo al que señalaron. Esa fue la primera vez que lo vi. Estaba allí en las sombras mirándome mientras tomaba. Pretendí acercarme, pero no quise hacerlo sin antes recoger el *Blue Elephant* que me esperaba. Un trago preparado con vodka, jugo de limón, piña y un ingrediente extra que aquella noche mi paladar no distinguió.

–Al parecer es su modus operandi.

–Me lo bebí hasta la mitad sin que el diablo dejase de mirarme. Es bello el condenado. Me llamaba con sus ojos. Caminé hacía él y antes de llegar sentí un mareo que me hizo perder el equilibrio sobre los tacones. Recuerdo verlo correr para auxiliarme mientras mi mundo se viraba de cabeza. Después desperté en la cama de hierro debajo de las pantallas.

–Con razón mi madre me enseñó a no aceptar tragos de nadie – comenté.

–Lo sé. Pero es normal que alguien siempre te pague un trago en el bar.

–Más aún cuando eres la sensación del lugar.

Ella levantó la cabeza dándome una mirada creída.

–Exacto. Pero la soledad me hizo caer en su trampa. Un tipo así tan elegante no entra a un lugar como ese. Debí suponerlo. Pero me deslumbraron sus ojos bellos y pensé que su mirada era diferente. Que no era un simple rico queriendo experimentar con un trans. Soy una imbécil.

–No lo eres. Fuiste simplemente víctima de tus circunstancias, nada más.

–Fingió desearme y creí por un momento que esa noche no dormiría sola –confesó Zachary tras una desilusión que la afectaba.

Me dio mucha pena escuchar la historia de aquella estrella del *lip sync* que pretendía huir de su realidad en cada espectáculo. Raymond llegó con una bandeja llena de frutas. Ayudé a Zachary a ponerse de pie y le puse una bata por encima. Después se sentó en la cama y le pusimos la bandeja en las piernas. Se quejó de lo sensible que tenía la piel y de sus brazos y hombros enrojecidos. Su cara, además, estaba irritada por la extensa exposición a los rayos solares. Me indicó dónde estaba la crema y vertí un poco en la palma de mi mano para untársela en las zonas rojizas.

Para ese entonces, Lucifer ya se había dado cuenta por su ventana que uno de los cuerpos había sido zafado de la cruz. No demoró en mandar a buscar a los zorros que custodiaban a los crucificados para averiguar la razón por la que uno de estos había sido liberado. Volví a ponerme la careta y salimos de la habitación de Zachary con la intención de quitarnos aquellos trajes lo antes posible. Pero una vez en el pasillo nos topamos con varios zorros que caminaban apresurados por el corredor. Cada vez eran más los que salían del elevador y los que subían por la escalera central.

–¿Qué ocurre? –pregunté mientras nos pasaban por al lado.
–Fuimos convocados para una reunión urgente –contestó uno mientras la caminata nos arrastraba a la par.
–¿Qué hacemos? –Raymond encogió los hombros.
–No lo sé, pero no creo que sea prudente irnos a la habitación. Podemos levantar sospechas –contesté.

La muchedumbre se dirigía al salón donde había despertado aquel primer día en la mansión. Por consiguiente, supimos que Lucifer estaría presente liderando el encuentro con sus súbditos. Raymond y yo no tuvimos más que seguir la corriente y entrar acompañando a los demás. Teníamos miedo, pues aquella reunión inesperada a la hora de la cena era muy rara. Los zorros formaron unas filas en el salón y su disciplina militar me llamó particularmente la atención. Mi compañero de cuarto y yo nos mantuvimos al margen de toda conversación entre los zorros y nos ubicamos silenciosos en la segunda fila. Lucifer entró solemne provocando la firmeza en las uniformadas líneas en el centro del salón. Se generó un silencio particular. Sus dos lobos avanzaron primero y luego lo hizo el demonio arrastrando su capa. Se posicionó delante de su ejército de zorros y tuve el instinto de que todos harían una reverencia. Pero en lugar de eso, tres pantallas bajaron de una ranura en el techo y se deslizaron por detrás de Lucifer.

*Creo que es hora de repasar nuevamente las reglas que deben de seguir.* Tras escuchar a Lucifer me quedé extrañado de que ellos, al igual que nosotros, tuvieran reglas que cumplir.

En la primera pantalla se mostró el número *uno. Velar porque ninguno de los veinte cruce o salga más allá de los límites de la propiedad. Esa es su mayor prioridad. Para eso están aquí. Para asegurarse de que nadie salga de esta casa.* La segunda pantalla mostró el número *dos. Prohibido acabar con la vida de ninguno. A menos que yo lo ordene. Y por último...* -se vio el número *tres* en la última pantalla- *no está permitido compadecerse ante los castigos impuestos en la casa.*

Mi compañero y yo estábamos inquietos y desesperados por salir de aquel epicentro de maldad. Las manos me sudaban dentro de los guantes. *¿Quién de ustedes osó desobedecer y desatar a uno de los castigados en la cruz?* Preguntó serio y molesto Lucifer caminando delante de la primera fila de zorros, pero nadie contestó. Hubo un silencio incómodo. Hasta ahora no habíamos sido castigados. Era demasiado irónico pensar que lo seríamos siendo zorros. Pero aun así tampoco lo prefería.

*Ya que alguno se tomó el atrevimiento de transgredir mi ordenanza y no quiere admitirlo, veo necesario recordarles que hay algunas vidas que dependen de su comportamiento.* En ese momento vimos en las tres pantallas algunas imágenes tomadas de una cámara escondida. Observamos el exterior de algunas casas desde un ángulo oculto, como si el objetivo del que sujetaba la cámara fuese no ser descubierto. Vimos a una mujer asomada a un balcón fumando tranquila, como si intentara en cada calada olvidar sus preocupaciones. También, las fotos de una madre subiendo a sus tres niños a un auto viejo y devaluado desde el lente de una cámara fotográfica. Una jovencita a través de una ventana dejando al aire sus diminutos pezones. A su vez, divisamos a una anciana caminando sujetada a su andador en el jardín de un condominio y a un jovencito jugando baloncesto en un parque, enfocado también por el lente oculto tras el parabrisas de un auto. Otras mujeres y niños aparecieron además en la pantalla y aunque mi mente no pudo grabarlas, al final comprendí quiénes eran todas aquellas personas inocentes que estaban siendo fichadas. Los zorros también eran víctimas de Lucifer. Desconozco otro tipo de extorsiones a las que eran sometidos, pero indudablemente estaban siendo amenazados con el bienestar de su familia.

Raymond se quedó atónito al igual que yo y no pudimos evitar mirarnos a través de aquellos agujeros en la careta. Jamás hubiésemos imaginado que los zorros estaban allí castigados al igual que los veinte a los que infundían miedo. Pero aunque entendía, no podía pretender que alguno se fuese a compadecer de nosotros. Lo tenían terminantemente prohibido y con tal amenaza no rompería las reglas. Lucifer trataba de encontrar al desobediente, pero no se imaginaba que fueran dos de sus veinte actores, usurpando un traje de zorro estando allí, justo delante de él. *Muy bien. Ya que ninguno se atreve a confesar* -dijo tras una pausa esperando que alguno se destapara- *yo personalmente me encargaré de averiguarlo. Mientras tanto, pagarán los dos que permitieron liberar al castigado.* Un murmullo se escuchó entre nosotros. *¡Llévenlos al calabozo!* Y con un gesto de cabeza ordenó que los agarrasen de inmediato. Los dos que custodiaban la cruz estaban en la primera fila y fueron inmovilizados sin demora con las manos en la espalda presas a un grillete. Ambos fueron sacados del salón con destino a las celdas y los demás permanecimos esperando una orden de retirada. *No obstante, alguno de ellos* -señaló las fotos que aparecían en la pantalla- sufrirá *también las consecuencias del desacato cuando descubra quién lo cometió. ¡Pueden irse! El show está por comenzar.*

Las horas habían pasado volando. Había sido un día bastante complicado para todos nosotros. No había comido mucho y ya no tenía tiempo para hacerlo. Faltaba muy poco para que comenzara el espectáculo. A esa hora ya los demás debían estar entrando al camerino. Andrew seguramente se estaba preguntando dónde diablos había estado metido todo el día sin poder encontrarme.

–¿Qué hacemos con esta ropa? –preguntó Raymond al salir del salón teniendo cuidado de que no lo escucharan.

–Supongo que dejarla en nuestra habitación y correr al teatro o llegaremos tarde.

–No creo que sea una buena idea –me dijo–. ¿Qué tal si la encuentran allí? Creo que sería mejor ocultarla en algún otro lugar de la casa.

–¿Seguro?

–Es lo mejor –aseguró–. Y sé dónde hacerlo. Ven conmigo.

Nos perdimos entre los zorros que se dispersaban de nuevo por toda la casa y llegamos a la biblioteca. Raymond abrió la puerta primero y se asomó para cerciorarse de que no hubiese nadie adentro. Estaba vacía, como de costumbre. Una vez en el interior me pidió que me quitara la ropa y accedí sabiendo que se encargaría de ocultarla. Antes de entregarle mis cosas, sostuve el celular en mi mano y añoré tenerlo encendido. Se lo di a Raymond y lo dejé ir con la esperanza de que en algún momento me ayudara a salir de aquel lugar. Mi compañero subió por la escalera de metal al balcón y luego a otra escalera gracias a la cual llegó a los estantes más altos de la biblioteca. Detrás de los libros ocultó los trajes y los guantes. Pero las caretas y las botas eran demasiado grandes para el espacio que había tras la hilera de libros en cada repisa. Entonces bajó de nuevo y las ocultó detrás de los troncos de madera que alimentaban la enorme chimenea.

–¡Listo! No creo que nadie encuentre la ropa aquí –dijo–. Al menos si lo hacen no sabrán que fuimos nosotros.

Al salir abrimos con cautela la puerta y luego corrimos descalzos al teatro. Llegamos al camerino agitados por la carrera. Si Lucifer descubría que los tríos no estaban completos, podía desencadenar toda su furia contenida en nosotros y hacer que aquel día desastroso acabara aún peor. Adentro algunos ya estaban desnudos y me dio la sensación de estar en el cielo gobernado por satanás. Un cielo lleno de ángeles atractivos y seductores a merced de un diablo maligno y cautivador. Me provocaba demasiadas cosas aquel cielo. Habitar aquella casa era vivir en una constante tentación. La carne siempre estaba expuesta y la vista nunca descansaba de aquellos cuerpos sometidos al placer cada noche. Al verme, Andrew vino corriendo hacia mí.

–¿Dónde has estado? Te he buscado por horas.
–Lo sé. Supuse que estarías buscándome –le dije amando su desesperación por encontrarme–. Tengo algunas cosas que contarte, pero ahora no hay tiempo. Tenemos que subir al escenario.

Al pasar por mi lado la bandeja con las pastillas negras no dudé en tomar una para entregarme desenvuelto a la obscenidad del espectáculo. Agarré la píldora y me la tragué de un tirón. Andrew y nuestro tercero, que ya se había acercado a mí, me miraron sorprendidos al notar mi predisposición para hacerlo y seguidamente se tragaron la suya. Nos pusimos el auricular en el oído y antes de enfilarnos a la salida, descubrí todo aquel brillo sobre el tocador. Algunos ya se habían maquillado y quise verme diferente también. Apartarme de lo formal y darle rienda suelta a mi imaginación. Era el lugar y la ocasión perfecta para desatarme y -al menos por una noche- liberar a mi Joshua interior. Me embarré un dedo de purpurina y lo deslicé en mis párpados. No fue suficiente para mí y luego me cubrí los hombros con más brillo.

–¿Qué haces? –preguntó Andrew mirándome, y sin poder evitarlo resbalé mis manos por sus brazos y lo embarré de brillo.

–Me gusta la idea –mencionó nuestro futuro amante al vernos brillar.

–¿También te quieres pintar?

–¿Por qué no? –dijo.

Entonces, manché de nuevo mis manos de escarcha brillante y me paré frente a él.

–¿Puedo? –pregunté.

–Por supuesto –me dijo en un tono dulce y sensual que me erizó la piel y estimuló mi miembro de raíces cubanas–. Adelante.

Siendo así, puse mis manos en su pronunciado pecho y las resbalé despacio rozando sus pezones. Sentí su piel inquietarse y sus tetillas ponerse duras al tacto mientras lo llenaba de brillo. No quise que Andrew se incomodara, pero sentí que al hacerlo, el témpano de hielo que se interponía entre nosotros tres se iba derritiendo. No obstante, me aseguré de que mi acción no le causara un disgusto. Sin embargo, vi en su mirada que -al igual que yo- había comenzado a reprimir cualquier sentimiento celoso ante la imposibilidad de saltarse aquel encuentro de tres.

—¿Listos? —dije.

—Espera, falta algo —mencionó el tercero—. Date la vuelta e inclínate.

—¿Cómo?

—*I'm just going to shine your apple.*

Hice lo que me pidió sin saber a qué se refería y me incliné en la mesa delante de los dos. Él se llenó las manos de brillo e imprevisible coloreó mis nalgas de dorado.

—A veces hay que resaltar los atributos, ¿no? —expuso Andrew y sonreí al darme la vuelta.

—¿Estás bien? —me preguntó el otro descubriendo los nervios que afloraron en mi sonrisa.

—Empiezo a ponerme nervioso.

Me agarró la mano, también la de Andrew y nos unimos en un triángulo perfecto de compenetración.

—Todo saldrá bien —nos dijo a los dos y comprendí que era capaz de tomar el control de la situación—. ¿Es su primera vez?

—Lo es —confesó Andrew.

–Haré que lo recuerden –afirmó y nos regaló una sonrisa bondadosa que me dio mucha más confianza.

Indicaron que era hora de salir al escenario y fuimos saliendo uno detrás de otro. Al cruzar la cortina cerré por un segundo mis ojos e imploré que todo saliera bien. Caminé al oscuro escenario y me lancé a la aventura de enredarme con dos tipos en la misma cama. Había seis modelos diferentes sobre las tablas, ubicadas indistintamente. Algunas de madera bien bonitas con respaldos calados y otras de hierro forjado con hermosos dibujos en ambos lados. Las sábanas doradas de satín y los candelabros alrededor realzaban el elegante decorado. Mientras subía los escalones de la tarima, alcé la cabeza y noté en lo alto, bajo la cúpula, una bola de espejos, lo que me llevó a pensar que el acto sería movido. Cada uno de los tríos se fue acomodando en una cama. Nosotros escogimos un lecho clásico de metal con barras delgadas que formaban unas ondulaciones perfectas. Me senté en un extremo de la cama y mi piel resbalaba sobre las sábanas. Sentía el murmullo de los presentes, a quienes nunca podía ver con claridad. Andrew se instaló en el lado contrario y el tercero en el medio. Difícilmente pude distinguir el reloj en la oscuridad, pero sabía que estábamos a punto de empenzar.

Se escucharon unas campanadas que inmovilizaron a los espectadores y los hizo prestar atención a lo que estaba por suceder en el centro del teatro. Dos campanadas. Respiré hondo. Los miré a los dos y tras sus miradas seguras supe, que en efecto, recordaría aquel momento. Una última campanada sonó y tras ella las velas se encendieron. El acto había comenzado. La cuenta regresiva había iniciado y teníamos una hora para deleitar al público con nuestro coito profano. Una sensual y emotiva música electrónica se apoderó del teatro contagiando a los primeros que se lanzaron a besarse sobre la cama. Me quedé sin reaccionar. Andrew tampoco lo hizo y entonces el tercero se puso de pie. Me confundió por un momento al verlo levantarse, cuando de pronto, con un bonito gesto de unión, nos indicó que comenzáramos sin él.

Andrew y yo agradecimos ese instante a solas y nos unimos en el centro bajo cientos de estrellas imaginarias que llovieron sobre nosotros. El *beat* en la música aumentó y una excitación nerviosa me corrió por las venas. Cada succión de sus labios me engordaba más la bestia. El roce suave de nuestras mucosas me provocaba más deseos de besarlo y fundir nuestras almas en una sola. Teníamos un vistazo clavado encima que también nos caldeaba. Sentía que una fuerza me sujetaba los pies queriéndome ahogar en un océano de vicios. Eso era precisamente lo que Andrew representaba para mí esa noche, un vicio hechicero del que era difícil desprenderme. El ritmo comenzó a contagiarnos y sin darnos cuenta nos vimos atrapados en un juego de seductoras y desvergonzadas miradas con aquel hombre a un lado de la cama. Una enfermiza emoción se había apoderado de nosotros sobre las sábanas. Mi cuerpo se sentía muy cómodo con lo que estaba pasando. Pero el lujurioso experimento dio principio a otra serie de inesperados deseos que se fueron apoderando de mí. Quería que aquel tercero se acercara y nos besara. Solo me detenían los ausentes impulsos de Andrew hacia él. No estaba seguro de qué tan listo estaba para dejar que una tercera lengua se entrometiera en nuestro beso.

Críptico, aquel hombre próximo a nosotros comenzó a caminar en círculos alrededor de la cama. Enigmático, espiando nuestras caricias víctimas de un acecho abrumador, se detuvo y se balanceo sobre una esquina de la cama como un tigre vigilando a su presa. Gateó hasta nosotros y se posicionó entre los dos. Los nervios me sacudieron al tiempo que un hormigueo por dentro me inquietaba. Andrew volvió a besarme de pronto. Me agarró por el cuello de una manera ruda pero gustosa y sin esperarlo, sentimos a la intrusa involucrarse en nuestro íntimo besar. La tercera lengua intentaba apartarme de Andrew y lo logró. Aquella entrometida, pero bienvenida a la vez, se robó mi atención por unos segundos. La chupé toda. La estiré succionando y casi me la trago en una emoción desbordada a la que pusimos freno despegándonos de un tirón. Andrew se nos quedó mirando. No dijo nada. Su apetito había despertado. Cada poro de su rostro latía ante aquel excitante descubrimiento. Nuestro amante le acarició el rostro para después prenderse a él en otro beso exacerbado.

Mientras se besaban noté que una lasciva sensualidad se había apoderado del escenario. Las camas ardían. Sentía el calor en mi piel. Ver los cuerpos desnudos me volvía loco. Las caderas, las zonas pélvicas, los penes con los glandes al descubierto y las nalgas empinadas me llenaban la cabeza de imágenes prohibidas. Raymond estaba en la cama siguiente. Lo miré tratando de sobrevivir en un beso en el que casi se comen los tres. Por la gestualidad varonil de sus acompañantes, supe que al igual que yo, sería perjudicado sobre el colchón. Los tres se dejaban llevar por la música mientras Raymond empinaba su cola para sentir debajo de sus montañas los golpes de un pene duro y rígido.

Me coloqué detrás de nuestro amante y sentí cómo se erizaba con el roce de mi cuerpo. Acomodé mi miembro en la raja de sus nalgas y abracé su estrecha cintura. Giró la cabeza y me besó. Al abandonarme, regresó su boca a mi amado y disfruté la cosquilla que le estaba dando con mi pene en su perineo. Andrew y yo intentábamos no dañar aquel sentimiento especial que ambos habíamos empezado a compartir el uno con el otro. Realmente interrumpirlo con un episodio de tal magnitud pondría en juego y en duda el futuro de nuestra pasión. Pero era imposible negar que aquel forzado suceso nos mostraba una nueva práctica que sin esperarlo, estábamos disfrutando los dos.

La melodía que nos acompañaba aceleró. Sus cuerpos apretando el mío me alborotaban. Aquellas caricias y besos sobre mis hombros y detrás del cuello me desquiciaban los sentidos. La música rompió en un perfecto *smash* y la bola de espejos encima de nosotros fue pinchada por un rayo de luz que creó una brillante atmósfera de esplendor y destellos en todo el teatro, lo que resaltó aún más los actos que ocurrían en el recinto.

*Y ante todo, tened entre vosotros ferviente amor; porque el amor cubrirá multitud de pecados.* Escuché en mis oídos como un mensaje divino que propiciaba la excitación que estaba teniendo gracias a la lengua que subía por mi ombligo. Nuestros cuerpos se confundían en la cama. Por un momento no supe a quién besaba ni quién me quería extraer la vida a través del conducto peneano mientras estaba sentado en la cabecera de la cama con las piernas abiertas. Ni cuál de aquellas dos colosales espadas que casi me atragantan quería herirme primero. Mi cuerpo flotaba en el aire, pero no quería caer. Quería convertirme en su esclavo y que los dos hicieran conmigo lo que se les antojase. Me senté encima de aquel otro que ni siquiera su nombre sabía y comenzó a lamerme las tetillas. Había tocado uno de mis puntos débiles que aún Andrew no había descubierto. Me sujetó las manos y aceleró mi desquicio. Me arrebaté y allí mismo, sin darme cuenta, me penetró. Me la introdujo completa hasta la base. Abrí los ojos tras la repentina clavada, pero mi esfínter estaba tan dilatado que no sintió molestia alguna. En vez de una incómoda sensación, solo tuve una magnífica oportunidad para empezar a moverme ante los ojos de Andrew. Me gustó que me viera y pude notar que él también estaba disfrutando verme entregado al tercero, lo que me excitaba aún más. La plataforma comenzó a girar y fue ahí que terminé de abrir mis entrañas. Abandoné mi cuerpo y dejé que lo tomaran. Los tres brillábamos sobre la cama. Los dieciocho éramos oro puro. Metales preciosos rememorando la fiebre del oro. Besuqueos, baboseos, palmadas en los traseros, lenguas que mojaban cada rincón del cuerpo y agitados movimientos ornamentaban la escena diamantina. Un vaivén despertó mi conciencia y me sorprendí de repente como una perra sobre el colchón agarrada a los barrotes de hierro mientras Andrew me golpeaba el trasero con su pelvis. El rozamiento en mis paredes se sentía demasiado rico. No quería que terminara. El otro se paró delante de mí para que le diera placer, y entonces me di cuenta de que estaba viviendo mi propia película. Una de esas tantas que te ayudan a librarte de un peso en los testículos cuando no tienes pareja o simplemente quieres disfrutarla con tu novio en casa. Aunque a decir verdad, a mi ex no le gustaba compartir ese momento. Era demasiado machista. Me quería solo para él y que no viera otro cuerpo desnudo más que el suyo. En aquel instante reconocí lo bien que estaba sin él y disfruté la libertad que estaba viviendo con Andrew aunque fuese impuesta a la fuerza.

Dejé de hacer lo que hacía luego de que mi boca estuviera satisfecha con toda aquella carne dentro. Andrew dejó de moverse y la sacó de mi agujero para cambiar posiciones. Los golpes del otro eran diferentes. Su cadera aportaba un movimiento circular que me raspaba la nuez y me impulsaba como bola de cañón al cielo oscuro encima de la cúpula. En tanto oscilaba de adelante hacia atrás, mis ojos tropezaron con los de Raymond en la cama contigua. Estaba igual que yo, esclavizado en cuatro patas. Me limpié la boca de toda aquella saliva sobre mis labios y ambos sonreímos embelesados entre el ritmo de la música y el meneo. Recosté mi espalda sobre la cama y abrí las piernas para que cualquiera de mis amantes entrara en mí. Me abrazaron, me llevaron de un lado a otro delicadamente en caricias que siempre recordaré y paseamos juntos por cada esquina de la cama, unidos en una amorosa fraternidad que viviríamos solo aquella noche.

Había retrasado el derrame final sin medir el tiempo, aunque estaba seguro de estar en los minutos finales. La cara de algunos comenzaba a arrugarse. Varios acabaron en una ruidosa eyaculación y supe que era la hora de terminar. Apresuré mi orgasmo mientras el tercero me penetraba por detrás y Andrew me besaba acostado bajo mi cuerpo. La música redobló provocando una explosión de brillantina sobre la bola de cristal y terminamos entonces en medio de aquel brillo cayendo mágicamente sobre todos nosotros. Los tres nos arrodillamos en la cama al igual que los demás y recuperando el aliento recibimos los aplausos del público. La plataforma ya había parado de girar y el brillo terminó de caer mientras la luz se desvanecía. Esa noche los aplausos fueron un regalo, un obsequio a mi liberación sexual y al placer con el que Andrew y yo habíamos logrado entregarnos al acontecimiento.

Después de la inquietante y real actuación nos duchamos los tres. El agua tibia me regresaba a la vida mientras el brillo que cargábamos se iba por el caño. Había sudado demasiado y estaba exhausto.

–¿Lo disfrutaron? –nos preguntó la tercera pieza del juego.

Tuve pena de responderle que sí. Que lo había pasado genial, que había disfrutado su cuerpo al máximo y tenerlos a los dos muy cerca de mí había sido una experiencia increíble. No quise despertar ningún tipo de celos entre Andrew y yo, pero este se adelantó en contestar y entonces supe que no habría efectos adversos.

–Bastante, ¿cierto? –dijo consciente de que su respuesta coincidía con la mía.

–Ha sido una segunda *primera vez*, increíble –expresé.

–Me alegra que haya sido así. No quería entrometerme en su historia, pero… –comentó el tercero encogiéndose de hombros.

–No es tu culpa –mencioné–. No obstante, sabemos que procuraste que él y yo tuviéramos una buena experiencia.

–Gracias –dijo Andrew.

Él joven se marchó dejándonos bajo el agua.

–Estuvo bien –afirmó Andrew a mi lado–. Aunque… no puedo negar que me dio celos verlo cogiéndote –agregó mientras yo lo miraba con una ceja levantada.

–Sentí lo mismo cuando te vi disfrutando de sus besos.

–Al principio no quería que te tocara… pero luego me fue gustando. No pensé que pudiera soportar que otro le hiciera el amor a la persona que amo frente a mis ojos.

–Sin darme cuenta dejé de sentirme incómodo y comencé a disfrutarlo.

–¡*I love you*! –me dijo y me quedé atónito al escucharlo pronunciar aquellas palabras inesperadamente.

No lo esperé. Sé el peso que cargan esas palabras y lo difícil que a veces cuesta decirlas aun cuando se sienten de verdad. Vi una lucecita rebotando en sus ojos y me tocó el alma saber que podía confiar en sus palabras. Me dejé abrazar por ese bello instante y tuve necesidad de que supiera que yo también lo amaba y había vuelto a sentir por él una cosquilla y un cariño que ya no recordaba.

–*I love you too* –respondí sin dudas, seguro de lo que sentía.

Andrew puso su mano en mi hombro y la apreté contra mi cara en un cariñoso gesto. Quería estrujarlo contra mí, pero a partir de aquel momento, ya no podía volver a tocarlo en público.

–Extrañé hoy no tenerte a mi lado –confesó él.

–Hay algo que debo decirte.

–¿Qué pasa? –preguntó intrigado.

–Raymond y yo descubrimos el lugar de descanso de los zorros y allí encontré mi celular –le dije cercano a su oído para que nadie me escuchara–. Pude hablar con Winona.

–¿En serio? –Andrew se sorprendió con los detalles que le di–. Corren un riesgo muy grande teniendo esos trajes.

–No te preocupes. Están bien ocultos en la biblioteca.

Afuera había comenzado a llover. Lo percibí por las ventanas después de abandonar las duchas. Subimos a las habitaciones y al salir del elevador encontramos las puertas de los cuartos abiertas y un revuelo en el pasillo.

–¿Qué pasa? –preguntamos tras la confusión.

–Revisaron nuestras habitaciones, al parecer buscaban algo – contestó alguien.

Raymond, que había subido minutos antes que yo, me miró entre la gente sabiendo lo que había detrás de aquella revisión. Entramos al cuarto y todo estaba regado. Habían buscado hasta debajo del colchón.

–¡Qué buena idea tuviste! –confesé tras una exhalación de alivio por haberle hecho caso.

Si no hubiésemos ocultado los trajes en la biblioteca, esa misma noche ni un solo rayo de esperanza nos hubiera salvado de un castigo. Organizamos la habitación y antes de irme a la cama me acerqué a la ventana. Allí en el patio aún estaba Douglas atado a la cruz con la cabeza caída. Las gotas de lluvia le caían encima y bañaban su cuerpo endeble, agotado y maltratado por el sol durante el día. Me embargó de nuevo una profunda angustia. No creí que su ausencia de valentía para mostrarse al mundo tal como era, ameritara semejante castigo. Aunque de cierta forma se merecía alguno por utilizar a Winona para ocultar su verdadero *yo*. Tuve que irme a la cama intentando olvidar que Douglas dormiría a la intemperie bajo la lluvia. Ya había hecho cuanto podía para ayudarlo.

Intenté conciliar el sueño, pero me fue imposible. Mi memoria se humedecía constantemente. En la madrugada me levanté para mojarme la cara y los brazos. Por un momento pensé que tenía fiebre. No recuerdo haberme calentado tanto pensando en alguien. O más bien en dos, para ser exacto. En algún momento caí rendido. El grado de calentura esa noche había sobrepasado la tendencia en mi cuerpo.

# CAPÍTULO SEIS

D ouglas ya había sido liberado cuando miré por la ventana al día siguiente. Me costó levantarme esa mañana, pero logré finalmente salir de la cama. Raymond estaba aún dormido en la suya. Los rayos del sol al descorrer la cortina fueron como un balde de agua fría en su cara. Mientras veía por la ventana advertí un sobre de papel que se colaba por debajo de la puerta. Me extrañé y lo recogí del piso enseguida. Era negro y traía por fuera una nota en blanco escrita con una fuente bien adornada: *"La Noche de los Cuatro".*

–¿Qué es eso? –preguntó Raymond desde la cama notando mi ausencia al leer la frase.

–No estoy seguro. Pero algo me dice que son las instrucciones de esta noche –contesté arrojándole la carta.

–¿Qué pasa?

–No quiero leerla. Hazlo tú –le dije imaginando lo que ordenaba aquel papel.

Raymond abrió el sobre y sacó una hoja.

–¿Qué dice?

–Espera... –respondió y procedió a leer la carta.

*Hoy dos parejas se unirán engalanando la noche.* Leyó. *Cuatro cuerpos se levantarán del suelo para que así como ustedes volarán, el público también se eleve y pierda el sentido. Que no reconozcan donde están. Que floten en esta galaxia como en ninguna otra y se vayan satisfechos dejándonos más.* Estas últimas palabras evocaron la cruda realidad que se escondía detrás de cada espectáculo y me hicieron aborrecer los malditos instintos que el cuerpo desata para satisfacerse y por los cuales estaba allí encerrado. *La cena será servida hoy a la hora de siempre. Al sentarse a la mesa notarán un brazalete en su plato. Aquellos colores que coincidan, formarán un cuarteto esta noche. Queda prohibido cualquier intercambio de los mismos. La decisión es irrevocable.* Y una vez más, nuestro encuentro fue encomendado a la buena fortuna de aquellos juegos que nos unían en el teatro. *Cada una de las noches que pasen en esta casa, supondrá un nuevo reto al que deberán acudir. Su mente transiciona y con ella cada espectáculo.*

Exactamente así lo sentía. Cada actuación era un nivel superado que revolucionaba mi sexo. Aquellos actos impuestos marcarían un antes y un después en la vida sexual de todos, en especial la mía y la de Andrew.

Raymond finalizó la nota y la guardó de nuevo en el sobre. Acto seguido escuchamos movimiento en el pasillo y algunas voces. Abrí la puerta y me asomé. Los comentarios sobre nuestra futura actuación viajaban de un lado al otro del corredor. La puerta del cuarto de Douglas estaba abierta y noté movimiento adentro. Me vestí antes de salir porque había dormido desnudo una vez más y luego, junto a Raymond, salí a ver las condiciones en que el moreno había regresado. Estaba sobre su cama y lucía vulnerable a cualquier atentado contra su persona debido a lo débil que se hallaba. Apenas tenía fuerzas para sostener el vaso de agua que Zachary lo ayudaba a tragar. Tenía la piel irritada y seca. Douglas era un tipo vigoroso, pero aquel castigo lo había dejado en pésimas condiciones.

–¿Cómo te sientes? –preguntó uno de los tantos que había en la habitación.

–No tiene fuerzas –respondió Zachary por él–. Está muy deshidratado.

–Le subiré algo –se ofreció Raymond quien se enrumbó al comedor enseguida.

Zachary se estaba ocupando de su cuidado. Lo mimaba en sus brazos con una ternura que me hacía pensar en lo mucho que necesitaba hacerlo. En su especial atención reflejaba el cariño que albergaba en su corazón sin nadie a quién entregárselo. Douglas y ella habían creado un nexo especial que estaba avivando una llama en Zachary. Afectuosa, deslizaba crema por sus brazos y lo dejaba apoyarse en ella sobre la cama. Los presentes fueron saliendo de la habitación y los tres nos quedamos a solas. Verlo en los brazos de aquella fémina con genes de hombre confundía la idea que tenía de sus gustos. Me sentía además en dos bandos: por un lado no me desagradaba del todo que estuviesen juntos, pero por otro, me seguía doliendo el engaño a mi amiga Winona. No obstante, quise dejarle saber que había hablado con ella. A fin de cuentas aún no habían cortado su vínculo amoroso. Le conté cómo Raymond y yo habíamos descubierto mi teléfono en una habitación debajo de la biblioteca y el susto que nos había tocado vivir para rescatarlo.

–Entonces... ¿la policía vendrá a buscarnos? –preguntó Douglas.
–No lo creo. No pude mandarle nuestra ubicación a Win. El teléfono se apagó sin que pudiera hacerlo.
–¡Dang! No saldremos nunca de aquí.
–Un cargador nos ayudaría. Tipo C, para ser específico.
–¿Conservaste el celular? –inquirió Zachary.

–Sí, lo tenemos bien guardado. Si logramos conseguir ese cargador estamos salvados.

Algo que sería bien difícil porque no teníamos acceso a cosas como esas dentro de la casa. Solo nos quedaba regresar a la habitación debajo de la biblioteca y hurgar minuciosamente en busca de un cable como ese.

–¿Winona te preguntó por mí? –quiso saber Douglas.

Zachary se puso un tanto incómoda y apartó sus brazos del moreno.

–No precisamente. Ella no tenía idea de que estabas aquí hasta que se lo dije.

–¿Le dijiste que...?

–¡No! –lo interrumpí sabiendo por dónde venía–. No quiero entrometerme en sus asuntos. Hablarás con ella en su debido momento.

Douglas respiró y no dijo nada. Raymond hizo su entrada en la habitación portando un rico desayuno en la charola de metal. Después los dejamos a solas y bajamos al comedor para disfrutar también del nuestro.

Era una bella mañana. El sol yacía por encima de las montañas e iluminaba los pinos ponderosa, los álamos y los robles del espeso bosque en los alrededores. Se me antojó darme un chapuzón en la piscina y Andrew me acompañó. Podía ver mis pies encima de los mosaicos negros de la alberca a través del agua cristalina. No éramos los únicos allí. Había otros cuerpos desnudos también que nadaban debajo del agua y jugueteaban entre sí. Hasta ese día no había disfrutado un baño en la piscina con la mórbida sensación que tuve esa mañana. Aquellos hombres cercanos a nosotros con sus miembros adormecidos y expuestos, los pubis afeitados o adornados con bellos, me revolvían las hormonas. No pude evitar que se me pusiera dura y Andrew se diera cuenta.

–¿Qué se supone que haga con esto? –me dijo agarrándola debajo del agua.
–Haz con ella lo que quieras.

Y de repente comenzó a moverme la piel de un extremo al otro provocándome una cosquilla inmensa. Yo me mantuve sereno. Como si no estuviese pasando absolutamente nada en aquel rincón de la piscina. Alguien que nadaba debajo del agua vio lo que ocurría entre nosotros. Andrew y yo nos dimos cuenta, mas no detuvimos nuestros deseos. Ese otro asomó sus ojos por encima del agua mirándonos de forma depravada y acechante. Esperé que se marchara de un momento a otro, pero siguió allí, a dos metros de distancia esperando mi momento final. Andrew siguió en lo suyo, complaciéndome sin que ninguno de los zorros que merodeaba pudiese notar lo que pasaba. El voyerista volvió a sumergirse y se acercó a nosotros por debajo del agua. Pensé que venía dispuesto a chupar, pero se detuvo. Era realmente una locura que podía ser vista por cualquiera que caminase alrededor. Sacó de nuevo la cabeza y se saboreó los labios. Andrew apresuró la mano. La vista de aquel entrometido viéndome a punto de mezclar mis fluidos con el agua me calentaba muchísimo. Sentí la yema del dedo índice de Andrew acariciar la parte inferior de mi glande y entonces no pude contener un segundo más la explosión. Mi cañón estalló derramando abundante esperma en el océano negruzco en el que nos encontrábamos. Exhalé mientras mis fluidos descubrían un nuevo mundo. El mirón me guiñó un ojo y se perdió entre la gente sin volver a verlo esa mañana. Me quedé luego con Andrew dentro del agua y disfrutamos juntos la calma en las afueras de la casa. El canto de los pájaros interrumpía el silencio y el clima veraniego en las montañas. El astro encendido en el cielo había comenzado a calentar el agua y se sentía delicioso estar en la piscina asomados al infinito. La vista panorámica ante nuestros ojos era fantástica.

Entrando a la casa más tarde, notamos un pequeño revuelo en el interior. Los zorros corrían de un lugar a otro. Mientras subíamos al segundo piso presenciamos el descenso de Lucifer por la escalera gemela rodeado por sus secuaces. Detrás de su capa no iban sus lobos. Al llegar a la cima los descubrimos al final del pasillo, custodiando la puerta de su habitación como siempre. Andrew y yo nos asomamos al balaustral que daba al recibidor y, sin que alguien pudiera notar que andábamos espiando, vimos el recibimiento que le daban a un extraño ser que apareció triunfal por la puerta principal. Supimos que era hombre por sus manos fuertes y blancas que salían por las mangas del traje que usaba. Sin embargo, no pudimos ver su cara porque traía una impresionante careta con cuernos dorados. La figura, sin lugar a dudas, tenía gran importancia por la dedicada atención con la que era recibido. Lucifer entabló unas palabras con él que no pudimos escuchar desde donde estábamos y acto seguido se movieron por uno de los pasillos de la casa seguidos por un séquito de zorros. Una vez que los perdimos de vista, me aparté de Andrew y bajé de nuevo las escaleras con prudencia para seguir sus pasos. Los seguí por la casa con mucho cuidado hasta verlos perderse tras una puerta que nunca había cruzado. Luego regresé con Andrew y le comenté sin que alguna pared pudiera escucharme:

—Creo que es el momento.

—¿A qué te refieres?

—Tenemos que entrar al cuarto de Lucifer y buscar ese pasadizo que llega al lago.

—¿Estás seguro? —dudó Andrew.

—Es ahora o nunca. No hay tiempo que perder —dije.

—¿Te olvidas de que los lobos cuidan su puerta?

—No te preocupes —respondí—. Tengo una idea. Busca a Raymond y encuéntranos en la biblioteca. Ve, no te demores.

Lo vi perderse y me encaminé presuroso a la biblioteca, donde los esperé por unos minutos. Antes me había cerciorado de que nadie rondara por allí. Me subí a la escalera de metal y llegué a lo más alto para sacar los trajes de zorro de su escondite. Saqué las botas y las máscaras de la chimenea y me disfracé mientras Andrew y Raymond llegaban. En ese instante sentí que la puerta se abría y entraban los dos. Se paralizaron al verme pero enseguida me descubrieron al levantarme la careta.

–Solo hay un traje para uno de los dos –aclaré sujetando el vestuario.

Raymond me lo quitó de las manos y se lo entregó a Andrew.

–Úsalo tú. No estoy muy seguro de hacer esto.

–Pero Raymond, tienes que venir con nosotros de todas formas –dije a punto de suplicarle mientras él luchaba contra el miedo que le veía en los ojos–. Tú eres el único que sabe dónde está ese pasadizo.

–Lo sé, pero… algo me dice que esto no saldrá bien.

Me acerqué a él y traté de convencerlo con el corazón en la mano.

–Sin ti no podremos salir de aquí.

Me miró temeroso y accedió a irse con nosotros sabiendo que representaba una vía de salvación para todos. Si salíamos de allí con vida, los demás también podrían hacerlo una vez que llegáramos a la civilización y avisáramos a la policía.

Salimos de la biblioteca. Andrew y yo íbamos delante como dos zorros deambulando por la casa mientras Raymond nos seguía sin revelar nuestro vínculo a una distancia prudente. Atravesamos pasillos, puertas, subimos de nuevo las escaleras y llegamos al corredor de los espejos. Nos detuvimos al inicio enseguida que los lobos nos divisaron en el otro extremo. Se pusieron de pie y levantaron las orejas. Estaba seguro de que los dos vestidos de zorro podríamos avanzar sin miedo a ser atacados, pero no pasaría lo mismo con nuestro amigo. Entonces tuve la idea de simular un arresto y le sugerí a Andrew que tomáramos del brazo a Raymond aparentando su detención. Avanzamos de esa forma con cautela mientras los lobos nos miraban sin intenciones de atacar. Me acobardé antes de llegar a las bestias. Sentía el sudor corriéndome por la espalda dentro del traje, pero solo quedaba seguir adelante. Nos acercamos lentamente y los dos abrieron el paso. La piel se me puso de gallina mientras los tenía a mi lado. Los evité con la mirada y puse la mano en la manija de espinas que adornaba la puerta. Me percaté en ese instante de que la puerta podía estar cerrada, pero gracias a Dios, Lucifer no había pasado la cerradura. Sin soltar a Raymond dimos un paso adentro y sentí los efectos de la piloerección en mi piel bajar por todo mi cuerpo tras aquel estresante momento a la vista de ambos lobos.

Un mordisco y arrancarían fácilmente un trozo de carne de aquellas tres gallinas que tenían a centímetros de distancia. Cerramos la puerta a nuestra espalda una vez adentro con la suerte de que nadie nos viera entrar y entonces respiré en calma. Habíamos podido acceder a la habitación prohibida. Me parecía mentira estar más allá de la puerta.

Adentro, la siniestra pero lujosa decoración, continuaba la línea sórdida de la casa. Una pequeña sala con chimenea donde descansaba la imponente silla desde la cual transmitía Lucifer, nos dio la bienvenida. Una mesa redonda en una esquina exhibía un hermoso jarrón negro con rosas del mismo color, cultivadas en el invernadero. Descubrimos una puerta abatible y ancha a la izquierda. A la derecha, un salón superior al que se accedía por tres escalones custodiados por dos esculturas diabólicas. En el mismo había una cama singular que se robó nuestras miradas. Un camastro enorme con dosel del que colgaban ligeros tejidos oscuros y barrotes de los que brotaban espinas. Nos quedamos sorprendidos por la satánica opulencia con la que dormía Lucifer.

–Bueno… ya estamos aquí. ¿Dónde se supone que está la salida que viste en el video? –pregunté en un apuro. No podíamos perder tiempo.
–Todo está muy cambiado –contestó Raymond–. La casa fue remodelada. Había un agujero en la pared que conducía al túnel

que llevaba al lago. Ahora mismo no recuerdo exactamente dónde estaba.

–Pues hay que averiguarlo. ¡Y rápido! –agregó Andrew dirigiéndose a la puerta izquierda.

Los demás nos acercamos, abrimos las hojas de par en par y nos quedamos boquiabiertos.

–¿Qué es todo esto? –preguntó Raymond absorto.

–Creo que... –no pude formular una idea porque no acababa de entender lo que tenía delante de mí.

Monitores, muchos monitores y una pizarra llena de botones. Nos acercamos avizorando todos aquellos controles y pantallas sin bajar la cabeza. En cada televisor aparecía una imagen en vivo de algún rincón de la casa. El escenario del teatro, los baños que utilizábamos al terminar cada función y hasta nuestro baño privado en las habitaciones. En otro monitor se veía la piscina también en vivo y mostraba un *chat* activo donde cientos de comentarios se mostraban constantemente. Me detuve a leer lo que escribían y no me gustó para nada lo que leí: *El rubio la tiene grande / Me fascinan los abdominales del trigueño / I can't wait to watch them on the stage tonight / Esta noche será épica / Ya escogí mi cuarteto favorito.* A un lado, en una pequeña casilla, aparecían cifras repentinamente que correspondían a donaciones monetarias enviadas por los usuarios que veían el *Live.*

–No es difícil adivinarlo –comentó Andrew–. Estamos siendo vendidos por Internet.

–Esto va más allá de lo que pensé –agregó Raymond–. Nuestra intimidad también es un negocio. ¡Esa gente me puede ver hasta el culo cuando cago!

–Tranquilo. Tenemos que encontrar ese agujero en la pared – intentó calmarlo Andrew ahogado en su pronta ira.

Seguí inspeccionando las palancas y los controles que había en la pizarra y noté que muchos tenían nombres de puertas, ventanas y otros elementos de la casa. Sin dudas Lucifer controlaba y monitoreaba todo desde allí, incluyendo el espectáculo. Había audífonos y muchos cables regados por doquier. Me estremecí al pensar en la cantidad de personas, no solo aquellos espectadores que acudían cada noche al teatro, que me habían visto desnudo en las posiciones más liberales que había adoptado mi cuerpo en cada show. Eran miles de diferentes partes del estado que se reflejaban en un mapa que mostraba cada punto desde el cual se conectaban. Me sentí mal y por un instante me sobrecogió la idea de que, sin saberlo, era una especie de actor porno, una de esas tantas personas desnudas que vende su privacidad en las redes, así como mi ex. Aunque en mi caso las ganancias se las embolsillaba otro.

Raymond divisó una agenda dentro de una gaveta abierta que asombraba a la vista por el cinturón que aseguraba sus páginas en forma de garra. La sacó del cajón, destapó las pezuñas sobre la cubierta y justo cuando se disponía abrir el cuaderno, Andrew lo interrumpió.

–Deja eso. Tenemos que buscar ese túnel. Hay que salir de aquí ya.

Raymond devolvió el cuaderno a la gaveta y nos fuimos al salón que alababa la majestuosa cama y encontramos allí otra puerta tras la cual hallamos un hermoso vestidor. Una habitación circular forrada de escaparates y perchas con una gran tina ovalada en el centro de mármol oscuro. Había mucha ropa, casi toda de color negro. Trajes muy finos, camisas y pantalones caros. Dos zapateras que llegaban al techo y bandejas de joyería debajo de algunos cristales. Cintos, relojes de mucho valor y otros accesorios más se guardaban organizadamente en aquel *closet* gigante.

–El agujero tiene que estar aquí. Me vienen a la mente los recuerdos –mencionó Raymond.
–Qué bueno saberlo, pero… ¿dónde exactamente? –pregunté.
–Es evidente que no está a la vista. Debe estar detrás de alguno de estos muebles –alegó Andrew–. Dudo que Lucifer haya tapado ese hueco desechando una fuga por el túnel.

Di una vuelta en el espacio revisando los detalles de cada estante. Traté de moverlos, pero fue imposible. Parecían sujetos a la pared.

—No creo que podamos hacer nada —manifesté dando paso a una depresión que amenazaba mi intento de huida.

Raymond también había comenzado a detallar los muebles cuando de pronto agarró una de las perchas y sacó un traje negro de Lucifer con algunas incrustaciones de piedra.

—Debo admitir que tiene buen gusto este maldito.

—Oh por dios, Raymond, deja eso —lo regañó Andrew.

Acto seguido sentimos un ruido detrás de uno de los escaparates. El gabinete se desplazó lentamente hacia adelante y nos quedamos estáticos mirando lo que pasaba. Raymond devolvió la percha a su sitio y el estante en movimiento se detuvo. De repente se dividió en dos y creó una ranura que ninguno de nosotros esperó. Poco a poco, fuimos descubriendo un agujero circular en la pared detrás del mueble. Los tres nos miramos y la cara de decepción que teníamos cambió radicalmente.

—Ahí está. Sabía que estaba aquí ese dichoso agujero —alardeó Raymond emocionado.

Nos acercamos y notamos que un tubo de plástico se desprendía hacia el interior de la pared como un perfecto tobogán en el que cabía cualquier humano.

–Indudablemente fue modificado pero estoy seguro de que llegaremos al túnel bajo la casa por este tubo. Una vez allí pasaremos por debajo de la montaña y llegaremos al lago.

–Es hora. ¿Quién va primero? –pregunté viendo la excitación de los dos por salir definitivamente de allí, pero también una ligera preocupación por todos los demás que dejábamos atrás.

Su respuesta demoró y entonces me ofrecí. Estaba muy ansioso. Andrew me ayudó a meterme dentro del tubo y me sostuvo la mano evitando que me deslizara. Me dio un beso en los labios como si fuésemos a despedirnos para siempre y la situación me puso nostálgico.

–Todo estará bien –le dije creyéndolo–. Te espero abajo.

–Vamos, vamos. Hay que apurarse. Lucifer puede llegar en cualquier momento –nos apresuró Raymond y entonces Andrew me soltó de la mano y mi cuerpo se deslizó por el tobogán en un emotivo *adiós*.

Seguidamente Andrew se posicionó dentro del tubo mientras Raymond sujetaba su mano y esperó un tiempo prudencial para que yo saliera por la otra boca. De pronto se escuchó un ladrido de lobo muy claro, como si hubiesen entrado a la habitación.

–¡Suéltame! No hay tiempo que perder.

Raymond soltó la mano de Andrew y lo dejó caer. Justo en el momento en que se disponía a meterse en el tubo, una sombra negra se asomó al vestidor. Raymond se movió rápido sin detenerse a mirar quién lo había descubierto y en cuanto su agilidad le permitió adentrarse en el tubo, divisó a dos zorros que en un destello venían en camino para detenerlo. Con sus manos estaba sujeto al borde del conducto y en cuanto liberó sus dedos para dejarse caer, los dos zorros lograron a tiempo agarrar sus muñecas y detener su caída. Raymond batalló para que su cuerpo pudiera deslizarse, pero fue dominado por la fuerza de aquellos dos hombres que lo sacaban del tubo. Lo tiraron al suelo y en un intento de combate fue paralizado e incapacitado con una descarga eléctrica.

Andrew y yo estábamos abajo. Habíamos caído en un túnel alumbrado por unas lámparas rústicas y oxidadas que daban muy poca luz. El viaje a través del tobogán había sido corto.

–Alguien entró en el cuarto antes de caer –me dejó saber Andrew preocupado.

–¡Oh Dios! ¿Crees que lo hayan agarrado?

–Esperemos que no.

Me inquieté viendo que los minutos pasaban y Raymond no salía por el agujero. De un momento a otro escuchamos unos ladridos lejanos que viajaban por el tubo y llegaban debilitados al subsuelo de la casa.

–No quiero pensar lo peor, pero esos ladridos vienen del vestidor.

–Ya ha pasado tiempo suficiente para haber bajado –dije aceptando la realidad–. ¡Lo detuvieron!

–¡Tenemos que seguir! Vendrán rápido por nosotros.

No quise irme sin él, pero tenía que enfrentar lo que ocurría. Debía ser fuerte y avanzar. Ya no había solución para su desgracia. Solo nos quedaba huir, salir de aquel túnel subterráneo y correr con todas nuestras fuerzas bien lejos de allí. Nos quitamos las máscaras y las dejamos allí tiradas con el deseo no de volver a verlas nunca más. Andrew me tomó de la mano y avanzamos apresurados atisbando un claro de luz al final del túnel. La gruta desembocaba a la orilla del lago, en la base del risco. Tener delante aquella masa permanente de agua fue una evocación de libertad. Me sentí libre al fin, más allá de los límites de aquella casa abrumadora. Miramos a nuestro alrededor y solo había un sendero a la derecha por el que podíamos continuar. Entonces comenzamos a correr por el margen del río sobre la gravilla en el suelo. Pronto nos internamos en el bosque a la sombra de aquellos árboles gigantes que no parecían tan grandes desde la casa. El aroma amaderado se coló en mi nariz mezclado con la suave fragancia de los pinos. Seguimos por el sendero adentrándonos cada vez más en el bosque, cruzamos un riachuelo y me detuve a contemplar la hermosura del paisaje mientras tomaba un poco de aire. Andrew iba delante tomando ventaja y también interrumpió su corretaje al verme detenido.

—Vamos, no te detengas. Tenemos que ser rápidos —me regañó agitado.

Por entre el mar de troncos, debajo de las tantas copas de árboles, se filtraron unos ladridos. Enfilé mi oreja derecha en dirección contraria al viaje del sonido y supe instantáneamente quiénes habían ladrado en la distancia: eran los lobos de Lucifer. Se acercaban y venían tras nosotros. Nos largamos a correr tan rápido como pudimos sin perder un segundo y temiendo que pudieran alcanzarnos en cualquier momento. Los lobos son fieras con una gran resistencia y su velocidad es ampliamente superior a la nuestra. Sus patas de gran tamaño y sus piernas largas les permiten correr increíblemente. Llegar a nosotros solo era cuestión de tiempo. En simultáneo comenzamos a escuchar también las voces de los zorros dando órdenes.

Mis piernas empezaron a cansarse. Ya estaba muy agotado. Había corrido bastante con todas mis fuerzas por encima de piedras y palos sin estar en condiciones para aquella imprevista actividad. Pero los ladridos se escuchaban cada vez más cerca entre los arbustos y no podíamos detenernos. Hacerlo suponía el fracaso de nuestra huida y esta vez Lucifer no escatimaría en un severo castigo. De pronto divisamos un conjunto de rocas gigantes a un lado del sendero.

–Tenemos que escondernos o nos van a alcanzar –propuso Andrew mientras corríamos.

Entonces nos desviamos del camino para escondernos detrás de las rocas. Entramos a la maleza y bordeamos la roca mayor. Detrás encontramos un agujero y tuve la idea de escondernos allí. Difícilmente podrían encontrarnos metidos en aquel oscuro espacio creado entre las piedras. Tuve miedo de hacerlo, temiendo lo que pudiese encontrar dentro de aquella lóbrega cueva, pero sin dudas era un buen escondite para los dos. Nos adentramos y caminamos agachados en la oscuridad. Percibimos una luz del otro lado y detectamos otra salida que existía, pero nos quedamos en el centro, oscuros, de modo que no pudieran vernos desde afuera. Pasaron algunos minutos mientras las fieras de Lucifer se acercaban. Podía escuchar el eco de su presencia en el bosque. Supuse que andaban perdidos dando vueltas en círculos buscándonos desesperadamente, porque las voces se alejaban y regresaban de nuevo. Sentados en el suelo, Andrew me abrazó y nos mantuvimos en silencio para que ninguna resonancia saliera del agujero y nos delatase. Los dos estábamos muy nerviosos, aunque ya me iba acostumbrando a los miedos que me provocaban aquellas misiones suicidas queriendo escapar de Lucifer.

Una ligera caricia me subió por el pie y me sentí cómodo por un momento con el roce de algo bien suave y peludo en la pierna. Me despegué de Andrew curioso por la sensación que me daba y descubrí una hermosa criatura lamiéndome la pantorrilla.

–Ohh, mira Andrew.

Tenía un hermoso cachorro a mis pies.

–Qué tierno –confesó él dibujando una sonrisa que vi gracias al claro de luz.

–¿Qué crees que sea?

–Es un león de montaña –me dijo–. Muchos le llaman puma.

No pude resistir la tentación y lo cargué en mis brazos. Era como agarrar un gatito de peluche. Tenía el pelaje anaranjado con manchas marrones en todo el cuerpo y los ojos le brillaban en la penumbra. De pronto, un gruñido inesperado me aterrorizó. Nos estremeció a los dos y dejé al cachorro en el suelo enseguida. Otro animal se ocultaba también en la oscuridad sin ser visto. Por su gruñido, supe que no era otro cachorro. Era adulto y probablemente su madre. Andrew y yo nos levantamos con cuidado para no golpearnos en la cabeza y estuvimos alertas sin movernos escuchando su respiración acercándose a nosotros. El miedo afloró de nuevo. El cuadrúpedo asomó su cabeza grande y hermosa. En efecto, era un puma adulto. Volvió a gruñir defendiendo a su cría y sus afilados colmillos me dieron aún más miedo. Por un instante me costó retroceder mientras Andrew me jalaba del brazo para salir corriendo de allí. Afortunadamente el animal se quedó revisando a su cachorro y eso nos dio un margen de tiempo para correr a la salida trasera. Me apuré como si la mismísima muerte me estuviera persiguiendo y no sé cómo, pero antes de llegar a luz, caímos en un hueco que nos llevó rodando hasta el fondo de un barranco.

Me levanté enseguida al llegar abajo tras haber caído sobre unos troncos de árboles. No percibí el dolor de un golpe que me había dado en el pie porque la adrenalina del momento lo bloqueó instantáneamente, así que Andrew no tuvo que ayudarme a ponerme de pie. El puma había salido también por el hueco y bajaba dando brincos de una piedra a la otra. La situación no podía ir peor cuando de repente vimos salir a su pareja de la cueva y ya no era uno, sino dos los que venían en defensa de su cría. Corrimos a toda velocidad entre los árboles y avistamos una cabaña a lo lejos, pero nos topamos con la corriente de un pequeño río que nos detuvo en seco. Miramos atrás y si nos demorábamos un segundo más en entrar al agua, hubiésemos sentido sus colmillos clavarse en nuestra piel. Los leones llegaron a la orilla y se mantuvieron al margen acechándonos desde allí mientras lográbamos cruzar al otro lado sin dejarnos llevar por la corriente. La ropa me pesó en el cuerpo una vez que salimos del río y miré con alegría a las dos fieras en la otra orilla. Habíamos pasado un buen susto y pretendí que todo estaba bien antes de verlos subirse a un árbol y caminar por las ramas sobre el agua para llegar hasta donde estábamos.

Aceleramos otra vez y corrimos a la cabaña antes de que los leones bajaran del árbol. No había nadie en los alrededores. La casa estaba cerrada y tampoco parecía haber nadie dentro. Forcé la puerta, pero no abría. Miré atrás y vi que las bestias venían con rapidez.

–¡Andrew, ahí vienen! –grite asustado.

Este le dio una patada a la puerta en medio del desespero y la abrió del tirón. Entramos de prisa y volvimos a cerrarla. Era una cabaña vieja y abandonada. Adentro solo quedaban restos de muebles y vasijas de metal regadas en el suelo. Miré a todos lados buscando algo con qué asegurar la puerta y hallé una pala vieja y oxidada que colocamos detrás para impedir el paso. Los pumas no tardaron en llegar y lanzarse sobre esta para echarla abajo. Con la fuerza de sus garras rasgaban la madera y la cabaña no dejaba de moverse y crujir por el balanceo contra sus paredes. Trataron de entrar por todos lados sin hallar por dónde. Nunca había estado tan acorralado en mi vida. Sentí sus uñas raspar el tejado cuando uno de los dos se subió al techo. Estábamos muertos si lograban ingresar.

Entre las tablas había pequeñas hendiduras por las que podía verlos desde adentro. Me acerqué a la puerta lentamente y por una fisura pude ver el ojo del puma. Tenía una pequeña cicatriz encima. Se subió en dos patas arañando la pared y me di cuenta de que era macho. Su hembra nos había gruñido en la cueva para defender a su hermoso cachorro. Cuando pensé que seguiría destrozando el techo, se bajó y los dos juntos siguieron con sus uñas rasgando la puerta.

Sonó un disparo en el bosque y me estremecí al instante. Andrew se agachó y me llevó con él al suelo. Escuchamos una especie de silbido y un maullido largo de gato. Me arrastré entonces por el piso hasta la puerta para ver de dónde había provenido el disparo y entender qué pasaba.

–No vayas –dijo Andrew temiendo que una bala entrase a la cabaña y me alcanzara.

Acerqué el ojo a un agujero y vi una mancha de sangre en la tierra. Uno de los pumas sangraba tirado en el suelo. Era la hembra, que maullaba de dolor mientras el macho a su lado intentaba reanimarla con la pata. Los zorros le habían disparado. El animal agonizante tenía la mirada perdida en la puerta y a través del orificio por donde podía verla, me pareció que me miraba. De repente se quedó inmóvil. Su macho le dio un lengüetazo en la cara, pero no respondió. La hembra había muerto. Cerré los ojos por unos segundos olvidando que hasta hace un momento querían atacarme y sufrí viendo aquel doloroso momento. La lástima casi me saca una lágrima al ver que su pareja esperaba todavía a su lado alguna reacción que no ocurriría.

Otro disparo se escuchó retumbar en el bosque y pegó en el suelo muy cerca del macho, haciéndolo correr espantado. Yo bajé la cabeza temiendo que la bala entrase a la cabaña, pero se perdió entre los arbustos. De repente sentí unos ladridos de lobo. Levanté la cabeza, volví a mirar por la ranura entre las tablas y vi a los zorros aproximarse desde el río.

—¡Tenemos que irnos! —hablé levantándome del suelo.
—Salgamos por la ventana trasera —propuso Andrew.

Ambos tratamos de abrirla y una ráfaga de disparos empezó a penetrar inesperadamente en la cabaña, lo que nos hizo regresar al suelo en un santiamén. Andrew se tiró encima de mí para cubrirme después de volcar una vieja mesa de madera que nos sirvió de escudo. La cabaña recibió una lluvia de balas que casi la tira al suelo. Si los zorros estaban disparando contra nosotros era inequívoca la orden que había dado Lucifer. No creí que saldría con vida de allí y me cobijé bajo el cuerpo de Andrew tratando de sentir su calor quizás por última vez. Pero de un momento a otro los disparos cesaron, dejando miles de huecos por los que entraba la luz. Andrew se asomó sigiloso a los orificios y supo que era el momento de salir y saltar por la ventana. Me agarró por el brazo y al ponerme de pie sentí un fuerte latido en el tobillo por el golpe que había recibido tras la caída por el barranco. Aunque no fue tan grave como para no saltar por la ventana con cuidado y correr lejos de la cabaña. Mientras nos alejábamos, escuchamos el sonido de otras ráfagas contra la casa. Cuando los zorros se dieran cuenta de que ya no estábamos allí, tendríamos una ventaja suficiente para no ser alcanzados.

Al menos eso fue lo que pensé. Pero el dolor en el tobillo se fue agravando y no pude correr con la misma rapidez que antes. Subimos una pendiente y luego nos incorporamos a un nuevo sendero. Tomamos el camino esperando llegar a un punto civilizado, pero era muy difícil orientarse en medio de las montañas sin ninguna referencia. Estábamos huyendo a ciegas con la suerte de encontrar algo o alguien que nos salvara la vida. Un disparo casi me roza el hombro antes de estrellarse en el tronco de un árbol sorprendiéndonos de nuevo. Volvimos a tomarnos de las manos y corrimos otra vez como pudimos rezando que no nos pegaran un tiro. El miedo que sientes al ver que alguien te amenaza o te dispara con un arma es traumático.

De súbito los vi corriendo detrás de nosotros a punto de alcanzarnos. Llegamos al final del sendero, nos topamos nuevamente con el lago y tomamos una vereda escampada por la orilla. Ascendimos una cuesta pequeña y en el descenso divisé una canoa junto al agua que me hizo detenerme.

–¡Espera, Andrew! –le grité fatigado–. No podrán alcanzarnos si cruzamos el lago en la canoa.

–Tienes razón, subamos. ¡Rápido!

Por las condiciones se veía que no era un bote abandonado. Y a juzgar por el hecho de que estuviese allí, al menos nos daba un indicio de que aquella zona era accesible y salir del *medio de la nada*, era posible. Los perseguidores ya habían bajado la cuesta y fue cuestión de segundos que llegaran a nosotros antes de que pudiéramos poner un pie en el bote. El gruñido de ambos lobos interrumpió el escape. Su fiereza y la rabia con la que amagaban nos hizo retroceder. *¡Ahora sí estamos muertos!*, pensé viendo sus fauces aterradoras segregando baba delante de mí. Pero de un momento a otro, ambas bestias rabiosas se apagaron como si hubiesen visto un fantasma. Volteamos la cabeza y vimos encima de una enorme piedra al puma de la cicatriz sobre el ojo asomarse con actitud desafiante ante aquellos dos lobos. Aulló sobre la roca y los lobos gruñeron dispuestos a atacar. La tensión aumentó. Los zorros pretendían atraparnos ahora que nos tenían acorralados, pero estábamos en medio de una demostración de poderío donde ni ellos ni nosotros podíamos hacer nada. Los tres depredadores estaban a punto de atacarse entre sí. Los lobos reclinaron sus patas para acometer en cualquier momento, cuando de pronto el puma voló por encima de nosotros y cayó sobre el cuadrúpedo con la venda en la pata. Así fue que se enredaron en pleno uso de sus asesinas facultades. El lobo atacado estaba incapacitado de responder con toda su fuerza y fue vencido por el león de montaña, quien lo arrojó a un lado del sendero chillando sin que pudiera levantarse de nuevo. Su compañero saltó entonces en su defensa y terminó sumido en una pelea de mordiscos y arañazos como las fieras salvajes que eran.

Aprovechando la batalla que nos separaba de los tres zorros, nos fuimos acercando al bote y sin que se dieran cuenta, nos subimos en él. Dos remos nos servirían para impulsar la canoa. Uno de los zorros disparó al cielo para asustar a las fieras y el puma salió disparado y se escabulló de nuevo en el bosque. El lobo involucrado en la segunda pelea estaba magullado pero se recompuso al instante. Desde el bote vi cómo notaban nuestra huida y el zorro que sostenía el rifle lo empuñaba otra vez para dispararnos. Le advertí a Andrew que bajara la cabeza sin dejar de remar y para nuestra suerte, el tiro se perdió en el agua. Seguimos remando con fuerza y nos alejamos de la orilla de modo que ya no podían alcanzar la embarcación. El zorro levantó de nuevo el arma y miró a través de la mirilla sobre el rifle. Se le notaba molesto por haber fallado y puso todo su empeño en aquel nuevo disparo, pero apretó el gatillo y la bala no salió. El último cartucho ya había sido disparado. Desde el agua vi cómo lanzaba con ira el rifle al suelo. Verlo me dio seguridad y entonces seguí remando feliz de estar ilesos y libres de alguna bala en nuestro cuerpo.

El lago era demasiado extenso. Era como remar en un océano en medio de las montañas. Llegar a la otra orilla nos tomaría tiempo, pero del otro lado estaríamos a salvo. Mientras cruzábamos el centro nos detuvimos un instante para descansar los brazos y aprovechamos para admirar el boscoso paisaje que nos rodeaba a los pies de las montañas. Un halcón nos voló por encima y al levantar la vista descubrimos la mansión allá en lo alto encima del risco. Éramos dos indefensas hormigas en medio de aquel inmenso panorama.

–Volvamos a remar –dijo Andrew listo para seguir batiendo sus manos.

Un ruido de motor fue naciendo lentamente en el silencioso ambiente mientras seguíamos remando. Me cercioré de que no había ninguna otra embarcación en el lago. Tampoco se veía ninguna avioneta o helicóptero sobrevolando la zona. Pero seguí escuchando el ruido que poco a poco iba aumentando y nos llamaba la atención cada vez más. De pronto atisbé una embarcación saliendo a toda velocidad de una pequeña península que se desprendía de una orilla. El ruido se convirtió en eco resonando en el valle y así descubrimos aquella barca motorizada viniendo hacia nosotros. Al principio no reparé en las personas que manejaban la nave, pero al acercarse avizoré sus caretas y la vestimenta negra. Dos zorros estaban al timón. Batí los remos con más fuerza, aunque ya había salido otro bote del mismo punto y estaba también en camino. Nos desesperamos remando, agotando nuestras últimas energías, pero fue inútil. El impulso de nuestras manos no era más rápido que la fuerza de un motor. En pocos minutos nos rodearon aquellos dos botes sin haber llegado a la otra orilla. No tuvimos salida. Nos capturaron sin escapatoria.

# CAPÍTULO SIETE

N os lanzaron al suelo a un lado de la piscina. Enseguida el resto de nosotros se aglomeró en el patio. Lucifer apareció en el balcón sin sus lobos. Seguramente estaban siendo atendidos tras la pelea que habían tenido con el puma en el bosque.

*El prudente ve el peligro y lo evita; el inexperto sigue adelante y sufre las consecuencias.* Dijo desde lo alto mientras todos a sus pies le prestábamos atención. *Si alguien peca inadvertidamente e incurre en algo que los mandamientos del Señor prohíben, es culpable y sufrirá las consecuencias de su pecado.* Esta vez se refería indudablemente a nosotros, viéndonos arrodillados en el piso. *La regla más importante de la casa ha sido violada. Dos de ustedes han intentado escapar hoy.* Los demás nos veían dándose por enterados de lo que había pasado. *Aquí no importa el arrepentimiento. Lamentarse desgraciadamente no revierte lo sucedido. Los dos tendrán que pagar.*

Sentí un nuevo espanto dentro de mí. Algo nuevo dentro de los múltiples miedos a los que había estado expuesto desde mi llegada a la casa. Temí por mi vida una vez más y por la de Andrew. *¡Llevadlos a la glorieta!* Ordenó Lucifer y dos zorros a nuestras espaldas nos levantaron del suelo para conducirnos a través del puente a la pequeña cúpula sobre columnas erigidas en el centro de la piscina. Fuimos empujados al centro y allí nos dejaron. No entendí lo que pretendían, pero me asustaba. No sería nada bueno. De pronto, unas barras de hierro comenzaron a salir del borde de la estructura hasta llegar al techo de tal forma que quedamos encerrados en una jaula. Tomé de la mano a Andrew y le dije que tenía mucho miedo. Me abrazó a la vista de todos sin importarle que los amoríos también estaban prohibidos. A fin de cuentas ya estábamos siendo castigados. No me interesó desafiar a Lucifer en su propia cara sabiendo que no estaba en posición de hacerlo. No obstante, creo que lo mortificó el hecho de vernos abrazados dentro de la glorieta y alzó el brazo a la altura de su rostro dando una orden dominado por una cólera mortífera.

Sentí un movimiento bajo mis pies que casi nos desestabiliza. Los pies se nos llenaron de agua de pronto y nos dimos cuenta de que la glorieta había comenzado a bajar al fondo de la piscina.

–¿Qué es esto? –preguntó Andrew alarmado.

La estructura se había separado del puente y descendía en el agua. Lo peor era que estábamos dentro de una jaula sin poder salir.

–Oh Dios, seremos ahogados. ¡Vamos a morir! –grité aterrado con el agua en las rodillas.

Advertí entre los barrotes el murmullo y los comentarios escandalosos en presencia de nuestro castigo. El acto siniestro de ahogarnos enfrente de todos los había dejado boquiabiertos. Pensé en las peores sanciones del mundo y crueles torturas, pero nunca en la muerte. Andrew y yo nos aferramos a los barrotes intentando salir pero no pudimos. Ni mi cuerpo ni el suyo eran tan estrechos como para caber entre las barras. El agua sobrepasaba las rodillas y la desesperación por sí sola ya me estaba ahogando.

–¡No, por favor, please, no queremos morir! –vociferó Andrew sin que ninguno de los que miraba interviniera.

Nadie quería vernos morir, pero al mismo tiempo temían ser encerrados junto a nosotros en la jaula. El agua seguía subiendo. Yo también empecé a gritar dejando que la desesperación se apoderara de mí. Lucifer contemplaba el espectáculo como si mis gritos no entraran en su conciencia y disfrutara vernos sufrir. Me mojé los hombros y sentí que ya me faltaba el aire, que el pecho se me oprimía simplemente por el estrés de que en pocos minutos moriría. Cada segundo que pasaba era un repaso de escenas a lo largo de mi vida. Mi infancia feliz, el cariño y los momentos con mis padres, mis andanzas de adolescente, los sueños cumplidos y los que aún no había logrado. Tanto Andrew como yo podíamos llenar un baúl de imágenes que imprimía nuestra mente antes de parar y dejar de procesarlas. El agua sobrepasó nuestra boca y para evitar que nuestros pulmones se llenaran de agua tuvimos que flotar en el espacio. Comencé a tocar el techo con mis manos y me eché a llorar dejando ir mis últimas esperanzas de ser perdonado. Estaba a punto de morir, aunque me costase creerlo. Quedaba muy poco ya para perdernos debajo del agua y antes de que el público dejara de vernos estiré la mano y rogué por última vez:

−¡Sáquennos de aquí! ¡Ayúdennos!

Nadie hizo nada. Como un telón, perdí la imagen de Lucifer en el horizonte y mi mano quedó bajo el agua. Andrew y yo respiramos hondo llenando los pulmones de todo el aire que pudimos tomar. Nuestra ropa y los cabellos flotaban como si quisieran desprenderse de nosotros. La cúpula se perdió en la piscina y quedamos completamente sepultados. Cuando pensé que todo estaba perdido, una burbuja de aire atrapada bajo el domo nos permitió milagrosamente seguir respirando bajo el agua. Exhalamos y de nuevo nos volvimos a llenar de aire. Dios todopoderoso nos daba otra oportunidad antes de que las moléculas se escaparan a la superficie una por una. Desde allí escuchamos unos gritos en el exterior que no pudimos reconocer. Más tarde sabríamos que Douglas y Zachary habían salido de la casa pidiendo a gritos que detuvieran aquel horrendo crimen. Lucifer había tratado de opacar su escandaloso pedido sin poderlos callar. Mientras tanto, nosotros seguíamos allí debajo sobreviviendo gracias a la pompa de aire.

–Te amo –dije desde el fondo de mi corazón–. Fue un regalo volver a encontrarte aquí. He tenido contigo el mejor sexo del mundo. Solo quiero que lo sepas.

No quería dejar nada sin decir mientras algunas lágrimas me brotaban de los ojos.

–Conocerte ha resultado ser muy especial para mí –me confesó Andrew en una evidente melancolía que también lo hacía llorar–. Dios nos volvió a unir por una razón. Te quiero como hace mucho tiempo no quería.

–Tu amor me ha alegrado la vida. Has hecho que mis días en este lugar no sean una agonía.

Nos besamos despacio y experimenté lo duro de besar a la persona que amas sabiendo que esa vez, será la última. Disfruté el beso, pero el sufrimiento me desgarraba el alma.

Cada nueva lágrima que salía de mis ojos y los suyos llegaba hasta nuestros labios inyectando un sabor amargo y sufrido como nuestro final. De repente, del centro superior de la cúpula un orificio se abrió inesperadamente. El agua comenzó a entrar y la burbuja de aire que nos mantenía con vida se escapó a través del hoyo. Tomamos una bocanada de aire antes de perderlo y entonces nos quedamos finalmente sin oxígeno. Nos agarramos de la mano y lentamente nuestros cuerpos fueron descendiendo dentro de la glorieta. Intenté de nuevo fugarme por entre las barras de hierro, pero fue absurdo. Fui dejando de escuchar el alboroto por encima del agua debido al ruido que comenzaba a padecer en los oídos. Aún podía aguantar unos segundos más sin respirar, aunque sabía que era cuestión de tiempo que me entrara agua por la nariz y mis pulmones se llenaran de líquido. Me debatía entre no demorar mi fin y resistir hasta que ya no pudiera. Sentía una presión en la cabeza. Andrew ya casi no tenía aire. Estaba a punto de tragar agua. Nos acercamos para ahogarnos en un abrazo definitivo y el fondo de la glorieta me tocó los pies. De súbito sentí que nos empujaba hacia arriba y un claro de luz nos iluminaba de nuevo. Volví a ver un espacio entre la cúpula y el nivel del agua en la piscina y entendimos que nos estaba llevando otra vez a la superficie. Me impulsé para asomar la cabeza y volver a respirar de inmediato. Hacerlo fue llenarme de vida otra vez.

Andrew no se asomó como yo y entonces lo vi flotando inconsciente a mi lado. Coloqué mis brazos debajo de los suyos y lo impulsé de prisa para que su cabeza pudiera sobrepasar el agua. Mas no reaccionó. Estaba sin conocimiento. La glorieta siguió subiendo y alcanzó su posición original sobre la superficie. Una debilidad se había apoderado de mí y apenas podía sostener el cuerpo de Andrew dentro de la jaula.

–¡Ayuda, por favor! –grité viendo cómo los demás nos miraban nerviosos con cara de asombro.

Los barrotes de metal comenzaron a perderse entre la estructura y dos zorros vinieron a sacarnos de la glorieta. Me apartaron de Andrew y luego lo sacaron a él para dejarlo en el suelo a un lado de la piscina. Me lancé corriendo para auxiliarlo mientras los demás nos rodearon intentando ayudar. Le comprimí varias veces el pecho y le abrí la boca para soplar aire. No pasó nada. Me desesperé y Douglas me apartó del cuerpo para repetir la misma acción con más fuerza. El cuerpo desmayado tosió de un momento a otro y Zachary, junto al moreno, lo giraron para que pudiera expulsar el agua que había tragado. Andrew volvió a respirar. Verlo otra vez con vida fue entregármelo por tercera vez. Lucifer a lo lejos, lleno de ira, dio media vuelta y se marchó. Andrew recuperó el aliento y los dos nos abrazamos celebrando la nueva oportunidad que nos daba la vida de seguir juntos y vivos. El grupo se disipó y los dos subimos a la habitación. Antes de hacerlo preguntamos por

Raymond y nadie lo había visto. Un sentimiento de culpa nos invadió por lo que pudieran estarle haciendo. Andrew me subió un poco de hielo al cuarto y me acosté en la cama con una bolsa fría en el tobillo para aliviar mi dolor. Me dejó a solas y se fue a descansar a su cama.

En el transcurso de un descanso placentero sin dejar a un lado las preocupaciones, recapitulé cada episodio de mi vida hasta el momento en que me subí al Rolls Royce. Los trágicos sucesos acontecidos en mi última semana de existencia habían reducido mis días a un gran experimento al que mi cuerpo y mi mente se habían sometido abruptamente. Miedos extremos, una añoranza conmovedora y placeres desmesurados. Todo eso y más había padecido involuntariamente en la mansión de Lucifer.

La cena estaba servida. Era hora de bajar al comedor. El dolor en el pie había cesado y pude hacerlo sin inconvenientes. Mientras nos sentábamos a la mesa, Lucifer apareció debajo del arco que daba entrada al espacio trayendo consigo a Raymond con sus manos atrapadas en un grillete. Este se sorprendió al vernos allí sentados, pues seguramente esperaba que ya no estuviésemos en la casa. El diablo lo precipitó al comedor y dos zorros que custodiaban su presencia abrieron el grillete dejándolo sentarse a la mesa.

–¿Qué te hicieron? –le pregunté una vez a mi lado.

–Me encerraron en una celda hasta ahora. Pero... ¿qué hacen ustedes aquí? –me susurró sin levantar demasiado la voz en presencia de Lucifer.

–Nos atraparon y casi nos matan. No tienes idea del castigo que recibimos.

*Que sirvan el plato especial de esta noche.* Tras la orden, una fila de zorros salió de la cocina portando un plato de metal con una campana encima que cubría el supuesto manjar. *Destápenlo.* La orden fue dada una vez que todos tuvimos delante la cúpula plateada. Estaba totalmente intrigado sobre lo que encontraría debajo y no era el único. Entre nosotros nos miramos con profunda curiosidad. *¿Sería un pedazo de carne o nos habían traído una oreja, un dedo o la cabeza de alguien para atemorizarnos y que no volviéramos a cometer un intento de fuga?* Lo cierto es que el servicio destapó las campanas, cuando de pronto, me sorprendió un aro de plumas largas y negras servidas en el plato. Era el famoso brazalete que Lucifer nos había advertido en la mañana. Eché una ojeada a los demás y cada uno tenía el mismo accesorio servido con plumas de otros colores. Algunos compartíamos el mismo. Tal fue mi caso con Douglas. Por otro lado Raymond, Zachary y Andrew coincidían en un blanco puro. *Como ya saben, esta noche habrá*

253

*cinco grupos sobre el escenario conformados por cuatro integrantes. Deberán lucir el brazalete en el brazo y aquellos colores coincidentes formarán el cuarteto.* Comunicó Lucifer y automáticamente supe que Andrew y yo esa noche no tendríamos la suerte de estar juntos. *Demás está decir que la decisión es irrevocable. Cada grupo está sellado. Los intercambios no están permitidos.*

Lucifer cerró la frase con una seriedad solemne. Dio media vuelta y se esfumó arrastrando la capa. Andrew me miró y en su rostro noté una negación. Vi cómo veía a Zachary frente a nosotros y entendí que no deseaba estar con ella. Yo tampoco quería estar con Douglas, pero aquellas plumas negras nos unían esa noche. Fui testigo de la lástima con la que Zachary abandonaba la idea de estar con su moreno y entendí su pena. Todos nos miramos añorando el vínculo que deseábamos sin poder hacer nada, viendo cómo cada espectáculo arruinaba nuestras relaciones. La única forma de mejorar aquel desastre que se avecinaba era intercambiar brazaletes entre Zachary y yo. Así ella podría estar con Douglas y yo con Andrew, aunque hubiera otros involucrados en el acto. Entonces intercambiamos una mirada con el mismo deseo tintineando en la pupila y tras un acentuar de cabeza, agarré mi brazalete, ella agarró el suyo disimuladamente y los intercambiamos por debajo de la mesa sin que nadie se diera cuenta, excepto los implicados en nuestra situación amorosa.

–¿Qué hacen? –me preguntó Andrew viendo lo que hacíamos.

–Es la única forma.

–Ya sé, pero Lucifer acaba de decir que no podemos hacer eso.

–No creo que se den cuenta –dije.

–Ya viste que casi nos ahoga ese enfermo. No quiero más problemas.

–No estoy dispuesto a sacrificar nuestro amor por un antojo de ese loco –confesé después de tener las plumas blancas en mi plato.

Los demás habían empezado a colocarse el brazalete en el brazo a la altura de los pezones.

–Vamos, ponme el mío –le dije y entonces al verme convencido y aferrado a mi nueva locura, accedió a ponerme las plumas sobre el bíceps.

De aquella forma nos enredaríamos sobre el escenario teniendo la oportunidad de estar juntos nuevamente. Pero esta vez Raymond y otro extraño a quien aún no habíamos descubierto nos acompañarían.

–Lo siento amigo, pero creo que hoy me tendré que comer a tu esposo –sentí que mi compañero de cuarto me decía al oído –. O más bien, dejar que él me coma a mí.

–No creas que me hace mucha gracia, eh –le respondí–. Ah... y aún no es mi esposo.

–Era broma. Trataré de cambiar mi brazalete con alguien. No quiero ser una molestia entre ustedes.

—Tranquilo, ¿se te olvida que hay otro más involucrado? No serás el único entre nosotros. Además, no creo que otro esté dispuesto a meterse en problemas después de lo que presenciaron hoy.

—¿Tan severo fue su castigo?

—Hoy pudimos haber muerto a balazos o ahogados en la piscina.

—Dios santo.

En el fondo no sentía deseos de estar con Raymond, pero tampoco me desagradaba la idea. A fin de cuentas siempre me había gustado aunque no fuéramos compatibles en la cama. Los celos seguramente iban a invadirme viéndolo disfrutar con Andrew, pero a la larga era algo que podía pasar en cualquier momento. Después comencé a mover la cabeza de un lado al otro de la mesa intentando hallar al que faltaba.

—¿Qué buscas? —me preguntó Raymond.

—El cuarto brazalete de plumas blancas.

Él también giró su cabeza para ayudarme en la búsqueda y nuestras miradas coincidieron en la esquina de la mesa. Allá en el extremo derecho estaba el que buscábamos. Tenía el brazalete puesto y acariciaba las plumas queriendo ser encontrado. Lo saludamos sabiendo que en un rato tendríamos que dejarlo entrar en nuestro ano tanto como el largo de su pene lo permitiera. Golpeé el codo de Andrew con el mío para que notara al cuarto integrante de nuestro grupo y así establecimos la primera conexión entre los cuatro.

–No está nada mal, ¿eh? –comentó Raymond.

–No puedo negarlo –dije–. Pero solo tengo ojos para... ya sabes.

–Uff, por eso no me enamoro –bromeó y de una vez comenzamos a disfrutar la cena. Al terminar, se volvió a reunir conmigo en el pasillo y me comentó sigiloso–: Hay algo que debo enseñarte.

–¿Qué cosa es?

–Aquí no puede ser. Sígueme.

Me hizo apartarme del resto y lo seguí hasta la biblioteca.

–¿Para qué me traes aquí?

–Mira... –me mostró un cable de celular que sacaba del bolsillo y me dejó sin habla.

–¿De dónde lo sacaste? –pregunté a punto de hincarme de rodillas por la emoción.

–Lo vi sobre la mesa en el cuarto de operaciones de Lucifer y antes de movernos a la otra habitación me lo llevé al bolsillo, en caso de que no encontrásemos la entrada al pasadizo.

–¡Eres un genio! –Lo abracé conmocionado por la libertad que podía brindarnos el cable.

Raymond subió la escalera y sacó el celular del escondite donde lo habíamos dejado. Ya teníamos el cable tipo C, pero... ¡un momento!

–¡Nos falta el cargador, Raymond!

No podía creer que otra vez nuestra liberación requiriera otra catastrófica misión.

–Por supuesto. Pero no lo necesitamos –aseguró.

–¿Dónde vamos a cargarlo entonces?

–En la habitación –dijo–. Al lado de la cama hay una salida de corriente que incluye puertos USB.

–Vaya, no me había dado cuenta.

Lo miré cálidamente con la esperanza de poder enviar nuestra ubicación a Winona o llamar directamente al 911. Salimos de la biblioteca y nos fuimos enseguida a nuestro cuarto. Nuestra privacidad era limitada. Podíamos cerrar la puerta pero sin pasar el cerrojo, porque simplemente no existía. Tuvimos mucho cuidado de que nadie entrase y nos cachara en el acto. Raymond agarró el celular, le conectó el cable y lo enchufó enseguida a la pared. La pantalla tras un segundo se encendió mostrando un rayo color rojo. Ahora solo quedaba esperar que la batería cargase lo suficiente para encenderlo. Pasados unos minutos alcanzó el 1% sin poder hacerlo aún. Necesitaba al menos 2% para ello. Inesperadamente, las campanas del reloj anunciaron la hora del espectáculo viajando por los pasillos de la mansión. Una a una fueron avisando que debíamos presentarnos en el teatro.

–¡Diablos! Tenemos que irnos –comentó Raymond alicaído.

–Bueno, ni modo. Dejémoslo cargando y al regreso podremos usarlo.

Salimos afuera y dejamos el aparato escondido detrás de la cama mientras cargaba. Los veinte nos congregamos en el camerino adentrándonos en el lujurioso ambiente que respirábamos cada noche. Me puse el auricular en el oído y fingí tragarme la pastilla que nos ayudaba a disfrutar con extrema fascinación. Dado las cosas que ya había visto y vivido, no creí que me hiciera falta digerirla esa noche. Me sentí preparado para cualquier desnuda peripecia. El cuarto integrante ya se había presentado. Era una escultura masculina que levantaba pasiones solo de verlo, aunque no había querido prestarle demasiada atención. Era simpático y supo integrarse ameno y gracioso a nuestro grupo. Antes de que corrieran la cortina nos entretuvimos seleccionando algunos accesorios a disposición que encajaban perfectamente con los colores y las plumas que lucíamos en la mano. Me até al cuello una hermosa pieza blanca y plumosa que casi me tocaba las tetillas y me cubría los hombros queriendo desbordarse por encima de mi cuello. Raymond también usó una similar mientras Andrew y el otro decidieron optar por unos aretes de plumas blancas bordeando sus orejas. Las cortinas fueron abiertas y nos enfilamos al espacio teatral. Sabía, como todas las noches, que me sorprendería la escenografía del espectáculo y así fue. Cinco grandes nidos de pájaros sostenidos por cables nos esperaban en el escenario. Subimos a las tablas y supimos que en cada una de aquellas cestas debía colocarse un grupo. Entonces los cuatro nos subimos a aquel nido acogedor y una vez que el resto adoptó posiciones, esperamos que comenzara el show.

Un humo surgió de la nada y se filtró en el escenario. Nos perdimos en una niebla espesa que nos ocultó de la vista del público cuando las luces se encendieron. Una melodía gótica y misteriosa inició en la sala y gradualmente fue aumentando en mis oídos. Los bombillos alrededor de la plataforma circular se encendieron y en ese instante sentí que nos movíamos. Los nidos se estaban elevando surgiendo de la bruma. Rayos de luces glorificaban nuestra elevación conjuntamente con los acordes de un órgano que se escuchaba. Nos alineamos a la altura de los espectadores. Era hora del juego.

Los cuatro estábamos sentados en la canasta decorada con plumas y restos de madera de tal forma que parecíamos aves silvestres reposando en su nido. Esquivar el roce con aquellos dos cuerpos extraños que nos acompañaban era algo sin sentido. La tentación y el impuesto compromiso con la exhibición ni siquiera me hacían pensar en la opción de no besar o entregarme a los demás. Raymond estaba frente a mí, nos arrodillamos en el lugar y se acercó a mi cuerpo con soltura. Sentí un poco de pena y creo que pudo notarlo. Me agarró por la cintura y me plantó un beso. ¿Quién lo diría? A veces subestimamos la vida y nos sorprende con sus vueltas. El día que abrí por primera vez *Stiffy* al llegar a Denver y vi su perfil en la aplicación, no imaginé que luego de tantos mensajes sin responder llegaríamos un día a besarnos en tales circunstancias. De hecho lo hacía muy bien. Su beso no fue tan cálido y apasionado como los que me daba Andrew, pero sus labios gruesos sabían cómo ponérmela dura al instante. Mientras, Andrew también se había acercado al otro irremediablemente y se besaban a nuestro lado. Lo miré entre tanto el otro le comía la boca y cruzamos una mirada. Se besaban empalagosos y eso me daba celos, pero al mismo tiempo hacía que me ardiera el cuerpo y a cada rato intentaba volver a verlos. Luego, el *cuarto* dejó de sofocarlo con su saliva resbaladiza y se inclinó hacia Raymond para besarlo también, dejando que Andrew y yo tuviéramos nuestro momento.

Los nidos daban vueltas sobre el escenario, de modo que cada asistente podía ver desde su palco lo que pasaba en cada cesta. La música había cambiado su tónica apocalíptica y ahora sonaba distinta, acelerada y contagiosa sumiéndonos a todos en el ritmo. Me dejé llevar por lo que provocaba en mí y sin darme cuenta ya estaba atragantándome con aquel plátano gigante que le crecía bajo la pelvis al *cuarto*. El tipo estaba sentado en el borde del nido sin miedo ninguno a caerse de espaldas. Yo, arrodillado entre sus piernas, lamía como niño que lame un cono de helado. Él sí se había tragado la pastilla negra en forma de diamante y estaba con los sentidos a flor de piel. Se inclinó de espaldas al vacío y abrió los brazos como si mi mamada lo estuviese llevando al infinito. Andrew también se había sentado en la orilla y sin perder la cordura disfrutaba cómo Raymond mesuradamente le besaba el interior de los muslos para luego tragarse el objetivo final.

–Uff, que rico lo hace... –mencionó excitado con la mirada perdida en la cúpula.

Escucharlo me encendió aún más. No me importó quién lo hiciera mejor, solo que su placer estaba aumentando el mío. Abandoné a mi pareja y me arrodillé junto a Raymond para chupársela los dos. Andrew se puso de pie y se desquició al vernos disputar su pene. Raymond se lo tragaba y después yo. Nos detuvimos en el glande para luego terminar succionando los testículos y la base.

Al levantarme, Raymond y el *cuarto* se prendieron a mi conducto y comprobé lo bien que mamaba mi compañero de cuarto. Me provocaba una cosquilla desenfrenada para nada comparable con la que me daba el otro. Andrew se había quedado sentado vacilando mis alborotados estímulos. Por un momento sentí que mis fluidos se aproximaban y tuve que detenerlos y tomar un respiro. Aún faltaba mucho para que acabara el show. En el nido vecino pude ver a Douglas y Zachary. Los dos gozaban de una jugosa posición con su pareja acompañante. Douglas la penetraba de pie mientras los otros dos andaban prendidos a sus dos voluminosas tetas.

La música dio un giro drástico y un bajo electrónico mezclado con trompetas nos sacudió. Los nidos se detuvieron y comenzaron a bajar y subir lentamente en su lugar. Mi grupo se perdió en un flasheo de luces que ralentizaron nuestros movimientos bajo la luz. Percibí despacio el vaivén de mi cuerpo mientras el *cuarto* introducía continuamente su plátano en mí. Lo veía lento, pero en realidad me movía agitadamente sintiéndola gruesa contra mis columnas de Morgagni. Andrew le daba duro a Raymond. Me extrañé de lo mucho que me gustó verlos prendidos. Su esfuerzo me sofocaba tanto como el sudor que le corría por el cuerpo. Raymond y yo estábamos en cuatro patas uno al lado del otro. Me miró embelesado en su movimiento y me balbuceó a la cara:

—Oh my god, que rica la tiene.

En otra situación su comentario me hubiese afectado muchísimo. Pero lejos de molestarme, enardeció lo que sentía por Andrew inexplicablemente. No quise que parara de darle y Raymond siguiera disfrutando con él.

—¿Te gusta? —le pregunté esperando una respuesta que ya sabía, pero que quería escuchar de su boca.

–Sí... mucho –respondió acaramelado y entonces estrepitosamente nos besamos él y yo sin dejar que la oscilación de nuestros cuerpos estropeara el besuqueo.

Después tuve mi momento con Andrew. Me abrazó y me acarició apasionado para luego subirme en su cintura apoyado al margen del nido y montarlo como a un caballo. Moverme encima mientras palpaba sus abdominales y lo dejaba pellizcarme las tetillas, fue la gloria. Andrew de verás la tenía exquisita. Resbalaba directo al fondo sin dolor y no terminaba nunca de saciarte. El otro, sin embargo, te alteraba con su grosor y te descomponía en mil pedazos.

El grupo vecino parecía enloquecido con las tetas y el agujero de Zachary. La rubia era una mixta experiencia para cualquiera que se relacionara con ella. Su pene largo era un resorte en el balanceo. Cuando volví a verla tenía las piernas abiertas y sus tres compañeros se turnaban para gozarle el hoyo y comerle lo que seguramente se quería cortar. De pronto, en un abrir y cerrar de ojos, Andrew me tomó por la espalda, me levantó la cabeza con su mano y me penetró descortés, como toro. Me sacó todo el aire que tenía dentro y luego me abandonó dándole paso al *cuarto* para que hiciera lo mismo. Este me agitó estrepitosamente para dejar su huella y sin esperarlo, Raymond le robó el puesto y me penetró también. Me desconcentró por un momento, pero no bajé la guardia. Me meneé lo mejor que pude. Se acercó a mi oreja mientras Andrew y el otro se besaban y me susurró:

—No quiero que abandones la mansión dejando asuntos pendientes. Disfruta mi regalo.

Me giré para verlo y su sonrisa pícara me provocó también una risita que no pude evitar. Su cuerpo grande y robusto siempre me había gustado, pero el amor no entiende de gustos hacia otros. Hace que lo olvides todo y concentres tus deleites en una sola persona. Andrew me vio poseído por un disfrute placentero y me dejó gozarlo. Aunque desconocía la intención que un día había tenido con aquel usuario de *Stiffy*, estoy seguro de que si lo hubiese sabido tampoco hubiese dejado de convertir mi placer en el suyo.

La manecilla larga del reloj cubría los minutos finales. Era hora de terminar y dejar el nido embarrado. Los tres dejaron sus condones regados en un rincón y nos pusimos de pie dentro de la cesta. Dimos paso a una estimulante masturbación grupal que no duró mucho. Para los cuatro fue difícil frenar el escape de semen. En más de una ocasión estuvimos a punto de soltarlo. Creo que nunca había alargado tanto un orgasmo. El *cuarto* disparó primero. Su cara estrambótica me dio tanta risa que sin querer interrumpí mi cosquilla. Raymond fue el segundo. Soltó un chorro tan potente que me embarró el cuerpo del pene y me hizo venir al instante. Andrew y yo habíamos tenido acción en la mañana, por lo que nuestra cantidad fue escasa y poco espesa. Los aplausos retumbaron en el recinto y esa noche hasta una reverencia tuve ganas de hacer. Pero mi moral se rehusó rotundamente a aceptar cualquier regocijo por aquella rutina nocturna a la que la vida parecía destinarnos. Cuando me di cuenta, ya el nido había bajado como los demás y el humo se había disipado. La música y las luces se fueron desvaneciendo y abandonamos el escenario en silencio habiendo vencido un nuevo reto.

En las duchas logré limpiarme de todo lo que me había caído encima.

–Pss... –llamé la atención de Raymond mientras Andrew se secaba lejos de mí– No recuerdo haberte pedido ningún regalo.

–A veces las palabras sobran –me respondió escaneando mi cuerpo con una mirada traviesa–. No obstante, no te recomiendo acostumbrarte.

–Vaya que eres creído. –Reí al escucharlo. –¿Quién te dijo que voy a...?

–Sabes que no es mi fuerte. Lo de hoy fue solo una excepción.

Salí del baño y los secuaces de Lucifer nos esperaban afuera. Algo que me pareció muy raro. No pude vestirme al igual que los demás que salían del baño porque nuestra ropa estaba del otro lado de la fila que habían formado los zorros frente a la entrada de las duchas. Se dividieron y Lucifer entró al lugar inesperadamente. Su presencia me asustó. Estaba desnudo frente a él y me sentí indefenso, aunque no era el único sin ropa. Zachary estaba a mi lado con sus senos al aire. Lucifer parecía enojado. La seriedad en su boca y su mirada lo evidenciaba. Se balanceó sobre mí subitáneo y me agarró por el cuello para someterme de rodillas. Hizo lo mismo después con Zachary. Acto seguido, Andrew y Douglas dieron un paso al frente para intervenir, pero fueron interceptados por los zorros sin dejarlos dar un paso más.

*Quizás esta máscara les parezca estúpida, pero detrás de ella no tengo un pelo de tonto.* Habló tratando de encontrarnos con su mirada y dispararnos en cada ojo una bala de terror. *Me parece que fui bien claro cuando dije que los intercambios no estaban permitidos. Su desobediencia afectó económicamente la noche. Y es una pena...* Se movió en el espacio. *Cuando piensas que la noche terminará feliz, dos de ustedes atentan contra la paz y la tranquilidad que deberían reinar en la casa.* Mencionó irónico. *¡Llévenlos a la mazmorra!* Nos levantaron del piso y antes de que nos sacaran del camerino se me acercó, me agarró el mentón con su mano y me dijo al oído. *Una más y tendré que reducir el show a diecinueve.* Me soltó con ira. *O a dieciocho.* Le habló a Zachary y después levantó su mano indicando que nos llevaran al calabozo, dejando una ola de comentarios en el camerino.

Otros ya habían experimentado la sensación de estar en el sótano encerrados en una celda. Allí abajo olía a humedad y se sentía frío. La iluminación era pobre. Apenas uno o dos bombillos escasos de luz. Ladrillos en las paredes y piedra en el piso. Pasar la noche allí seguramente nos iba a resfriar. Nos metieron en celdas contiguas donde no había dónde sentarse o acostarse. No quise poner mis nalgas sobre el suelo sucio, pero avanzada la noche el cansancio me convenció de hacerlo. Para taparse del frío que sentía, Zachary también se había sentado en el suelo abrazando sus rodillas. A media noche la sentí sollozar cabizbaja con la cara perdida en su pelo rubio.

—No llores —le dije desde el otro lado de la reja que nos separaba con la ilusión de que Raymond estuviera comunicándose con alguien a través de mi celular—. Pronto saldremos de aquí.

—¿Cómo puedes estar seguro? Este lugar es una cárcel.

—Confía en mí.

—Ya no tengo esperanzas. Las he perdido.

No quise darle detalles y preferí mantener en secreto lo que pasaba. Era mejor mantener a todos a raya hasta que pudiéramos lograrlo. En caso de que algo saliera mal no pagarían justos por pecadores.

—Oye... ¿Te puedo hacer una pregunta? —inquirí divisando su bicho saliendo entre las piernas.

—Claro... dime —respondió arrastrando la voz mientras levantaba la cabeza.

—¿Nunca has pensado... ? —Me dio pena terminar la frase y tras mi pausa ella entendió a qué me refería.

—¿Cortarme esto? —concluyó agarrándose el pene y los largos testículos que tocaban el suelo.

—Sí... eso.

—¿Alguna vez te has sentido parte de dos mundos?

—No creo que esté en esa situación.

—Eso es lo que alguien como yo siente cada día. Algo con lo que luchas cada mañana al abrir los ojos.

—Puedo entender lo que dices —dije.

—¡No! Nunca lo entenderás porque no eres como nosotros, aunque nuestros gustos en la cama sean los mismos.

—¿Has considerado la inversión peneana?

—¡Por supuesto! —confesó—. Estuve a punto de hacerlo después de tomar algunas terapias antes de la cirugía.

—¿Y entonces...?

—Finalmente entendí que aunque mi deseo era ese, convertirme en una mujer completamente solo me haría enfrentarme a problemas mayores.

—¿A qué te refieres? —indagué.

—La mayoría de la gente piensa que somos lo mismo. Pero entre ustedes y nosotros hay un gran abismo.

—Concuerdo en eso.

—De niño me vestía con la ropa de mi madre. Quería tener el pelo largo y calzar tacones —me contó—. Cuando cumplí dieciocho me fui de la casa. Mi padre no aceptaba los cambios que ya veía en mí. Sufro por no ser la mujer que deseo. Me hice las tetas, pero sé que aún no estoy completa.

–¿Qué se interpone entre esa mujer y tú?

–La falta de atención –declaró.

–No te entiendo.

–Los hombres ya no me buscarán una vez que pierda esto que llevo entre las piernas. Soy una atracción así como estoy. Si me opero simplemente seré una mujer más en la noche y pagar la renta será más difícil.

No dije nada. Zachary tenía razón. Su clientela ya no la vería igual.

–No soy la única que ha sido desterrada a una vida simple y ordinaria después de la cirugía. Así como estoy soy reina de la noche. Si me lo corto, seré un alma en pena sin hombres y con una sensibilidad mediocre y escasa. Es duro, controversial y confuso, pero a fin de cuentas es mi triste realidad.

No tuve más que tirarme al suelo y dormir en un rincón de la celda como un feto muerto del frío. Dormí a duras penas sobre las piedras incrustadas en el suelo y amanecí -al igual que Zachary- con unos dolores terribles en mi cuerpo y la voz tomada por la frialdad. El sol se coló por una pequeña rendija en lo alto de una pared y traté de ubicarme en la claridad hasta que nos liberaran. Teníamos hambre y un cansancio extremo tras no haber dormido bien. Por fortuna no pasamos allí demasiado tiempo esa mañana. Dos zorros llegaron para dejarnos libres e ir a desayunar. Una vez corregido mi tambaleo, pero sin mejorar los dolores que me habían causado todas aquellas piedras bajo mi cuerpo, corrí a mi habitación en busca de Raymond como alma que lleva el diablo. Abrí la puerta y lo encontré acostado en la cama.

–¿Pediste auxilio? –pregunté desesperado.

–¡Claro que no! –me dijo tranquilo.

–¿Por qué, no?

–Tu celular tiene contraseña. No he podido desbloquearlo.

–¡Oh, diablos!

Raymond se levantó de la cama y sacó el móvil escondido debajo del colchón. Estaba totalmente cargado esperando que mi cara o mi *pin* de seguridad pudiera desbloquearlo. Presenté mi rostro delante de la pantalla y volví a ver la imagen que tenía como fondo de pantalla. Los dolores se me olvidaron al ver las barras cargadas 100%. Abrí mi *WhatsApp* y enseguida compartí mi ubicación con Winona. Le marqué también pero no respondía. Seguramente a esa hora estaría trabajando sin prestarle atención al celular. De repente me entró una fastidiosa llamada de un número que no conocía. El teléfono comenzó a sonar estrepitosamente en el silencio de la habitación.

–¡Calla eso! –exclamó Raymond enseguida con miedo a que alguien lo escuchara.

Colgué la llamada tan rápido como mi dedo reaccionó, pero fue demasiado tarde. El timbre ya había sido escuchado desde el pasillo. Sentí unos pasos afuera y nos giramos atraídos por una presencia exterior. Vimos cómo el llavín giraba de súbito y la puerta del cuarto se abría de un tirón. Un zorro nos sorprendió infraganti y nos asustó con su figura amenazante debajo del marco. Entró avanzando sin darme tiempo a reaccionar y me arrebató el celular de la mano. Me vi perdido por un segundo, como si me arrebatara la vida y verlo rompiéndolo contra el piso fue como una puñalada en el corazón. La pantalla se hizo mil pedazos y difícilmente funcionaría de nuevo. Al menos para nuestra suerte ya había podido enviar nuestra ubicación, lo que significaba un rayo de esperanza en medio del caos. El zorro sacó un grillete de su ropa y desplegando una fuerza y rapidez desmedida, se lanzó sobre Raymond para apresarlo. Abrió la boca y comenzó a dar alaridos avisando a su manada. Recordé la advertencia de Lucifer y supe que tenía que detenerlo. Me precipité a la mesita de noche, agarré la lámpara que estaba encima y con la base lo golpeé en la cabeza mientras intentaba ponerle el grillete en las manos a Raymond. El zorro se desmayó con el golpe y cayó al suelo rendido. Nadie acudió a su llamado así que volvimos a cerrar la puerta.

—¡Dios, Joshua! ¿Por qué hiciste eso? —alardeó Raymond temiendo por lo que había hecho.

—Casi me ahogan ayer en la piscina por huir. No voy a salir vivo para la próxima.

—¿Qué vamos a hacer ahora?

—Déjame pensar —respondí dando vueltas en la habitación.

—¿Estará muerto?

—No lo creo. —Noté que respiraba. —Solo está desmayado.

—Pongámoslo debajo de la cama.

—Tenemos que atarlo. No podemos dejar que salga de aquí.

Raymond recogió el grillete del piso y procedimos a ponérselo. La puerta de la habitación no tenía cerrojo, era lo único que podíamos hacer para evitar que escapara. Movimos el cuerpo y lo empujamos debajo de la cama, no sin antes sacar la llave del grillete de uno de sus bolsillos. Lo encadenamos al bastidor y rompimos un pedazo de sábana para utilizar la tela de mordaza y prevenir sus gritos al recobrar el conocimiento. También consideramos encadenarlo a la plomería del lavamanos, pero ya teníamos conocimiento de la cámara oculta en el baño y Lucifer lo descubriría enseguida.

Recogí los pedazos rotos de mi celular para esconderlos también debajo del colchón y el televisor se encendió mientras lo hacía. La imagen del diablo nos revelaría la complejidad que nos esperaba esa noche de viernes en el teatro. Nos sentamos en la cama de frente a la pantalla y lo vimos allí sentado en aquella especie de trono con el vestuario que usaba para transmitir. *El cuerpo no se compone de un solo miembro, sino de muchos.*

*Por eso esta noche los veinte se unirán para formar un solo cuerpo. Una brasa de goce que deleitará como un todo.* Explicó pausado. *Así como el cuerpo tiene muchos miembros y sin embargo, es uno, y estos miembros, a pesar de ser muchos, no forman sino un solo cuerpo.* También noté que los dos lobos estaban a sus pies. Uno de ellos aún permanecía con el vendaje en la pata y se veía maltratado por la pelea con el león de montaña. *Les ruego que hagan perfecta mi alegría permaneciendo unidos. Tengan un mismo amor, un mismo corazón, un mismo pensamiento. Hagan que la última función de la semana los obligue a regresar por más.*

–¿De qué va esto?

Raymond se había perdido en aquel trabalenguas.

–Su discurso es entendible.

–Pues no he entendido nada –comentó despistado.

–Parece que hoy volveremos tú y yo a… ya sabes –comenté aludido tras la prédica de Lucifer–. Anda, ve y desayuna. Déjame dormir un rato. Lo necesito.

Me quedé solo y descansé por un rato sobre el colchón que me separaba del zorro bajo la cama. Me rendí y hasta soñé que estaba en presencia de mucha gente. Me vi dando el *Sí* en el altar frente a Andrew mientras un cura nos unía en matrimonio. Winona podía revisar el mensaje en cualquier momento y llamar a las autoridades para finalmente dar paso a mis sueños lejos de allí. Dicen que los sueños son el reflejo del alma. Quizás sea cierto. Aquellos adorables pensamientos habían comenzado a rondar en mi cabeza desde la segunda noche en que Andrew y yo tuvimos sexo en la bañadera. Andrew aceptó y el sacerdote anunció que podíamos besarnos. El beso fue tan real como el que me dio mientras estaba dormido. Abrí los ojos y lo tenía delante de mí, besándome los labios como en nuestra boda a la vista de todos.

–¿Qué haces aquí? –pregunté soñoliento y sorprendido de verlo en mi cuarto mientras mi mente batallaba entre sueño y realidad.

–Vine a invitarte a ver una película juntos.

–¿Una película? –Me restregué los ojos y aterricé en tierra desprendiéndome del sueño.

–Sí, en la sala de cine. ¡Vamos!

–No debiste entrar. Alguien pudo verte –le dije temiendo que nos sorprendieran.

–No hay nadie en el pasillo, por eso aproveché.

Tenía ganas de quedarme allí acostado con él toda la tarde dándonos besos bajo el edredón, pero sabía que mis deseos no podían ser más que eso, simples anhelos. La tentación era tanta que podía flaquear y terminar sometido a cualquier macabra penitencia. Entonces me levanté rápido de la cama y me alejé cortando mi amoroso instinto. El individuo que tenía bajo mis pies se quejó mientras despertaba y Andrew indiscutiblemente percibió el quejido.

–¿Qué es eso? –preguntó revisando debajo del bastidor– ¡¿Qué hace este zorro aquí?!
–Tranquilo, todo tiene una explicación.

Salimos del cuarto después de contarle lo que había pasado y darle la buena noticia de que pronto saldríamos de allí, una vez que Winona le enviara nuestra ubicación a la policía. Andrew me llevó a la sala de cine, que hasta ese día no habíamos visitado, y nos acomodamos los dos en una silla bastante amplia y propicia para disfrutar de una película a gusto. La sala era pequeña pero acogedora. A través de un *tablet* revisamos el catálogo de filmes disponibles y aunque ya me conocía de memoria ese drama clásico en el medio del mar, decidimos volver a revivir la trágica historia de amor entre Rose y Jack en el *Titanic*, sin imaginar que esa misma noche nosotros también viviríamos nuestra propia catástrofe.

# CAPÍTULO OCHO

Las campanadas del reloj se escucharon una noche más. El eco de cada toque se propagó por los pasillos y agotó mis esperanzas de que esa noche fuéramos salvados. Entré al camerino con una desilusión que apagaba totalmente cualquier indicio de disfrute sobre el escenario. No quería subir, no tenía deseos ni siquiera de estar con Andrew. Quería salir ya de aquel lugar. Me tomé la pastilla sin olvidar ponerme el auricular y nos adentramos al ruedo. En la escena encontramos una cama enorme, un lecho redondo que abarcaba la plataforma. Era la cama más grande que había visto alguna vez. *La casa de los Desnudos* me seguía sorprendiendo cada noche. Una tela plateada y fina cubría el amplio colchón con espacio para veinte hombres desnudos que tendrían relaciones bajo los diamantes de la gigantesca lámpara cónica.

Nos subimos todos, cada uno se colocó en un espacio y escuchamos la voz de Lucifer: *Un solo cuerpo inmóvil e intocable deberá existir en el escenario cuando se enciendan las luces. Los veinte deberán lucir como una sola escultura inalterable.* Entonces, una vez que el destello luminoso nos mostró a los mirones, cada uno de los presentes pudo vernos sin pestañear, estáticos en el centro de la cama. Unos de pie, otros sentados o acostados. Fuimos estatuas por un segundo siguiendo las órdenes de Lucifer hasta que la música irrumpió majestuosamente en el teatro. El canto de un coro eclesiástico nos devolvió el movimiento y con él nos convertimos en objeto de miradas queriéndonos devorar.

Por un momento no supimos cómo poner en marcha el espectáculo, pero en breve arrancamos con una besada simultánea sobre la cama. Evité que uno de los veinte me besara y rápido me moví buscando los labios que quería. Andrew me abrió sus brazos y nos prendimos en un beso apasionado. A nuestro alrededor la gente se movía salvaje de una boca a la otra. *Suficiente para los dos. Es hora de buscar otro cuerpo.* Escuché por el auricular. Andrew me miró sorprendido y supe que había escuchado lo mismo. Aquella voz nos obligaba a separarnos y enredarnos con otro. Tan pronto como nos despegamos, alguien me sujetó por el hombro y me arrastró a su lado para robarme un beso. Andrew se volteó para no verme y evitar que apuñalaran su herida una vez más. Irremediablemente cayó en los brazos de uno y después de otro. Douglas y Zachary también habían tomado caminos distintos. El pecho de Zachary eran dos teteras a las que enseguida alguien se prendía, al igual que al miembro descomunal de su moreno.

Encontrar a Raymond fue difícil. Andaba perdido debajo de toda aquella gente amontonada en el centro. La cama y nuestros cuerpos cambiaban de color al compás de guturales vocalizaciones mezcladas con pianola y guitarra eléctrica. Un rock melódico y en ocasiones bastante duro nos devanó en aquella sonoridad gloriosa y metálica. Dejé que un extraño me penetrara mientras otro me hacía comerle el bastón. Me atraganté y perdí la conciencia y los estribos. Me senté encima de uno mientras Andrew a lo lejos me miraba con una cabeza desconocida metida entre sus piernas. Miré al techo y vi los aros de colores que se formaban en la hermosa lámpara. Me fui a pique en un mar de cuerpos absorbido por la colorida iluminación. Por unos segundos mi cuerpo se volvía rojo, por otros azul y hasta blanco. Rodé por cada espacio de la cama, probé muchas bocas, lamí gustosos penes y me tropecé con Raymond volviéndonos a besar. Pero Andrew se interpuso entre nosotros y me robó antes de que algo más pasara. Se acostó sobre mí y me levantó las piernas para clavarme su estaca. Se movió como nunca sorprendiendo con algunos trucos bajo la manga que aún no había mostrado. Lo que más disfrutaba era que tenía el tamaño ideal para llegar al fondo sin provocar daños.

De pronto sentí que giraba debajo de las luces y la cabeza me dio vueltas atormentado con las ondas sonoras de aquel rock satánico que se adueñaba de mis sentidos. Los giros de la plataforma desataron una serie de salvajismos de los cuales no pude dejar de ser parte. El libertinaje esa noche condujo el acto magistralmente. Me crucé con Douglas en un intercambio de cuerpos. De pronto cayó sobre mí y nos miramos en medio de una incógnita transitoria que casi nos empuja a caer en tentación. Pero ni yo deseaba estar con él, ni él conmigo. No quería que ningún poro de su cuerpo me deseara. Estar con el novio de mi amiga Winona era prohibido para mí. Nos alejamos de forma espontánea el uno del otro y olvidamos el roce de nuestros penes. Se adentró en el nudo de cuerpos y se perdió en un enredo de besos, caricias, sudores y penetraciones. Andrew y yo probamos otra demente e insana posición en medio de algunos disparos lumínicos que modificaron la fluidez del show lentificando nuestros perturbadores movimientos. Dos inoportunos personajes intervinieron en nuestra postura y se intercalaron entre nosotros. Los esclavizamos y ambos disfrutamos de sus culos para luego arrodillarlos frente a nosotros. Inesperadamente nos inmiscuimos en la masa donde volvieron a castigarme para finalmente escapar con Andrew y disfrutar una ventisca de amor entre nosotros con desbordada pasión.

En medio de mi libidinosa catarsis percibí un temblor en la cama. Lo hice parte de mi desquicio y continúe en aquella liberación que poco a poco me habían estado inyectando en las venas. Volví a sentirlo de nuevo y me espabilé, haciendo que mis sentidos tomaran posesión de mi cuerpo otra vez. Seguí besando la axila de Andrew, pretendiendo que el movimiento era parte del show, pero volvió a temblar y esta vez sentí los cristales de la inmensa lámpara tintinear sobre mi cabeza. Al parecer no había sido el único. Otros lo habían percibido también. La cama dejó de girar. El temblor venía acompañado de un bajo sonoro que al oído parecía acercarse cada vez más. De repente se escuchó un gran estruendo en la casa que sacudió las paredes del teatro. Fue entonces que la música se detuvo y nos quedamos en shock. Algo había pasado. Aquel temblor que aún no cesaba sin dudas nos dejó en vilo. El público se puso de pie y comenzó a moverse. Sentía el barullo generado por la confusión. La excitación desapareció y sin darme cuenta mi pene murió de un momento a otro. El chandelier encima de la cama comenzó a temblar con una inusual estridencia y el ruido del vidrio nos hizo bajar del escenario. Todos pensamos en un posible, inesperado y evidente terremoto, cuando de pronto una piedra gigantesca cruzó por el techo destruyendo la cúpula. Los cristales se vinieron abajo y con ellos la gigantesca lámpara cayendo sobre la cama. Nos miramos aterrorizados agradeciendo haber bajado del escenario. Unos segundos más y hubiésemos terminado debajo de todos aquellos cristales rotos. La gente en los balcones se alteró sin saber qué pasaba, al igual que nosotros. Por un momento no supe qué hacer. Pero no pasó mucho tiempo antes de que el temblor resurgiera y una pared del teatro se viniera abajo golpeada por otras rocas enormes que se colaron en el recinto.

El estruendo fue tremendo. Una nube blanca lo cubrió todo. Varios balcones y cuerpos quedaron bajo los escombros. Me puse la mano en la nariz para no respirar todo aquel polvo esparcido en el espacio mientras intentaba ver lo que pasaba. El escándalo y los gritos a mi alrededor aumentaron.

—¡Salgamos de aquí! —dijo Andrew tomándome de la mano.

Se escuchó un gruñido felino. Traté de identificar de dónde provenía, mas no pude. Las luces filtrándose en la polvareda no me dejaban ver casi nada. De pronto entró una brisa y disipó la nube blanca. En el extenso claro que se abrió gracias al viento, divisé un animal encima de los escombros. Era un puma. Un león de montaña que se había colado por el enorme agujero abierto en la pared. Seguramente las piedras habían derrumbado también el muro que protegía la casa y así pudo ingresar. Pude notar con dificultad una cicatriz sobre su ojo y supe que era el animal que nos había perseguido en el bosque. Gruñó de nuevo y entonces vimos aparecer a otros dos jóvenes felinos. Leones de montañas de igual color que también pretendían infiltrarse en la casa. Me dio nauseas ver los brazos y las piernas de algunos espectadores bajo sus patas, atrapados debajo de los pedazos de concreto. La seguidilla de aquellos en los balcones me conmocionó también. El puma con la marca en el ojo dio un brinco y cayó en la balconada provocando un corretaje enloquecido. Los otros dos animales se precipitaron descendiendo de la loma de escombros y se adentraron en la bruma. Fue entonces que retrocedí al ver sus ojos brillar en la nube de polvo y salimos corriendo del teatro junto a los demás. Algunos espectadores que habían caído de los balcones también fueron en nuestra dirección.

Atravesamos el camerino y salimos a uno de los pasillos de la casa donde también se percibía el alboroto. Los zorros corrían de un lado al otro desconcertados. Vi a dos de ellos sacar su arma como si fueran a dispararnos y me asusté. Nos detuvimos en medio del corredor, temerosos de recibir un disparo, pero enseguida entendí que no nos apuntaban a nosotros. Giré mi cabeza y vi a los dos pumas viniendo impulsivos del camerino. Uno de los zorros disparó por mi lado, pero la bala no alcanzó a ninguna de las bestias. Solo enfureció su andar e hizo que volaran por encima de nosotros apoyándose en las paredes, para caer encima de los que habían disparado. Los derribaron en el piso y fuimos testigos de cómo intentaban romper la máscara con sus garras. Andrew me condujo por la abertura entre aquella escena y la pared, para unirnos a Douglas y Zachary que estaban más adelante. Esta intentó agarrar del suelo una de las armas, pero el puma próximo a ella la sorprendió en el acto. Se colocó en posición de ataque y antes de que pudiera balancearse sobre nosotros, corrimos a toda velocidad. Salimos al corredor principal y llegamos a la gran escalera.

El panorama me desconcertó. La lámpara en el centro del vestíbulo también se había desprendido del techo y estaba hecha mil pedazos en el suelo. Una roca muy grande había abierto otro agujero en la entrada de la casa obstruyendo la salida y otras piedras habían destruido una de las escaleras al segundo piso dejando a dos zorros muertos. El caos reinaba en el ambiente. Intentamos subir la escalera que permanecía intacta, al ver a uno de los pumas acercándose agitado. Pero subiendo los primeros escalones, el tobillo de Zachary fue alcanzado por las uñas del animal. Gritó enseguida por el rasguño y resbaló hasta el piso. El león de montaña pretendió bloquearla bajo su pesado cuerpo, pero Zachary le dio una patada en el vientre y lo incapacitó por unos segundos. Se puso de pie para subir de nuevo las escaleras, pero la bestia dio un brinco y se interpuso rápido entre ella y nosotros impidiéndole el paso. Le mostró los colmillos y Zachary no tuvo más que correr por debajo de la escalera al patio de la casa. Salió a la galería de columnas hacia la piscina tan rápido como la herida en su pie izquierdo le permitió correr. El puma iba detrás sin perderle el paso, tan ágil como su naturaleza. Andrew, Douglas y yo habíamos bajado los escalones para ir a socorrerla. La vimos huir entre el laberinto de plantas podadas en bloques y llegar al final. La balaustrada a la orilla del risco le cortó el paso. Se vio sin salida entre dos muertes. Temerosa y desnuda se dio la vuelta sin alternativa. El animal frenó a unos pasos. La observó inquieta y estiró sus patas hacia delante para tomar impulso. Zachary no se lo esperó y el puma le saltó encima imprevisible llevándola al vacío. El peso del animal fue suficiente para caer de espaldas y precipitarse los dos al abismo. Douglas soltó un doloroso grito que me dolió en el tímpano al verla desaparecer tras las columnas pequeñas de la baranda. Yo me quedé sin habla. Me costó creer lo que acababa de presenciar. Zachary ya no estaría entre nosotros. Su cuerpo no se salvaría tras caer de tal altura. Llegamos al filo, pero ni siquiera se veían en la oscuridad de la noche. La habíamos perdido para siempre.

Desde allí pudimos notar la catástrofe que había sufrido la mansión. Un deslizamiento de rocas proveniente de la montaña más cercana había afectado el lado izquierdo de la morada. Los grandes árboles adyacentes a la casa estaban en el suelo y comprobé además que parte del muro exterior había sido derribado. Del otro lado de la piscina había un revuelo al que no le habíamos prestado atención. Escuchamos unos ladridos cortos y entonces notamos a varios zorros siendo atacados por tres lobos salvajes que también habían traspasado la línea de la propiedad. Se escuchó un disparo y nos agachamos. Habían derribado a uno de los lobos que gruñían. Escondidos en la vegetación del jardín fuimos testigos de cómo tres zorros corrían y se lanzaban a la piscina intentando escapar de los afilados colmillos de aquellos dos lobos que se habían librado de las balas. En el agua estuvieron a salvo, ya que ninguno se mojó una sola garra para atraparlos. Mientras tanto, nosotros aprovechamos para arrastrarnos sin ser vistos y llegar a la casa. Douglas dubitó. Supongo que en ese instante se debatía entre el afecto que le había agarrado a Zachary y despedirse de lo que habían vivido de aquella forma espantosa e inesperada. No obstante, lo agarré del brazo y pude llevarlo con nosotros.

Pasamos bajo la escalera de nuevo y presenciamos el desorden que había en uno de los pasillos. El puma con la ceja marcada había salido del camerino y arrasaba con todos a su paso. Algunos zorros intentaron dispararle, pero el astuto animal se movía veloz de un lado a otro sin que las balas pudieran alcanzarlo. Los leones de montaña son grandes saltadores y pueden avanzar rápidamente gracias a sus habilidades. Nos escabullimos en uno de los pasillos con miedo a que algún disparo nos alcanzara. El puma derribó a sus atacantes y con sus garras hirió a varios de ellos dejando el piso ensangrentado. El temperamento y el vigor con que movía sus zarpas denotaba su sed de venganza por la muerte de su pareja. Nos cruzamos con un grupo de espectadores que se habían visto acorralados y buscaban incesantemente una salida para escapar de la casa. El puma levantó su cabeza y nos sorprendió a todos al final del corredor en medio de un debate desesperado mientras intentábamos ocultarnos. Se impulsó repentinamente, corrió por el pasillo hacía nosotros y me temblaron las piernas al verlo venir a toda velocidad lleno de rencores. Alguien abrió la puerta del elevador y perdí de vista al animal. Raymond asomó la cabeza.

—¡Entren! ¡Rápido! —vociferó.

Nos adentramos sin pensarlo al reducido espacio del ascensor, pero no cabíamos todos. Algunos se quedaron fuera y corrieron para abrir otras puertas. Escuchamos gritos desde adentro y algunos gruñidos. No quise entonces detenerme a pensar lo que había pasado para no seguir lamentando muertes esa noche. De pronto golpearon la puerta. Era sin dudas la bestia procurando echarla abajo. Se sintió crujir la madera y supimos que estaba enterrando sus uñas en la puerta.

—¡Subamos! —dijo Andrew y cerramos la reja de metal. Raymond apretó el número tres y puso en marcha el ascensor.

–¿Cómo podemos salir de esta casa? –preguntó uno de los espectadores que se había colado entre nosotros.

Nos quedamos callados todos sin responder. En realidad no sabíamos qué decir. La pregunta de aquel hombre vestido de traje hizo que brotara en aquel espacio pequeño un resentimiento que impedía cualquier solidaridad hacia los dos que se habían refugiado en el elevador. De cierta forma nos habían secuestrado allí para deleitar su vista y su imaginación a cambio de su dinero. Por su culpa, mi amor había sido víctima de excéntricos encuentros carnales que habían perturbado mi relación con Andrew.

Douglas abrió la puerta con cautela al detenernos.

–Está despejado –avisó.

Salimos uno a uno del ascensor y nos juntamos afuera. Todo se veía en calma. Nadie deambulaba por allí, cuando de pronto nos sorprendió el otro puma que nos había perseguido saliendo del teatro. Pensé que había huido, pero lejos de internarse de nuevo en el bosque, daba vueltas en la casa. Al mostrar su cuerpo en el corredor, de inmediato buscamos una puerta donde ocultarnos. Andrew y yo nos escondimos en su cuarto mientras Raymond, Douglas y los otros dos se fueron a otra habitación. El puma no tuvo tiempo de alcanzarnos. Por lo que se paro en dos patas en cada puerta tratando de entrar. Lo sentimos agujerear la madera con sus garras mientras emitía un chillido de niño pequeño. Con el pasar de los minutos disminuyó su intento por atraparnos y dejamos de escucharlo. Tras el silencio oímos unas voces, un disparo y un alboroto sin saber qué pasaba, antes de que la calma volviera a reinar afuera en el pasillo.

–¡Tenemos que encontrar una salida! –exclamé–. Es el momento de huir de esta maldita casa.

La policía no había dado indicios de aparecer en la mansión. Había pasado todo el día ansioso por su llegada esperando su intervención, pero hasta ese momento no parecía que saldríamos de allí gracias a ella. Aún guardaba la duda de saber si Winona había recibido mi mensaje con nuestra ubicación.

–No se escucha nada –comentó Andrew pegando el oído a la puerta.

–Quizá ya se haya ido.

Giramos el llavín y empujamos la puerta hacia adelante despacio. La rapidez con la que cerramos de nuevo impidió que la garra del puma se colara por el resquicio y destrozara la cara de Andrew. El corazón casi se nos sale del susto. El animal se había mantenido callado y esperaba el momento justo para atraparnos.

–No vamos a poder salir de aquí –dijo Andrew.

Miré a mi alrededor esperando que algo se me ocurriera, pero las ideas no llegaban a mi cabeza. Caminé hasta la ventana y la abrí. No me atrevía a saltar. Estaba demasiado alto. La única forma de salir de allí era recreando la típica escena donde varias sábanas atadas entre si propician el escape. Andrew arrancó las suyas de su cama y con las de su compañero, además, lograríamos llegar abajo sin tener que lanzarnos. Yo iría primero. Me subí al marco de la ventana y con la ayuda de Andrew me posicioné de espaldas a la noche para comenzar a bajar lentamente. Obvié el vértigo que me provocaba y me sostuve fuerte temiendo que la tela no aguantara mi peso. Pero saberlo era cuestión de comprobarlo simplemente. Me deslicé despacio dejando caer mi cuerpo sobre el primer nudo para apoyar los pies. Miré a Andrew y con la mirada le dejé saber que hasta ese momento todo iba bien. Me deslicé al segundo sin contratiempos y llegado ese punto me encontré al nivel de las ventanas del piso intermedio. Apreté la tela entre mis manos para no caerme mientras bajaba finalmente al patio y en ese instante escuché unos ladridos. Los lobos que estaban en el jardín venían corriendo hacia mí.

—¡Rápido! ¡Sube! —escuché que Andrew me gritaba desde arriba.

Comprimí los pies contra la sábana y me impulsé con las manos todo lo que pude para llegar al nudo más próximo. Los lobos saltaron para agarrarme sin éxito. Uno de ellos casi me toca y con el pie alcancé a darle una patada en el hocico. El otro agarró la tela entre sus colmillos y comenzó a batirla esperando que me cayera. Afortunadamente no perdí el equilibrio y pude con dificultad alcanzar la mano de Andrew, que me esperaba en la cima.

–¡Diablos! –comentó este mientras me ayudaba a entrar por la ventana.

–No te preocupes –dije–. No todo está perdido.

Volví a sacar la cabeza y me di cuenta de que caminando por la cornisa podíamos llegar a la primera habitación y salir al pasillo.

–El puma nos va a ver salir por la otra puerta –expresó Andrew tras escuchar mi nuevo plan.

–Al menos tendremos tiempo para correr.

–Esperemos un rato más.

Me acerqué a la puerta y me agaché para mirar por la ranura pegada al piso. Pude ver sus patas en el pasillo y supe que aún estaba allí.

–No podemos perder más tiempo –le dije–. Lucifer puede encerrarnos a todos en la mazmorra para evitar que escapemos.

–Está bien –aceptó Andrew–. Voy primero esta vez

Se subió con cuidado al vano de la ventana y se sujetó del marcó para apoyarse después en la cornisa ornamental que nos ayudaría a llegar a la primera habitación de aquel nivel de la casa. Las ventanas estaban muy cerca una de la otra, por lo que podríamos desplazarnos fácilmente a través de todos los cuartos. Andrew comenzó a moverse sin mirar abajo. Logró llegar a la siguiente ventana y luego a la otra. Lo seguí entonces procurando no escuchar los ladridos bajo mis pies para no perder la concentración. Con ligereza, Andrew llegó a la ventana objetivo y con el codo rompió los cristales para introducir la mano y abrirla. Esperó a que llegase a él y entró primero para ayudarme. Uno de los espectadores que se había encerrado en otro de los cuartos nos vio cruzar por su ventana y quiso seguir nuestros pasos. Salió con cuidado y se posicionó en la cornisa sujetado al marco de la ventana. Andrew me llevó adentro y mientras avanzábamos escuchamos su grito cayendo al patio. Cayó a las patas de aquellos lobos que esperaban clavar sus colmillos en alguien y fue presa de su fiereza.

Miré por debajo de la puerta primero y no vi las patas del puma. Abrimos la puerta despacio y tampoco lo vimos en el pasillo. Entonces aprovechamos para salir y encontramos a dos zorros tendidos en el suelo atacados por el animal. El puma nos sorprendió en el acto sacando su cabeza de uno de los cuartos. Corrimos de inmediato y bajamos por la escalera. La fiera aceleró y bajó detrás de nosotros a punto de alcanzarnos. Pretendimos llegar al primer piso, pero nos vimos acorralados por el león de montaña junto al balcón que daba al vestíbulo principal. Me enseñó ferozmente sus colmillos y me acobardé.

Hubiese preferido morir ahogado que destrozado por un puma. Viví en cámara lenta el salto que dio para caer encima de nosotros temiendo por mi vida. Pero uno de los lobos de Lucifer irrumpió de pronto en la escena, lo interceptó en el aire y lo lanzó por encima de la baranda haciendo que cayera al piso más abajo.

Me giré para ver cómo se derrumbaba sobre la lámpara del vestíbulo hecha añicos en el medio del salón. El animal se dañó con la misma y cayó al suelo encima de los cristales negros regados por doquier. Debajo estaba el puma de la cicatriz en el ojo, quien había presenciado su caída. Se dejó ver socorriendo a su semejante y, tras comprobar que estaba mal herido y prácticamente imposibilitado de levantarse, gruñó dejando ver sus colmillos. Levantó la cabeza y me vio en lo alto del balcón. Su furor vengativo le erizaba la piel. Se disparó corriendo y supe que venía por mí. Los lobos de Lucifer habían salido de su aposento al final del pasillo de los espejos. Estaban delante de nosotros. Ambos fuimos el centro de dos grandes enemigos una vez que el puma subió las escaleras. Los lobos y los leones de montaña son adversarios acérrimos. Retrocedimos dejando que las fieras se entendieran cara a cara. La pelea era inminente. Salir ilesos de allí era tarea nuestra.

El puma se agachó en el suelo frente al gruñido amenazante de ambos lobos. Se mantuvo al acecho de la desafiante actitud por un instante para luego ponerse de pie y comenzar a moverse de un lado al otro ante los colmillos que mostraban los cánidos. Dio un brinco desprevenido que no se esperaba ninguna de las dos fieras y se enfrentó en el aire una vez más con el lobo convaleciente. Este brincó también para defenderse tras ver el salto de su enemigo, pero el peso y la agilidad del puma lo derribaron. El felino lo aturdió golpeándole la cara con su garra y lo lanzó a una esquina. El otro lobo arremetió contra el león de montaña antes de tenerlo encima. Ambos animales se enfrentaron en un combate de profundos arañazos y mordidas.

En medio de los ladridos y gruñidos Lucifer salió de su cuarto. Me imaginé que no estaría ajeno a los últimos acontecimientos en la mansión, aunque no se le había visto hasta ese momento. Salió con su rígido andar característico y su típico vestuario siniestro. Traía una ballesta en la mano con la que apuntó enseguida a las dos fieras revolcadas en el piso. Las dos estaban cerca de la escalera cuando el puma logró tirar al lobo de Lucifer escalones abajo. Este empuñó el arma para disparar su flecha y falló en el disparo. La flecha pegó en el suelo y rebotó a la pared. El puma, entonces, se percató de que habían intentado matarlo y se llenó de ira. Gruñó enseñando sus colmillos y se encaminó a Lucifer acechando lentamente su cuerpo. Este sacó de su capa otra flecha y se apuró para colocarla en la ballesta y disparar de nuevo. El león de montaña dio un brinco sobre la pared y se impulsó para caerle encima.

Lucifer dejó caer el arma y se cubrió con la capa. El peso del animal lo tumbó en el suelo dejando las uñas enterradas en el tejido. El puma se enredó en la tela mientras el diablo sentía la presión de su peso en el cuello. Logró zafarse la capa de la garganta y la aprovechó para cubrir al animal y huir después delante de nosotros. Se precipitó a la escalera para bajar, pero se detuvo en seco. Algo allí debajo no lo dejó descender. Entonces retrocedió y corrió a la terraza donde siempre daba sus discursos. Para ese entonces la fiera había logrado librarse de aquella tela negra sobre su cuerpo y al verlo corrió tras él.

Andrew y yo aprovechamos para huir intentando bajar por la escalera que había sobrevivido al desastre. Allí abajo, a los pies de la escalinata, estaba el lobo de Lucifer incapacitado para levantarse tras la caída. A su alrededor estaban los dos lobos negros que se habían colado en el jardín. Habían entrado a la casa y estaban junto a su coterráneo espantando a los zorros a su alrededor. Acorralaban además al puma que, tirado sobre los cristales rotos, intentaba pararse a duras penas. Nos vieron en lo alto y uno de ellos hizo el intento de subir. Se nos quedó mirando sin actuar, cuando de pronto inició una subida desesperada. Andrew y yo avistamos la puerta abierta de la habitación de Lucifer y corrimos adentro para no ser alcanzados por aquel lobo negro como la noche que venía tras nosotros. Una vez en su interior descubrí sobre la cama al lobo con el vendaje en la pata. Se había escabullido en el ajetreo sin darnos cuenta. Nos vio entrar y se mantuvo en sosiego acurrucado cómodamente junto a las grandes almohadas de su dueño. Parecía cansado, abatido por las cosas que últimamente había enfrentado. En el brillo lastimero de sus ojos se le notaba lo a gusto que estaba encima de la cama sin nadie que perturbara su tranquilidad. Su actitud apaciguada me dio toda la confianza para avanzar en la habitación y caminar a nuestras anchas mientras el lobo negro afuera ladraba sin cesar.

Pensé destapar de nuevo la entrada al tobogán en el *closet* y escapar por el túnel debajo de la montaña, pero los dos corrimos primero al cuarto de control para ver lo qué pasaba en las afueras de la casa.

A través de las pantallas pudimos ver a Lucifer sin salida. Acorralado en el balcón entre un salto que podía salvarlo del puma que lo perseguía y las garras del animal. Se detuvo ante la balaustrada de columnas. Dio media vuelta dándole el frente al animal y los dos se miraron con odio. El ojo marcado del puma era tan diabólico como la mirada misma de Lucifer detrás de la máscara. Para el animal, éste simplemente era otra bestia salvaje que debía enfrentar. La tensión se apoderó de la escena cuando de un momento a otro el león de montaña saltó sobre Lucifer intentando alcanzar su cuello debajo de la careta con sus colmillos. Este se agachó mientras la fiera saltaba sobre él para después, en un impulso, empujarlo con sus manos hacia atrás.

Pero el puma logró clavar sus uñas en el hombro de Lucifer y lo hizo perder el equilibrio y caer también.

Andrew y yo mirábamos la pantalla presenciando lo que pasaba esperando el desenlace final. El diablo logró agarrarse de las pequeñas columnas que servían de muro en el balcón. Había quedado colgando del otro lado con las garras de la fiera enterradas en su cintura. Los dos estaban suspendidos gracias a la resistencia de Lucifer. Pero el animal empezó a escalar por su cuerpo y el dolor de las uñas entrando en su piel lo hizo abrir sus manos para dejarse caer.

Antes de que el felino pudiera levantarse del suelo, Lucifer lo hizo antes y corrió hacia la piscina huyendo lejos de la fiera. El puma se recuperó del golpe tras la caída y volvió con agilidad a moverse veloz detrás de su objetivo. Se desplazó de un lado a otro con una rapidez increíble. Lucifer supo que sería alcanzado en un abrir y cerrar de ojos y entonces cruzó el puente para esconderse en la glorieta. Se quitó la máscara y pretendió defenderse con ella mientras el puma se acercaba. Fue entonces que al ver la situación en la que se encontraba, el juicio y el raciocinio hicieron estragos en nuestra conciencia. Los ojos de Andrew y los míos se concentraron en la consola buscando el botón capaz de encerrar a Lucifer en la glorieta. Después de un urgente vistazo encontramos el interruptor en el centro y de manera automática, nuestros dedos índices apretaron la tecla coincidiendo en el mismo pensamiento. Acto seguido, vimos en el monitor que los barrotes de la glorieta salían del suelo deteniendo el paso del puma. Lucifer estaba a salvo de sus garras, mas no de lo que estaba por ocurrir.

Andrew y yo nunca pensamos en la posibilidad de que aquel botón también hundiría la estructura en el agua. La glorieta empezó a sumergirse en la piscina oscura y Lucifer comenzó a dar alaridos mientras se hundía. Vimos salir de la casa al puma que yacía tumbado en el vestíbulo y unirse al otro felino junto a la piscina. Salió dando tumbos y magullado. Varios zorros fueron al rescate de su jefe tras escuchar sus gritos, pero no pudieron hacer nada para detener el descenso. Tuvieron que lidiar primero con las fieras custodiando la glorieta, quienes corrieron y se perdieron en el bosque tras el sonido de las balas que comenzaron a llover. Para ese entonces Lucifer estaba sumergido ya casi por completo en el agua. Su cabeza aún estaba afuera haciendo alardes para que cualquiera de sus zorros lo sacara de allí. Pero nadie pudo. Los barrotes eran muy gruesos para torcerlos y la estructura demasiado pesada y sólida para destruirla antes de ahogarse.

Me quedé atónito, sin habla. Andrew también perdió las palabras. La idea de que aquel hombre estaba a punto de morir por nuestra culpa nos torturaba el cerebro al ver que desaparecía en el agua segundo tras segundo. Los ladridos del lobo fuera del cuarto habían terminado. Nos dimos cuenta al ver en uno de los monitores que los dos lobos negros salían de la casa acompañados del lobo gris de Lucifer. Los tres se quedaron mirando la glorieta desaparecer en el agua. Los dos lobos salvajes corrieron a la abertura en el muro y antes de internarse en el bosque, aullaron a la par. El lobo gris se quedó atrás como si se compadeciera de su dueño. Ladró mirando la mano de Lucifer perderse en el agua y sin perder un segundo más, corrió para unirse a los suyos antes de que cruzaran el agujero en la pared. Así, los tres juntos, se perdieron en el bosque y no se les volvió a ver jamás.

Entretanto, Lucifer ya se encontraba bajo el agua. Sus ojos y su cabellera negra, profusa y brillante, dejaron de verse. Los zorros y muchos de los nuestros se habían congregado en el patio viendo el espectáculo que, para la mayoría, era un penoso y desconcertante disfrute. Algunas burbujas salían a flote. Sabía lo que estaba experimentando el diablo en aquel instante y se me hacía un nudo en la garganta. Pero al mismo tiempo recordaba mi posición en aquel mismo lugar un día antes y mi arrepentimiento por haber presionado el botón desaparecía de mi cabeza. Pensé que la culpa de haberlo sacrificado en tal brutal incidente no podría ser aplacada, pero saber que allí mismo había intentado ahogarnos para deshacerse de nosotros, me quitaba el complejo de culpa. Ojo por ojo...

Pude ver a Raymond y Douglas petrificados viendo lo acontecido desde el balcón preferido de Lucifer. Se sobrecogieron al igual que todos los presentes al ver que ya no salían burbujas de la glorieta hundida en el fondo de la piscina. La máscara salió a flote y se quedó a la deriva sobre el agua. Lucifer ya no respiraba. Lucifer era solo un cuerpo encerrado y ahogado en una jaula. Desde allí no podía volver a dar órdenes. Ni a los zorros ni a ninguno de nosotros. Todos éramos libres.

Andrew y yo nos abrazamos. Una alegría me sacudió el cuerpo y hasta casi suelto una lágrima. Nada ni nadie nos detendría. Los zorros ya no frenarían nuestra salida porque a fin de cuentas, aunque algunos tuvieran armas, estaban allí sometidos bajo amenaza deseando librarse también de Lucifer. Al notar que el amo había dejado de respirar, comenzaron a escapar de la casa. Andrew y yo procedimos a salir de la habitación. Antes de abandonar el cuarto de operaciones, notamos en una esquina una puerta entreabierta que antes no habíamos descubierto. Me acerqué con curiosidad y me asomé a la rendija sin poder ver nada. Adentro estaba oscuro. Terminé de abrir la puerta y busqué con la mano el interruptor en la pared. Al encender la luz, el alumbramiento reveló un carro grande y negro. Era el Rolls Royce que nos había llevado a la mansión. Abrí los ojos y Andrew me miró considerando lo mismo que yo. Teníamos delante de nuestros ojos el carro que necesitábamos para salir de aquel lugar recóndito entre las montañas de Colorado. Andrew abrió la puerta del chofer y se sentó en el asiento comprobando que tuviera la llave. Antes de abrir mi puerta, sentí un ladrido que provenía de la habitación.

Me alarmé sabiendo que sólo podía ser el lobo gris sobre la cama y regresé a la sala de control. Desde allí divisé al cuadrúpedo sentado en medio de las almohadas con el vendaje en su pata. Me miraba fijo con ojos vidriosos. Me transmitió una tristeza que me tocó el alma y me hizo desenterrar mi sensibilidad por los animales. En la dulzura de su cara pedía a gritos que no lo dejara allí. Que lo llevara conmigo y lo sacara también de aquel lugar. En un segundo repasé la responsabilidad que tendría, pero no pude negarme a hacerlo. Dejarlo a su suerte me partía el corazón. Lo llamé y paró las orejas tratando de entenderme. Volví a llamar su atención, aun temiendo que reaccionara contra mí, pero algo en su mirada me decía que no lo haría. Saltó de la cama y vino cabizbajo hasta donde estaba moviendo la cola. Se me sentó delante y levantó su cabeza mirándome obediente y dispuesto a acatar cualquier orden a cambio de amor. *Sígueme*, le dije y lo llevé hasta el carro. Al ver mi intención de subirlo al vehículo, Andrew salió disparado.

–¿Qué haces? –preguntó confundido.

–No puedo dejarlo –le dije.

–Es un lobo… no un perro.

–No seremos los únicos que tengan un lobo como mascota –expresé dejando que viera la cara tierna y dulce que traía el animal.

–Es una locura.

–Lo que hemos vivido aquí ha sido mucho más loco.

Andrew se quedó pensativo unos segundos y tras rascarse la cabeza aceptó:

–¡Vamos, súbelo al carro!

Terminé de abrir la puerta trasera del auto y de un brinco, el lobo se acomodó en el asiento. Cerré la puerta y así olvidé los horribles momentos en que me enseñó sus colmillos con deseos de exterminarme. Una vez en posiciones, Andrew pretendió poner el carro en marcha tras el sonido fluido y aceitado del costoso motor. Pero... estábamos en un segundo piso. ¿Cómo se supone que íbamos a salir de allí? De pronto el piso se movió y el auto comenzó a descender. Al llegar al nivel inferior, una puerta fue perdiéndose en el techo y Andrew pisó el acelerador. Salimos despacio a un jardín destruido con una fuente en el centro aplastada por las rocas. Era la primera vez que veíamos la fachada de la casa. Oscura, gótica e imponente. La avalancha de piedras desde la montaña había destruido la entrada y otras zonas de la casa, incluido el teatro en uno de los extremos. La mayoría de los autos parqueados afuera eran pura chatarra debajo de las rocas. Aquellos que no habían sido afectados salían uno tras otro. Los zorros, el resto de nosotros y algunos espectadores que aún quedaban en la mansión iban saliendo por la pared derribada del teatro.

Nos acercamos a la verja y en dirección contraria vimos un auto cruzar la alta y siniestra reja que protegía la propiedad.

El auto se detuvo delante de nosotros cegándonos con su luz. Una chica se bajó y mí emoción fue grande al ver que se trataba de Winona cuando el destello de luz se apagó ante mis ojos. Me bajé enseguida y me vio en cuanto lo hice. Corrimos los dos y nos encontramos en un fuerte y apretado abrazo.

—Oh dios mío, qué bueno que estas bien… —dijo preocupada al verme.

—¡Te he estado esperando todo el día!

—Perdóname amigo —se disculpó hablando de prisa—. Tuve un día de trabajo horrible. No revisé el celular mientras estuve en la oficina.

—No te preocupes. Ya todo acabó. Estamos a salvo.

—La policía ya viene en camino. Pero… omg… ¿qué pasó aquí? —preguntó viendo el desastre a nuestro alrededor.

—Hubo un desprendimiento de rocas en la montaña. Gracias a eso acabó nuestra pesadilla.

—Pudieron haber muerto también.

—Lo sé. Pero estamos vivos —expresé con alivio.

—¡Douglas! —exclamó Winona desviando la mirada al verlo salir junto a otros más por encima de los escombros.

Él la escuchó enseguida y se quedó de pie donde estaba esperando que Winona corriera a su encuentro. Pero segundos antes de que la emoción los uniera en un abrazo, la agarré por el brazo deteniendo su impulso.

—Espera —le dije.

–¿Qué pasa Joshua?

–Hay algo que debes saber.

–No entiendo –comentó confusa con unas ganas de abrazar al moreno que se le notaba a flor de piel.

–Todos somos hombres. Me refiero a los veinte que hemos estado aquí secuestrados por una semana. No hay una sola mujer. Bueno… al menos biológica.

–¿Y… que me quieres decir con eso? –Winona quería comprender.

–Yo soy gay, lo sabes. Andrew también.

Win levantó la mano para saludarlo mientras este nos esperaba junto al auto.

–Sigo sin entender, Joshua –me dijo.

–El resto de nosotros, sin excepciones, también lo es.

Ella se quedó pensativa. Miró a Douglas desde su posición entendiéndolo todo y me devolvió una mirada melancólica.

–¿Nos vemos en casa? –le pregunté.

–Sí… nos vemos allá.

Win dio media vuelta y se montó en su carro con la cabeza revuelta sumergida en turbios pensamientos que después aclararía. Yo me volví al Rolls Royce y Andrew presionó el acelerador para conducirnos a la salida. Cruzamos la verja negra en la entrada con espinas forjadas en el hierro y al hacerlo sentí que salía del infierno. Una nueva vida nos esperaba. A partir de ese momento Andrew y yo formaríamos oficialmente una pareja. Viviríamos una vida sin prejuicios envueltos en la modernidad de los tiempos. Nada ni nadie nos podría separar. Nuestros cuerpos ya habían experimentado y absorbido lo suficiente para existir en la compleja armonía del mundo que nos esperaba. Los días en *La Casa de los Desnudos* supuso una revolución en nuestra mente que conduciría nuestra relación por un camino de experiencias vividas sin provocar algún tipo de ruptura, en caso de que alguna travesura se cruzara de nuevo en nuestro camino. Mi alma estaba lista para amarlo en medio de recuerdos que podía utilizar a nuestro favor. Su espíritu y el mío habían sobrepasado los límites de lo convencional destapando una erótica fiereza en nuestra nueva naturaleza.

Nos cruzamos con la policía en nuestro camino a Denver. Como la mayoría de las veces, siempre llegan tarde al lugar de los hechos. Al menos llegarían a la mansión para desatar al zorro que habíamos dejado preso debajo de mi cama.

La noche se hizo eterna. Cruzamos las montañas alejándonos de la más trastornada experiencia que alguna vez tuvimos. Viajamos bajo las estrellas que serían testigo del nuevo comienzo que tendríamos los tres. Andrew, nuestro hijo peludo y yo.

Seis meses habían pasado ya desde los últimos acontecimientos que revolucionaron nuestras vidas. Andrew me había invitado a vivir con él en su apartamento en el *Glass House Building*. Nuestra relación marchaba de maravilla. Éramos felices conviviendo con nuestra exótica mascota. El invierno había llegado. La ciudad estaba completamente cubierta de nieve y a nuestro lobo le encantaba disfrutar el frío desde nuestro balcón. Winona aún me extrañaba. No se acostumbraba a su soledad. Desde entonces no había vuelto a conocer a nadie. Pero aquel sábado en la tarde me reveló por teléfono que estaba conociendo a alguien y me alegré muchísimo por ella.

–¿En serio? –Me entusiasmé con su noticia. –¿Dónde lo conociste?

–En una nueva *App* de citas.

–Oh Dios, Win. No me recuerdes la amarga experiencia que tuve en *Stiffy* –comenté saliendo al balcón para verla en el suyo desde allí.

–Si, ya sé que tu experiencia no fue buena. Espero correr con una suerte diferente.

–¿Y... qué tal el chico?

–¡Me encanta! –dijo ella–. Lo conocí hace una semana y desde entonces no hemos dejado de hablar. Me invitó a dar un paseo en su helicóptero al atardecer.

–¡Wow! No todos los días te invitan a dar un paseo como ese, eh.

–Así es. Estoy emocionada por conocerlo. Es hermoso y tiene una mirada que mata. ¿Quieres verlo? –me preguntó.

–Claro...

Winona se demoró unos segundos y tras la pausa escuché en mi oreja una notificación de WhatsApp. Me despegué el teléfono del oído y abrí la aplicación. Pinché su nuevo mensaje y vi la foto. La mano me tembló al ver a Lucifer en la fotografía. Era él. Posando con una taza de café en la mano con un hermoso paisaje nevado detrás. Me quedé estupefacto y levanté la cabeza como si pudiera alcanzar desde mi balcón los ojos de Winona. No podía creer lo que estaba viendo. ¿Cómo era posible que Lucifer estuviese vivo?

...

## ACERCA DEL AUTOR

Reinier Cruz (La Habana, 1988)

Después del éxito de "2 Gigolós en La Habana", este autor de orígenes cubanos, nos trae su segunda novela. Una historia exótica ambientada en las montañas rocosas de Colorado. Drama, suspenso e intriga conforman siempre cada libro del escritor, quien desde Florida escribe para que sus historias lleguen a personas como tú.

Made in United States
Troutdale, OR
12/07/2023